福尔摩斯全集之探案全集 回忆录
SHERLOCK HOLMES

[英国] 阿瑟·柯南·道尔 著
赵梅君 译

图书在版编目（CIP）数据

回忆录/（英）柯南道尔（Conan Doyle,A.）著；赵梅君译. —2版. —北京：华夏出版社，2012.9
（福尔摩斯探案全集）
ISBN 978 – 7 – 5080 – 7085 – 8

Ⅰ.①回… Ⅱ.①柯… ②赵… Ⅲ.①侦探小说 – 小说集 – 英国 – 现代 Ⅳ.①I561.45

中国版本图书馆 CIP 数据核字（2012）第 148287 号

福尔摩斯探案全集之回忆录

选题策划	刘景立　北京宏昊文化发展有限公司	
责任编辑	赵　楠　刘晓冰　李春燕	

出版发行	华夏出版社
经　　销	新华书店
印　　刷	北京睿特印刷厂大兴一分厂
装　　订	北京睿特印刷厂大兴一分厂
版　　次	2012年9月北京第2版　2012年9月北京第1次印刷
开　　本	670×970　1/16 开
印　　张	13
字　　数	168 千字
定　　价	20.00 元

华夏出版社　网址：www.hxph.com.cn　地址：北京市东直门外香河园北里4号　邮编：100028
若发现本版图书如有印装质量问题，请与我社营销中心联系调换。电话：(010) 64663331（转）

目 录

回忆录

银色马 ……………………………………………… (3)

假面人 ……………………………………………… (24)

证券经纪人的书记员 ……………………………… (41)

"哥洛里亚斯科特"号三桅帆船 ………………… (57)

马斯格雷夫礼典 …………………………………… (75)

赖盖特之谜 ………………………………………… (92)

驼背男人 …………………………………………… (109)

住院的怪人 ………………………………………… (125)

希腊翻译 …………………………………………… (142)

海军协定 …………………………………………… (158)

最后一案 …………………………………………… (189)

回忆录
HUIYILU

回忆录

银色马

一天早晨，福尔摩斯和我正在用早餐，他说道："华生，我想我最好去一次。""去一次？！去哪儿？""到达特穆尔，去金斯皮兰。"听到这话，我并不感到惊讶。我心里正奇怪着为什么福尔摩斯对现在英国各地谈论着的这件离奇的案件无动于衷。他整天眉头紧皱地陷在沉思中，一斗接一斗地吸着烈性烟丝，把我的问题完全当做耳边风。送报人给我们送来了当天的各种报纸，他也只是大略翻一下就放在一旁。然而，尽管他沉默不语，我也清楚地知道，福尔摩斯正在仔细思虑着什么。当前，人们面前只有一个问题，那就是韦塞克斯杯锦标赛中的名驹奇怪的失踪和驯马师的惨死，这些只有通过福尔摩斯的分析推论才能得以解决。因此，他决定去调查这件奇案，我并不感到意外。

"如果你不介意的话，我很想和你一起去。""亲爱的华生，我很高兴有你的陪伴。我想此行决不会浪费你的时间，因为这件案子有一些特点，看来它可能是极为独特的。现在，我们到帕丁顿正好能赶上火车，路上我再把这件案子的详情跟你讲讲。你如能把你那个双筒望远镜带上最好。"

一小时以后，我们已坐在驶往埃克塞特的头等车厢里，福尔摩斯戴着一顶有护耳的旅行帽，从上车开始他就一直埋首在报纸里，那是上车前在帕丁顿车站买的。列车早已驶过了雷丁站，他终于放下最后一张报纸，拿出香烟盒来递给我香烟。

"火车的速度很快，"福尔摩斯望着窗外，看着自己的表说道，"现在我们每小时的车速是五十三英里半。"我说："我没有注意数四分之一英里的路杆。"

"我也忽视了，但是这可以从这条铁路线附近电线杆的六十码间隔

算出来,那很容易。我想你是否对于约翰·斯特雷克被害和银色白额马失踪的事,已经有所了解了。""我已经看到了有关此事的新闻报道了。"

"在这件案子上,我想应该把思维推理的艺术放在细节的查证上,而不是去寻找新的证据。这件案子很不寻常,牵扯到很多人的切身利益,因此我们必须谨慎从事。我看难点在于把那些确凿的事实与那些理论家、记者的虚伪粉饰之词加以区分。我们此行的目的是从可靠的事实出发得出结论,并确定出应着重注意的问题。星期二的晚上,我接到马的主人罗斯上校和警长格雷戈里两个人的电报,格雷戈里请我与他共同来侦破此案。"

"星期二晚上!"我大叫道,"今天已经是星期四早晨了。你为什么昨天不出发呢?""我亲爱的华生,我想这是我的错,恐怕我犯的错会比那些曾经通过你的回忆录来了解我的人所想象的还要多。事实上,我根本不相信这匹英国名驹会失踪这么久,特别是在达特穆尔北部这种荒凉的地方。昨天我每时每刻都在指望着能听到找到马驹的消息,而那个偷走马的人就是杀害约翰·斯特雷克的凶手。谁知到了今天,此案除了捉住年轻人菲茨罗伊·辛普森以外,没有任何进展。我意识到我必须开始行动了。不过,我认为我并没有浪费掉昨天的时间。""也就是说,你已经有了一定的认知。"

"至少我已经了解了这件案子的主要事实,现在我就可以跟你谈谈。我认为,对另一个人讲讲案情是弄清事实的最后办法。此外,我也希望能得到你的帮助,这样我最好告诉你我们现在已掌握了的情况。"我仰坐在椅子上,吸了口雪茄,福尔摩斯俯身用他那瘦长的食指在左手掌上指画着,对我讲述着促使我们开始这次旅行的事件的大概情况。

"银色白额马,"福尔摩斯说,"是索莫密种,像它那些声名远扬的祖先一样,一直保持着优异的成绩。它已经有五岁了,在赛马场上每次都为它那幸运的主人罗斯上校赢得头彩。在这次不幸事件发生前,它是韦塞克斯杯锦标赛的第一名,人们下在它身上的赌注是三比一。因为它

回忆录

是最为赛马者喜爱的名驹,从来没有让它的爱好者失望过,所以赌注再大,也有巨款押在它身上。一旦它不能参加下周二的比赛,许多人的利益就会受到损害。

"因为,在上校驯马厩所在地金斯皮兰,人们都知道这个事实,所以,对这匹名驹采取了各种保护措施。驯马人约翰·斯特雷克原是罗斯上校的赛马骑师,后来因体重增加,才另换了人。斯特雷克在上校家做了五年骑师,七年驯马师,在主人眼中,他是一个热心老实的可靠仆人。斯特雷克手下有三个小马倌。不大的马厩共有四匹马。每天晚上固定有一个小马倌住在马厩里,另外两个睡在草料棚中。三个年轻人都没有什么不良嗜好,是好小伙子。约翰·斯特雷克已经结婚,住在距马厩二百码远的一座别墅中。他没有孩子,只有一个女仆,生活得很好。那个地方少有人迹,在北边半英里以外,才能看到专供病人疗养以及特意为来此呼吸达特穆尔新鲜空气的人所建造的几座别墅,这里的建筑是由塔维斯托克镇的承包商负责的。向西两英里以外就是塔维斯托克镇。穿过荒野,大约二英里远处,有一个属于巴克沃特勋爵的梅普里通马厩,管理人名叫赛拉斯·布朗。荒野的其他地方则异常原始,只能看到少数流浪的吉普赛人偶尔在那里落脚。在这个不幸的事件发生前的星期一晚上,情况大致如此。

"这天晚上,像往常一样,这些马匹经过训练、刷洗后,马厩照常在九点钟上了锁。两个小马倌到斯特雷克家去用晚饭,第三个小马倌内德·亨特留在马厩里看守。九点过几分以后,女仆伊迪丝·巴克斯特送来内德的晚饭,一盘咖喱羊肉。她没有带饮料,按规定,看马的人在值班时严禁饮用其他的饮料,只能喝水。因为天黑,又要穿过荒野,所以这个女仆提着一盏灯。伊迪丝·巴克斯特走到离马厩不足三十码时,看见从暗处走出来一个人,这个人叫住了她。在黄色灯光下,她看到了这个人穿戴得像个上流社会的人,头戴一顶呢帽,身穿一套灰色花呢套装,脚穿一双带绑腿的高统长靴,手持一根沉重的圆头手杖。这个人的苍白脸色给她留下了很深的印象。她想,这个人至少有三十岁。

"'你能告诉我这是哪里吗?'他问道,'如果没有你的灯光,我只好在荒野里度过这个夜晚了。''你正在金斯皮兰马厩旁边。'女仆说。'啊,真的? 运气太好了!'他叫道,'我知道有一个小马倌每天晚上都独自一人睡在这里。大概你就是给他送晚饭的吧。我想你一定不愿意放弃赚一件新衣服的钱吧。'这个人说着就从背心口袋里掏出了一张叠起来的白纸片说:'务必在今天晚上把这东西送给那个小马倌,然后,你就能得到可以买一件漂亮衣服的钱。'伊迪丝被他那种认真的样子吓着了,匆忙地从他身边跑过去,来到窗前。她习惯性地从窗户把饭送进去,窗户是开着的,亨特正坐在桌旁。伊迪丝刚想开口说话,就看见陌生人已走了过来。

"'晚上好,'陌生人从窗外向里探视着说,'我想跟你说句话。'姑娘发誓说,在他说话时,她发现他手里攥着的那张小纸片露出了一个小角。'你到这儿来干什么?'小马倌问道。'这件事可以装满你的口袋,'陌生人说道,'你们有两匹马参加韦赛克斯杯锦标赛,一匹是银色白额马,一匹是贝阿德。如果你告诉我可靠消息,我是不会亏待你的。听说在五弗隆距离赛马中,贝阿德可以超过银色白额马一百码,连你们自己都把赌注押到了贝阿德身上,是这样吗?''那么,你是一个该死的赛马探子!'这个小马倌大叫道,'你马上就会知道在金斯皮兰我们是怎么对付你这种人的。'他跑过去把狗放出来。这个姑娘一刻也没停留,迅速跑回家去,不过她还是向后看了一眼,发现那个陌生人仍然俯身向里探视。可是,过了一会,当亨特带着猎狗一同跑出马厩时,那人已经不见了,尽管亨特带着狗绕着马厩转了一大圈,还是没有发现那个陌生人的踪迹。"

"等一下,"我问道,"小马倌带着狗跑出去时,门是否锁上了?""真是太好了,华生!"我的伙伴低声说道,"我认为这一点非常关键,所以昨天我特意往达特穆尔发了一封电报查问了此事。小马倌在离开以前把门锁上了。而且,窗户也非常小,根本不可能有人钻进去。

"亨特等另两个小马倌回来以后,便派人去报告驯马师刚刚发生的

回忆录

事情。斯特雷克听到报告以后,心里非常慌乱,虽然他并不知道这意味着什么。半夜里,斯特雷克太太醒来,发现他正在穿衣服。斯特雷克对他妻子说,因为他挂念这几匹马,所以一直睡不着,他要到马厩去看看它们是否一切正常。斯特雷克的妻子听到窗外滴滴答答的雨声,劝他最好留在家里,但他还是披上雨衣出去了。斯特雷克太太早晨七点钟醒来,发现她丈夫还没回来,就急忙穿好衣服,唤醒女仆,一起到马厩去了。只见厩门大开,亨特在椅子上缩成一团,完全失去了知觉,马厩内也看不见名驹和驯马师的影子。她们急忙把睡在草料棚里的两个小马倌喊醒,因为他们两个人睡得特别死,所以晚上什么也没听到。亨特显然是受到了强烈麻醉剂的影响,一时根本就叫不醒,两个小马倌和两个妇女只好任亨特睡在那里,赶紧跑出去寻找驯马师和名驹。他们原以为驯马师由于某种原因把马拉出去进行早晨的训练了,可是当他们爬上房子附近的小山丘后,并没有在荒野上看到名驹的影子,反而发现一样东西,他们预感到事情不好了。

"离马厩四分之一英里远,斯特雷克的大衣露在了金雀花丛外。那附近的荒野上有一个凹地,就在那里他们找到了可怜的驯马师的尸体。他的头颅已被砸得粉碎,显然受到了重物的猛烈撞击。他脸上也受了伤,有一道很整齐的伤痕,显然是被一种非常锋利的凶器割破的。斯特雷克右手握着一把小刀,血块一直凝到刀把上,显而易见,他与攻击他的对手激烈地搏斗过。他的左手紧攥着一条黑红图案的丝领带,女仆认出来,那个头天晚上到马厩来的陌生人就戴着这样的领带。亨特醒来以后,也证明这条领带是那个人的。他认为一定是那个陌生人站在窗口时,趁他不注意下了麻醉药在咖喱羊肉里,很轻易地放倒了他这个马厩看守人。根据留在山谷底部泥地上的痕迹,他们肯定,搏斗时马驹还在,可是第二天早晨它就失踪了。达特穆尔所有的吉普赛人都在密切注视着,虽然有重金悬赏,还是没有任何消息。还有一点需要指出,化验结果表明,这个小马倌的晚饭里含有大量麻醉剂,而斯特雷克家里人也吃一样的饭,却都安然无恙。

"这就是此案的基本情况。我讲时把一切推测都去掉了,尽量不加任何掩饰。下面我把警署对此事采取的措施给你讲一讲。

"奉命调查此案的警长格雷戈里是一个很精干的官员。如果他的能力里再多一些想象力,他一定会成为那门职业里的翘楚。他到了出事地点,很快查到了嫌疑犯,并将他逮捕起来。找那个人并不难,因为他就住在我刚才提到的那些小别墅里。他的名字好像叫菲茨罗伊·辛普森。他出身高贵,受过良好教育,在赛马场上曾投下大笔金钱。现在在伦敦体育俱乐部里当马票预售员,并以此为生。检查他的赌注记录本,发现他把总数五千镑的赌注全部都押在了银色白额马的失败上。被捕以后,辛普森主动说明他到达特穆尔是想探听有关金斯皮兰名驹的情况和了解有关第二名驹德斯巴勒的消息。德斯巴勒是由梅普里通马厩的赛拉斯·布朗照顾的。他并不否认那天晚上的事,但他解释说,他只是想得到第一手情报,毫无恶意。在给他看那条领带以后,他的脸色立刻变得苍白阴沉,对于他的领带为什么会在被害人手中他完全不清楚。他的衣服还很湿,说明那天晚上他被雨淋湿了。而他的槟榔木手杖上端镶着铅头,如果用它袭击人,那它就完全可以成为一件致命凶器,可以致驯马师于死地。可是从另一方面看,辛普森身上却没有一点伤痕,而斯特雷克刀上的血迹说明至少有一个袭击他的凶手身上带有刀伤。总的来说,现在事情的进展就到此。亲爱的华生,如果你能给我一些启发,那我将不胜感激。"

福尔摩斯以他那独特的才能把情况讲得非常明白,让我整个人都沉浸在案情中。尽管对此案已经大概有所了解,我还是看不出这些事情互相之间的关系,而这些关系又意味着什么。

"有没有可能是因为在搏斗中斯特雷克脑子受了伤而把自己割伤了?"我提出了看法。"可能性很大,十有八九是这样,"福尔摩斯说道,"那么,被告就失去了一个对他有利的证据。" "另外,"我说,"我现在还不知道警方的意见是怎样的。"

"我担心我们的推论和警方的意见不同。"我的朋友又转回话题说,

回忆录

"就我了解的情况看,警方认为,菲茨罗伊·辛普森把看守马房的小马倌麻醉后,再用他事先复制好的钥匙打开马厩的门,把银色白额马牵出来打算把它偷走。因马辔头没有了,所以辛普森只能将这个领带套在马嘴上,然后,把马牵到了荒野上,半路上被驯马师发现了,或者是驯马师从马厩方向追了过来,总之争吵是避免不了的。尽管斯特雷克曾用那把小刀自卫,辛普森却丝毫没有受到伤害,反而用他那沉重的手杖把驯马师的头颅打碎。然后,或是这个偷马贼把马藏起来,或是在他们搏斗时,那匹马已脱缰跑到荒野中去了。这就是警方对此案的看法。虽然这种看法有许多靠不住的地方,但是还没有其他更合理的解释。无论怎样,我们只有到达现场,才会很快把情况查清楚,在此之前,我们实在不能做出什么更有建设性的推断。"

我们在傍晚时分到达小镇塔维斯托克。塔维斯托克镇如盾牌上的浮雕一样,位于达特穆尔广阔原野的中心。车站上有两位绅士早已在此等候我们了,一个留着鬈曲头发和胡须,长着一双炯炯有神的淡蓝色眼睛;另一个人身材不高,脸上长着络腮胡子,戴着一只单眼镜,举止显得机智干练,身手利落,身穿礼服大衣和一双高筒靴子,他就是著名的体育爱好者罗斯上校。前者则是警长格雷戈里,在英国侦探界也是个很有名气的人物。

"福尔摩斯先生,很高兴你的到来,"上校说,"警长正在尽全力调查此事,我也希望能尽快为可怜的斯特雷克报仇,并找到我的名驹。""事情进展得如何?"福尔摩斯问道。"很抱歉,暂时还没有什么进展,"警长说,"外面有一辆敞篷马车,你一定希望在天黑前赶到现场,详细情况我们可以在路上谈。"

过了片刻,我们坐在舒服的四轮马车里,轻快地穿越德文郡这个古老的城市。警长格雷戈里滔滔不绝地讲着他那满脑子的案情。福尔摩斯偶尔插话问一两句。我很感兴趣地倾听这两位侦探的对话,罗斯上校则抱臂向后靠着,帽子斜盖到眼上。格雷戈里颇有条理地解说着他的看法,跟福尔摩斯在火车上的分析毫无二致。

格雷戈里说:"菲茨罗伊·辛普森已经深陷法网,我个人相信他就是凶手。同时,我也意识到证据还不充足,如有新的情况,也许会推翻这种证据。""那么斯特雷克的刀伤又是怎么来的?""他倒下去时自己划伤的,这是我们得出的结论。""我们在来的路上谈到这个问题,华生医生认为也是这样。如果这就是事实,那么辛普森的处境就很糟了。"

"那是肯定的。辛普森既没有刀,又没有伤。然而证据对他也是非常不利的。他不仅很重视那匹失踪的名驹,而且又有毒害小马倌之嫌,还有他在那晚暴雨中的外出和拥有一根沉重的手杖以及他被那被害人抓在手中的领带等等。这所有的一切,我认为已足以让我们提起诉讼了。"

福尔摩斯摇了摇头说:"这些都很容易被一个聪明的律师驳倒:他为什么要从马厩中把马偷走?如果他想杀死它,为什么不直接在马厩内动手?在他身上找到了复制的钥匙了吗?他是怎么得到烈性麻醉剂的?最重要的是,他一个外乡人有什么办法把马藏起来?况且还是如此出名的一匹马?他要女仆转交给马房少年的那张纸条,他自己又是如何来解释的?""他说那不是纸条,而是一张十镑的钞票。他的钱包里的确有一张十镑的纸币,而且你提到的那些问题他不难解决。他很熟悉这一地区,每年夏季他都来塔维斯托克镇住两次。麻醉剂可能是他从伦敦带来的。钥匙可能是用过就扔掉了。那匹名驹有可能藏在荒野中的坑穴里或者是在什么废旧的矿坑里。"

"对那条领带,他又是怎么说的呢?""他承认那是他的领带,但是却说已经丢失了。但有一个新情况足以证明把马从马厩中拉出的就是他。"福尔摩斯认真地听着。"我们发现许多足迹,说明凶杀案发生的那天晚上有一伙吉普赛人就在附近,是星期二离开的。现在我们假设,辛普森和吉普赛人达成了某种协议,辛普森在逃跑时,不是可以把马交给吉普赛人吗?那么现在那匹名驹还可能在那些吉普赛人的手中吗?""是有这种可能的。""我们正在荒原上搜寻这些吉普赛人,已经把塔维斯托克镇周围十英里以内每一家马厩都检查过了。""据我了解,附近还有一家驯马厩。"

"对,我们也很重视这一点。因为他们的马德斯巴勒是赛场中的第二名驹,银色白额名驹的失踪对他们非常有利。传说驯马师赛拉斯·布朗在这次比赛中下了很大赌注,而且,他和倒霉的斯特雷克之间的关系并不好。但是,我们已经重点搜查了这些马厩,没有什么可疑的地方。"

"辛普森这个人和梅普里通马厩的利益有关系吗?""完全没有关系。"福尔摩斯靠在车座背上沉默不语。几分钟以后,我们的马车已停在路旁的一座整齐的红色长檐小别墅前。不远处,穿过驯马场,有一幢很长的灰色瓦房。四面都是平缓起伏的荒原,铺满古铜色衰败的凤尾草,连绵不绝的草原一直连着天边,只有塔维斯托克镇的一些尖塔偶尔把荒原遮断。再向西去,荒原又被一群房屋遮断了,那就是梅普里通的一些马厩。我们都跳下了车,只有福尔摩斯还留在车上。他仰靠在车座靠背上远望着天空,显然正陷在沉思中。我过去碰了碰他的胳膊,他才猛然回过神儿来,迅速跳下车。

"对不起。"福尔摩斯转向罗斯上校抱歉地说。罗斯上校正惊奇地望着他,福尔摩斯又说:"我正在幻想。"他的双眼发出奇异的光彩,脸上有兴奋之色,但显然被压抑着。根据以往的经验,我知道他一定是找到了线索。

格雷戈里说:"也许你希望立刻就到犯罪现场去?福尔摩斯先生。""噢,不。我想先在此处呆一会儿,有一两个细节需要查清。斯特雷克的尸体已经抬回来了吧?""是的,尸体就在楼上。明天才能验尸。""他为你服务很多年了吧?罗斯上校。""是的,我认为他是一个很好的仆人。""警长,我想你已经检查过死者衣袋里的东西并列了清单了吧?""是的。我把东西都放在起居室里了,你现在就可以去看。""那好极啦。"

我们都来到前厅,围着中间的一张桌子坐了下来。警长打开了一个方形锡盒,从中拿出一些东西放在我们面前。这里有一盒火柴、一根两英寸长的蜡烛、一支用欧石南树根制成的 ADP 牌烟斗、一个里面装着半盎司切得长长的板烟丝的海豹皮烟袋、一块带有金链的银怀表、五个

一英镑金币、一个铝制铅笔盒、几张纸、一把刻有伦敦韦斯公司字样的刀刃非常坚硬的象牙柄小刀。

"这把刀子很特别,"福尔摩斯说着,拿起刀子仔细观察了一番。"我想,刀上有血迹,这就是死者拿着的那把刀子吧?华生,你一定很熟悉这种刀子。""是的,这就是我们医生所说的眼翳刀。"我说道。"我也认为是这样。只有非常精密的手术才用得上如此精致的刀。一个人带着这样的刀子在暴雨中外出,又没有把它放到衣袋里,这确实是件怪事。""我们在他的尸体旁找到了这把小刀的软木圆鞘。"警长说,"他的妻子告诉我们这把刀原来放在她家的梳妆台上,他离开家时拿走了它。这并不是一件称手的武器,也许是在事发当时他只能拿到它。"

"很有可能。这些纸是怎么回事?""三张是卖草商的收据;另一张是罗斯上校给他的指示信;还有一张是妇女服饰商的三十七镑十五先令的发票,开票人是邦德街莱苏丽尔太太,发票是开给威廉·德比希尔先生的。据斯特雷克太太说,德比希尔先生是她丈夫的朋友,他有些往来信件有时会寄到她这里。""德比希尔太太一定很富有,"福尔摩斯看了看发票肯定地说,"二十二畿尼一件衣服是很昂贵的。好了,这里没有什么可查看的了,我们现在就出发去犯罪现场吧。"我们走出起居室,一个女人从过道迎上前来,用手拉了拉警长的衣袖。这个女人一脸忧郁,一身疲惫,显然经受了很大的折磨。

"你找到凶手了吗?你抓到凶手了吗?"她焦急地说。"没有,斯特雷克太太。不过福尔摩斯先生已经从伦敦来到这里,就是为了帮助我们而来的,事情很快就会解决的。""不久以前我一定是在普利茅斯一座公园里见过你,斯特雷克太太。"福尔摩斯说。"不,先生,你认错人了。""嗨!我敢发誓。你当时身上穿着一件淡灰色镶鸵鸟毛的外衣。""我没有你说的那种衣服,先生。"这个女人说。"啊,是这样吗?"福尔摩斯说,道了一声歉,就跟着警长走出门来。没走多远就来到了发现死尸的地点,坑边上就是当时挂着大衣的金雀花丛。"据我了解,事发当晚并没有风。"福尔摩斯说道。"是的,但是雨下得非常的大。"

回忆录

"既然如此,那么大衣肯定不是被风吹到金雀花丛上的,显然是被人放到上面的。""我想是的,一定是被人挂上的。""这是值得注意的一点。我发现这里有许多足迹。显而易见,从星期一夜晚起,这里来过很多人。""在尸体旁曾经放了一张草席子,我们大家都站在那上面。""好极了。""这袋子里有斯特雷克穿的一双长筒靴,菲茨罗伊·辛普森的一只皮鞋和银色白额名驹的一块马蹄铁。""你太高明了!我亲爱的警长。"福尔摩斯接过布袋,走到低洼处,把草席拉到中间,然后伸长脖子趴在席上,双手托着下巴,仔细查看眼前那些被践踏过的泥土。

福尔摩斯突然喊道:"看,这是什么?"这是一根烧了一半的火柴,这根火柴上面裹着泥,乍看上去,会误以为是一根小小的木棍。"真是难以想象,我竟然会把它忽略了。"警长懊丧地说。"是的,它埋在泥土里,并不容易被发现,我之所以能发现它,是因为我在有意查找它。""什么?这在你意料之中吗?""我想这是可能的。"福尔摩斯从袋子里拿出长筒靴——对照地上的脚印,然后爬到坑边,慢慢匍匐靠近羊齿草和金雀花丛处。"恐怕这里的痕迹就这么多了,我已经仔细检查了周围一百码的地方。"警长说。

"是这样!"福尔摩斯站起来说,"既然这样,我就不用再费一遍心了。可是我倒希望在天黑以前,能够在荒原上走一走,明天对这里的地形就可以熟悉一些。我把这块马蹄铁装在衣袋里,这样可能会更吉利些吧。"

罗斯上校看了看表,好像对我的朋友这种从容不迫、有条不紊的工作方法感到很不耐烦。"我们应该一起回去,警长,"罗斯上校说道,"有几件事,我想知道你的看法。特别是我们应该向公众宣布,把那匹名驹的名字从赛马的名单中取消。""不必那么做,"福尔摩斯果断地说道,"我一定能让它参加比赛。"上校点了点头。"很高兴听你这么说,先生,"罗斯上校说,"你在荒原上走一会儿后,请到可怜的斯特雷克家找我们,然后我们再一同乘车到塔维斯托克镇去。"

罗斯上校和警长已经回去,我和福尔摩斯在荒原上慢慢走着。夕阳

缓缓隐没到梅普里通马厩后面,我们面前广阔无边的平原沐浴在金色的夕阳余辉中,晚霞洒在羊齿草和黑莓上。可是福尔摩斯却无意欣赏眼前的绚丽景色,完全陷入深思中。"华生,这么办吧,"他终于说,"我们先不考虑是谁杀了约翰·斯特雷克,先把目标放在寻找马的下落上。现在假设在悲剧发生时或在悲剧发生后,这匹马脱缰逃跑,它能跑到什么地方去呢?马是喜欢合群的,依照它的本性推断,它不是回到金斯皮兰马厩,就是跑到梅普里通马厩去了。它不大可能跑到荒原上去,即使这样,它也会被人发现。吉普赛人又为什么要拐走它呢?对于这类的乱子他们是避之惟恐不及的,生怕被警方缠上。他们知道是无法卖掉这样一匹名驹的。如果带上它,他们会冒很大的风险而且无利可图,这是显然的。"

"那么,马能在哪里呢?""我已经说过,它可能是到金斯皮兰或梅普里通去了。现在不在金斯皮兰,那一定在梅普里通。我们按着这个方向找,看会出现什么结果。警长说过,这一片荒原的土质很坚硬而且干燥,可是梅普里通地势则愈来愈低,从这里你可以看到那边是一片长长的低洼地带,在星期一夜晚一定很潮湿。如果我们的推断没错,名驹到梅普里通去了,那么我们一定会在低洼地找到它的蹄印。"

我们边谈边走,兴致很高,几分钟后就走到我们所说的洼地了。我按照福尔摩斯的要求,向右边走去,福尔摩斯则向左边走去,可是我还没走到五十步就听到他叫我,向我招手。我赶去时看见在他面前那片松软的土地上有一些清晰的马蹄印,而福尔摩斯从袋里取出马蹄铁与地上的马蹄印一对照,竟然完全相符。"设想是多么重要啊!"福尔摩斯说,"格雷戈里就是缺少这种素质。对已发生的事进行设想,并按设想去办,也许就能找到结果。既然事实证明了我的猜测,我们就继续吧。"

我们穿过潮湿的低洼地,又走过了四分之一英里的干硬的草地,地势开始下斜,马蹄印又出现了,接着马蹄印又中断了半英里左右,最后我们在梅普里通附近,又一次发现了马蹄印。福尔摩斯站在那里指点着马蹄印旁边明显可见的一个男人的脚印,脸上充满喜悦的神情。

回忆录

"开始这匹马是独行的。"我叫道。"确实如此。咦,这是怎么回事?"原来这两种足迹突然朝金斯皮兰方向转去。福尔摩斯吹着口哨,我们追踪前进。福尔摩斯双眼紧盯着足迹,可是我不经意向旁边看了一眼,惊奇地发现同样的足迹又返回了原方向。"华生,你真是好样的,"在我指给福尔摩斯看时,他高兴地说道,"你让我们少跑了很多冤枉路,现在按返回的足迹走吧。"

我们走了不远,足迹在通往梅普里通马厩大门的沥青路上又一次地中断了。我们刚一靠近马厩,就看见里面跑出来一个马夫。"我们这里不准闲人靠近。"那个人说道。"我只有一个问题,"福尔摩斯把拇指和食指插到背心口袋里说道,"要是明天早晨五点钟我来拜访你的主人赛拉斯·布朗先生,是否合适?""上帝保佑,先生,他总是最早起床,如果你在那时来,他会见你的。他来了,先生,你自己去问他吧。不,先生,如果他看见我拿你的钱,他就会把我赶走,你愿意给我的话请等一会儿。"

福尔摩斯刚想从口袋里掏出一块半克朗的金币,听到他这么说马上又放回口袋里。一个面容可怕的老者从门内大步地走了出来,手中拿着一条猎鞭。"怎么回事,道森?!"他叫喊道,"不许闲谈!干你的活儿去。还有你们,你们到底来干什么?""我们要和你谈十分钟,亲爱的先生。"福尔摩斯平静而不失亲切地说。"我没工夫和游手好闲的人闲扯。这里不许生人靠近,再不走,我放狗咬你们了。"福尔摩斯俯身向前,在他耳边低语了几句。他猛然跳起来,脸刷地一下变得通红。"撒谎!"他高喊道,"你在撒谎!""很好。我们是就在这儿讨论呢,还是到你的客厅里去?""啊,如果你愿意,请吧。"福尔摩斯微微一笑。"你不会等太久的,华生,"福尔摩斯说,"现在,让我们开始吧,布朗先生。"

二十分钟后,福尔摩斯和他走出来时,夕阳的余辉已经完全落尽了。赛拉斯·布朗转眼间变得面无血色,额上汗水淋漓,双手抖动,手中的猎鞭如风中摆柳,刚才的霸道神情已不复存在,像一条狗似的灰溜

溜地跟在我朋友的身后。"一定会照您的吩咐去办。一定！"他说。"不能出错。"福尔摩斯回头看着他强调说。他胆怯地望着福尔摩斯。"是的，我保证出场。我要不要对它做些改变？"福尔摩斯想了想，忽然放声大笑，"不，不用，我会写信通知你。不要搞诡计，否则……""是的，请您一定相信我！""好，明天听我的信儿。"布朗哆哆嗦嗦地向他伸过手来，福尔摩斯转身走了，于是我们便向金斯皮兰的方向走去。"像赛拉斯·布朗这样一会儿满身霸气，一会儿又胆小如鼠、奴气十足的败类，实在是少见。"在我们拖着沉重的脚步走在返回的路上时，福尔摩斯说道。"那么说，马真的在那儿？"

"他开始胡说，妄想把事情赖掉。但是我把他那天早晨干的事一字不差地说出来，他认为我当时就在附近盯着他。你当然会注意到那个与众不同的方头鞋印，布朗的长筒靴和它完全相符。还有，这种事当然下人们是不敢做的。根据他总是第一个起床的习惯，我对他说，他是怎么发觉有一匹奇怪的马在荒野上游荡的，又是怎么出去迎它的，当他看到那真的是一匹白额头马驹时，又是如何地兴奋的，因为只有这匹马才能战胜他下赌注的那一匹马，想不到现在它竟然落到自己手里了。后来我又叙述了，他开始如何打算把马送回金斯皮兰，后来又是如何心生邪念，想把马一直藏到比赛结束的，接着我又讲了他是怎样把马牵回来，藏在梅普里通的。当他听完我这段叙述后，为了保住自己，他不得不承认。"

"可是马厩不是搜查过了吗？""是的，像他这样的老马混子是狡猾的。""既然他为了自己的利益可以伤害那匹名驹，你现在怎么还把马留在他手里，你放心吗？""我亲爱的朋友，他会像爱护自己的眼睛一样爱护它。因为他知道那匹马的安全会直接关系着他的罪过，他会受到什么样的惩处。""我看罗斯上校绝不是一个能宽恕别人的人。""这件事并不由罗斯上校来决定，我可以根据自己的打算对掌握的情况多说或少说。这就是非官方侦探的优势。华生，你是否发现了罗斯上校对我很傲慢，现在我想拿他开一下心，请不要告诉他有关马的事。""没有

回忆录

你的许可我一个字都不会透露给他。""而且这件事只是个小问题，关键是要找出杀害约翰·斯特雷克的凶手。""你准备开始追查了吗？""恰恰相反，我们俩今天晚上就乘车返回伦敦。"

这让我大感意外。我们到德文郡才几个小时，而一开始调查就干得很顺利，现在他竟然要撒手停下来，这可让我很难理解。在回驯马师寓所的途中，我追问他很多次，他都不开口。上校和警长早已在客厅等着我们了。"我们俩打算乘夜车返回城里，"福尔摩斯说，"已经呼吸过你们达特穆尔的新鲜空气了，确实令人心情舒畅。"警长目瞪口呆，上校轻蔑地撇撇嘴。

"也就是说你没有信心能找到杀害斯特雷克的凶手了。"上校说道。福尔摩斯耸了耸双肩。"确实有难度，"福尔摩斯说，"可是我确信，你的马可以参加星期二的比赛，请你准备好赛马骑师吧。我可以要一张约翰·斯特雷克的照片吗？"警长从一个信封中抽出一张照片递给福尔摩斯。"亲爱的格雷戈里，我需要的东西你都备齐了。请稍候，我还有一个问题要问女仆。""我必须说，对于这位从伦敦请来的顾问我很失望，"我的朋友刚一走出去，罗斯上校便傲慢地说，"我看不出他来这儿以后事情有什么进展。""至少他已向你保证，你的马一定能参加比赛。"我说道。"是的，他是保证了，"上校耸了耸双肩说道，"但愿他找到我那匹马，证明他不是胡扯。"

我正想为我的朋友辩白几句，可是福尔摩斯又进来了。"先生们，"福尔摩斯说，"现在我们已经完全准备好到塔维斯托克镇去了。"我们走到外面去，一个小马倌已经为我们打开了车门。福尔摩斯似乎想起了什么，便俯身向前，拉了拉小马倌的衣袖。"你们的围场里有一些绵羊，"福尔摩斯问，"谁照管它们？""是我，先生。""最近你发现它们有什么不同吗？""啊，先生，没什么大事，只是有三只腿瘸了。"我看出，福尔摩斯极为满意，因为他搓着双手，咧着嘴轻轻地笑了。

"大胆的推测，华生，但是很准确，"福尔摩斯碰了一下我的手臂，说道，"格雷戈里，你最好注意一下羊群的这种怪异病症。走吧，车

夫。"罗斯上校的脸上仍然是不信任的神情。可是我看出警长很注意福尔摩斯的话。"你肯定这是很重要的吗?"格雷戈里问道。"是的。""还有什么其他需要注意的地方吗?""在那天夜里,狗的反应很奇怪。""那天晚上,狗没有什么异常反应啊。""这正是奇怪的地方。"歇洛克·福尔摩斯提醒道。

四天后,我和福尔摩斯乘车到温切斯特市去看韦塞克斯杯锦标赛。罗斯上校如约去车站迎接了我们,我们乘坐着他那高大的马车驶向城外的跑马场。罗斯上校一脸不悦的神情,态度也极其冷漠。"到现在我也没有一点儿马的消息。"上校说。"我想,一旦看见它,你能认出来吧?"福尔摩斯问道。上校非常生气地说:"我在赛马场已有二十年了,从没有听到这种话,连小孩子都会认出银色白额马的白额头和它那斑驳的右前腿。""赌注怎么样?""这才是微妙之处呢。昨天是十五比一,今天竟然跌到三比一了。""好!"福尔摩斯说,"一定是有人听到了消息。"马车抵达看台的围墙,我看到赛马牌上参赛马的名单。

韦塞克斯金杯赛

赛马年龄:限四五岁口。赛程:一英里五弗隆。每匹马需交款五十镑。第一名除金杯外奖金一千镑;第二名奖金三百镑;第三名奖金二百镑。

一、希恩·牛顿先生的赛马马尼格罗。骑师着红帽,棕黄色上衣。

二、沃德洛上校的赛马帕吉利斯特。骑师着桃红帽,深蓝色上衣。

三、巴克沃特勋爵的赛马德斯巴勒。骑师着黄帽,黄色上衣。

四、罗斯上校的赛马银色白额头。骑师着黑帽,红色上衣。

五、巴尔莫拉尔公爵的赛马艾里斯。骑师着黄帽,黄黑条

纹上衣。

六、辛格利福特勋爵的赛马拉斯波尔。骑师着紫色帽,黑色上衣。

"我们把准备好的另一匹马也撤出比赛了,现在所有的希望都寄托在你的话上了。"上校说,"什么,那是什么?名驹银色白额马?""银色白额马,五比四!"赛马赌客大声喊着,"银色白额马,五比四!德斯巴勒,五比十五!其余赛马,五比四!""所有的赛马已经编好号了,"我高声说,"现在出场的是六匹马。""六匹马都出场了?也就是说,其中有我的马,"上校焦急地喊道,"可是它在哪儿?没有白色的马!""刚跑过五匹,那匹肯定是你的。"我正说着,一匹慓悍的栗色马矫健地从围栏内跑出来,从我们面前缓辔而过,上校那位为大家所熟知的黑帽红衣骑师正高坐在马背上。"那马不是我的,"马主人高声喊,"这马的身上一根白毛也没有。究竟怎么回事,福尔摩斯先生?""喂,喂,我们来看它跑得如何。"我的朋友很平静地说道,他用我的双筒望远镜认真地观看了几分钟,"好极了!好极了!"他又突然喊道,"它们跑过来了,已经拐弯了!"

我们焦急地望着,赛马正向这边奔来,情景异常壮观。先是六匹马紧挨在一起,用一条地毯就可以把六匹马全盖上。跑到中途,梅普里通马厩的黄帽骑师领了先。可是,当它们跑过我们面前时,德斯巴勒显然后劲儿不足,而罗斯上校的名驹却一马当先地冲过终点,比它的对手超出六马身长,巴尔莫拉尔公爵的艾里斯排在第三。

"看情况,确实是我的那匹马,"上校用一只手遮到双眼上望着,急促地说道,"我现在实在是摸不着头脑,但是,你不觉得这秘密保守得太久了吗,福尔摩斯先生?""是的,上校,你立刻就会了解所有的情况。我们现在一起去看看它。"福尔摩斯继续说道,这时我们已经走进围栏,只有马主人和他的朋友才能进这里,"你只要用酒精把马的脸和腿洗一洗,你就能够认出它就是那匹名驹银色白额马。""我实在太

吃惊了!""我在盗马者那里找到它后,就自作主张让它以此面目参赛。"

"我亲爱的先生,你做得真神秘。这匹马看来非常健壮、优秀,这是它一生中跑得最好的一次。我当初对你的才能有些怀疑真是太抱歉了。你帮我找到了马,真是太好了,如果你能抓到杀害约翰·斯特雷克的凶手,那就更完美了。""这件事,我已经办好了。"福尔摩斯慢慢地说道。

上校和我都吃惊地望着福尔摩斯,上校问道:"你已经抓到他了?他在哪里?""他就在这里。""这里?""就在我身边。"上校气得满脸通红。"你确实帮了我很大的忙,福尔摩斯先生,"上校说,"但你的话太侮辱人了!"福尔摩斯笑了起来。"我向你保证,我并没有把你同凶手联系起来,上校,"福尔摩斯说道,"真正的凶手就站在你身后。"他走过去,把手放到这匹良马光滑的颈上。"这匹马!"上校和我情不自禁地叫了起来。"是的,这匹马。但是,我要说的是,它是为了自卫才杀人,所以它的罪过并不大。而约翰·斯特雷克是一个根本不能让你信任的人。现在铃响了,我想在下一场比赛中,小赢一下。我们再找恰当的机会谈吧。"

那天晚上我们乘坐普尔门式客车返回伦敦,福尔摩斯开始详细地讲述星期一夜晚在达特穆尔驯马厩里所发生的一切以及他是如何解决的,我们听得入了迷。我猜想罗斯上校和我一样觉得旅途太短了。

"我承认,"福尔摩斯说,"根据报纸上的报道我形成了完全不正确的概念。可是我在这里找到了一些被其他细节掩盖的重要事实。我到德文郡时,也深信菲茨罗伊·辛普森就是凶手。当然,那时我也意识到并没有确凿的证据。而我乘坐马车来到驯马师房前时,我突然想到咖喱羊肉的重要性。你们还记不记得在你们从车上下来时,我正一动不动地出神?我是在想我的脑袋是否出了问题,我怎么会忽略了这样一条明显的线索。""我承认,"上校说,"即使是现在我也不明白咖喱羊肉对我们有什么帮助。"

回忆录

"它是我推理锁链中的第一个环节。研成粉的麻醉剂是有气味的。这气味虽不难闻,但是能感觉出来。要是把它掺在普通的菜里面,吃的人一定会发现,不可能继续再吃。而咖喱却完全可以掩盖掉这种气味。不可能设想,陌生人菲茨罗伊·辛普森那天晚上会把咖喱带到驯马人家中去用。另一种特别怪异的设想是,那天晚上他带着弄成粉末的麻醉剂前来,正好碰到可以掩盖这种气味的菜肴,这种巧合基本是不可能的。因此,辛普森的嫌疑被排除了。于是,我的注意重点就转到斯特雷克夫妇身上。只有他们俩才能选择咖喱羊肉作为这天晚上的晚餐。麻醉剂是在菜做好以后专门给小马倌加进去的,因为别人也吃了同样的菜但没有不良反应。那么他们两个人中哪一个能接近这份菜肴而不被女仆发现呢?

"在这个问题上,我意识到狗不出声的重要性,因为一个可靠的推论总会引发出其他的问题来。我从辛普森这个插曲中知道,马厩中有一条狗,但是,有人进来并把马拉走,它竟然不叫,也没有惊醒草料棚里的两个看马房的人。很明显,狗很熟悉这个人。

"我已经确定,或者说差不多确定,约翰·斯特雷克在深夜来到马厩,把马牵走了。他为什么这么做?显然是不怀好意,否则,他为什么要麻醉那个小马倌呢?可是,我当时又想不出他这么做的目的。以前有过一些案子,驯马师通过代理人把大量的赌注押在自己的马的失败上,然后为了赌赢,故意让马跑坏。有时,在赛马中故意放慢速度。有时他们为了有把握,用一些更阴险狡猾的手段。这里用的是什么手段呢?我想检查一下死者的衣袋,这样可以帮助我进行推论。

"事实正是如此,你们一定记得在死者手中发现的那把奇特的小刀吧,当然没有一个神志正常的人会用它来当武器的。正如华生医生告诉我们的那样,这是外科医生用来做最精密手术的手术刀。那天晚上,这把小刀正是为做精密手术而准备的。罗斯上校,你对赛马有很丰富的经验,你总该知道,在马的后踝骨腱子肉上从皮下轻轻地划一小道伤痕,那是绝对查不出痕迹的。经过这样处理的马会出现轻微的跛足,这样会

被人误解为是训练过度或是有点风湿痛,可是绝不会被人怀疑是一个奸诈的阴谋。"

"恶棍!混蛋!"上校大叫道。

"我们已经弄明白约翰·斯特雷克把马牵到荒野去的目的了。这样一匹烈马在受到刀刺以后,一定会高声嘶叫。为了不惊醒在草料棚睡觉的人,所以这个勾当必须到荒野去干。"

"我真瞎了眼!"上校高喊道,"怪不得他要用蜡烛和火柴呢。"

"是的,检查过他的东西后,我幸运地找到了他的犯罪方法,就连他的犯罪动机也找到了。上校,你是一个世故老练的人,你应该知道一个人不可能把别人的账单装在自己的口袋里。通常我们都是自己处理自己的财务,所以我马上意识到,斯特雷克重婚,而且另有住处。从那张账单可以看出,一定有一个奢侈的女人牵涉在这个案子中。即使像你这样对仆人慷慨大方的人,也很难想到他们能花二十畿尼给女人买一件衣服。我曾经随意地向斯特雷克夫人打听这件事,但是她没有一点反应,这也说明她和此事无关。我记下了服饰商的地址,下意识地感到我带上斯特雷克的照片一定能搞清楚这位神秘的德比希尔先生的问题。

"从那时起,一切就都明白了。斯特雷克把马牵到一个坑穴里,在那里他点起蜡烛,这样别人不会看到他。辛普森在逃走时丢了领带,斯特雷克把它捡起来,可能是打算用来绑马腿。到了坑穴,他走到马后面,点起了蜡烛,可是马被突然的光亮吓着了,出于动物自我保护的本能,便猛地尥起蹶子来,铁蹄子正好踢到斯特雷克的额头上,而这时斯特雷克为了对马下手,不顾下雨,已经脱掉了自己的大衣,所以在他倒下去时,小刀就把他的大腿划破了。我解释明白了吗?"

"妙极啦!"上校喊道,"你好像亲眼看到了一样。""我承认,我最后的一点推测是非常大胆的。我认为斯特雷克是个狡猾的家伙,没有经过试验他是不会在马踝骨腱肉上做这种精细的手术的。什么东西能供他试验呢?我看到了绵羊,联想出这个问题,连我自己也感到奇怪,得到的回答竟说明我的推测是完全正确的。我回伦敦后,拜访了那位服饰

回忆录

商,她认出斯特雷克就是那位常来光顾的很富有的顾客德比希尔先生,他有一个打扮得很漂亮的妻子,尤其喜好华贵的服饰。显而易见就是这个女人使斯特雷克背上了沉重的债务,逼他走上犯罪的道路。"

"你把一切都说得明明白白,只有一个问题我还要问你,"上校大声说道,"这匹马在哪儿呢?""啊,它脱缰逃跑了,被你的一位邻居照料着。在这一点上我们必须表现出宽容。我想,如果我没有搞错的话,我们已经到了克拉彭站,再有差不多十分钟我们就到维多利亚车站了。如果你愿意到我们那里坐坐,我会很高兴地把你感兴趣的其他一些细节讲给你听。"

福尔摩斯探案全集

假面人

由于我的朋友福尔摩斯在一些奇异案件中的非凡才能和杰出表现，我们在对戏剧性情节产生浓厚兴趣之外，自己也投身到故事中去了。在发表一些描写福尔摩斯破案的短篇小说时，我自然地把笔墨放在他的成就上。我这么做并不是顾虑到福尔摩斯的名声。事实上，如果福尔摩斯遭到失败，那也就意味着此案永远没有结局。越到危险的时候，福尔摩斯所表现出的才能和智慧越是让人心生敬佩。即使他判断出错，最后他也能侦破案子。我曾注意到有五六件这类情况的案子，其中有两件案子最引人注意，一件是马斯格雷夫典礼案，一件就是我下面要讲述的故事。

福尔摩斯不是一个为了锻炼身体而进行体育活动的人。通常来说，很少有人善于运用自己的体力。而毫无疑问，在与他同体重的人中，福尔摩斯是我所见过的最优秀的拳击手，他认为盲目地锻炼身体是浪费体力，所以他只关心与他职业有关的项目，其余一概不问。可是他精力非常充沛，不知疲倦。显然，他这种养生之道是很奇怪的。他的饮食非常简单，起居也极其简朴，近似于节衣缩食，只是偶尔会注射些可卡因。每当没有案件可查，而报纸新闻又枯燥乏味时，他便采用麻醉剂来解除生活的单调。

早春的一天，福尔摩斯很清闲，居然有空同我到公园去散步。此时榆树已发出嫩绿的新芽，栗树梢头开始冒出五瓣形新叶。我们默默无语地漫步了两个小时，这很适合于两个至交。当我们回到贝克街时，已经快五点了。"请原谅，先生，"我们的小仆人一边开门一边说，"有一位绅士来找过您。"福尔摩斯埋怨地望了我一眼。"不应该去散步的，"福

回忆录

尔摩斯说,"你的意思是,那位绅士已经离开了?""是的,先生。""你没有请他进来吗?""请了,先生,他进来过。""他等了多久?""半个小时,先生。他很着急,坐立不安,一直在屋子里走来走去,还跺着脚。我在门外等着的时候能听到他的动静。最后他走到走廊里大声叫喊说:'他是不是不打算回来了?'我说:'请再稍等一等。'他又说:'那么我到外面去等他,我在这里简直快闷死了!我过一会儿再来。'说完他就走了,我说什么也留不住他。"

"好了,好了,你做得很对。"我们走进屋里,福尔摩斯说,"太令人生气了,华生,我现在真的需要一件案子。这显然是一个重要的案子,否则他不会那么焦急的。喂!这桌上的烟斗不是你的,一定是那个人丢下的。这是一只很好的欧石南根烟斗,斗柄很长,是用琥珀那种材料做成的。我不知道伦敦城里究竟有几只真正的琥珀烟嘴,有人觉得里面包着苍蝇的那种才是真正的琥珀。喂,他竟然烦乱得把如此珍爱的烟斗遗忘了。"

"你根据什么说他珍爱这只烟斗呢?"我问道。"啊,据我判断,这烟斗的原价只有七先令六便士,可是,你看,已经修补过两次,一次在木柄上,另一次在琥珀嘴上。你应该注意到,每次都是用比烟斗原价高得多的银箍修补的。这个人宁肯去修理烟斗,也不愿花同样的钱去买一只新的,这表明他一定很珍爱这只烟斗。""你还注意到别的了吗?"我问道。因为福尔摩斯正把烟斗翻过来掉过去、用他那独特的目光仔细观察着。福尔摩斯拿起烟斗,用他那细长的食指弹了弹,像一个教授在讲授动物的骨骼一样。

"有些时候烟斗很重要,"福尔摩斯说,"除了表和鞋带以外,烟斗是最能表现一个人性格的东西。可是这只烟斗所表现出来的迹象既不明显,也不重要。烟斗的主人显然是一个身体健壮、习惯用左手、有一口好牙齿、粗心大意、经济很富裕的人。"我的朋友毫不犹豫地信口说出

了这些话,我看到他斜视着我,知道他是在看我是否明白他所做出的推断。

"他用一只七先令的烟斗吸烟,你认为他就是一个有钱的人吗?"我问道。"这是格罗夫纳板烟,八便士一两,"福尔摩斯说着,把烟斗放在手心中磕出一些烟丝来,"用这一半的价钱,他就可以买到上等烟丝,所以他的经济一定很富裕。""那么,另外几点呢?""他经常在油灯和煤气喷灯上点烟斗。你可以看出这烟斗的一边已经烧焦了。如果用火柴绝不会出现这种情况。用火柴点烟不会烧焦烟斗边,但你在油灯上把烟点着,就一定会烧焦烟斗。而烧焦的只是烟斗的右侧,因此,我推断他是一个使用左手的人。现在你把你的烟斗在灯上点燃,你就可以看到,因为你惯用右手,自然是左侧向火焰了。有时你也可能这么点烟,但那只是偶尔的。所以只能认为他惯用左手。琥珀嘴已被咬穿,表明他身体强壮,而且有一口好牙。如果我没有弄错的话,我已经听到他上楼的声音了,那么马上就有比这个烟斗有趣得多的问题让我们去研究了。"

一会儿,我们的屋门开了,一个身材高大的年轻人走进来。他身穿一套很讲究的深灰色衣服,手拿一顶褐色宽檐呢帽。我想他的年龄在三十岁左右,但是他的实际年龄还要大上几岁。"请原谅,"他有些愧疚地说,"我想我应当先敲一下门。是的,我应该先敲门。但我实在是心情烦乱,请千万别介意。"他把手放在额头上,好像支撑不住了,一扭身倒在椅子上。

"我看得出你已经一两夜没有睡觉了。"福尔摩斯和蔼可亲地说,"这真是比工作还伤神,甚至比玩乐还要劳神的一件事,那么我能帮你什么呢?""我太需要你的指教了,先生,我现在完全不知所措,一切全乱了。""你是不是想向我做一下咨询?""不仅是这样。你是一个饱经世事、有丰富经验的人,我迫切需要你的指点。希望你能告诉我下一

回忆录

步怎么走。"

他说得毫无条理,呼吸急促,声音颤抖,我觉得说话对他来说都是一件痛苦的事,他始终在抑制着自己的感情。"这是一件非常困难的事,"他说,"任何一个人也不愿意对外人说自己的家务事。尤其是同两个陌生的人来谈论自己妻子的行为,更是令人尴尬。这样做简直太可怕了。可是,我已经到了无计可施的地步,只能向别人求救了。""我亲爱的格兰特·芒罗先生……"福尔摩斯开口说道。我们的来客猛地从椅子上站起来。"你知道我的名字?"他大声说道。

"假如你想隐瞒自己的姓名身份,"福尔摩斯笑容满面地说道,"我劝你以后不要再把名字写在帽里儿上,或者你去拜访别人时,不要把帽里儿朝向别人。我也想让你知道,在这间屋子里我和我的朋友听过许多奇异玄妙的事,而我们也让许多人从焦急中平静下来。请相信在你身上我们也会做到这一点。现在时间宝贵,你快告诉我们事情的经过吧。"

我们的来客又把手放到额头上,一副痛苦万分的样子。我从他的神态上看得出来,他是一个沉默少言、能够自控的人,天性有些骄傲,宁肯把伤痛埋在心底,也不愿让他人知道。后来,他忽然握紧拳头做了个坚定的手势,不再保守秘密,开始说道:"事实是这样的,福尔摩斯先生,我是一个已婚的人,结婚三年了。在这三年中,我和妻子生活幸福,快乐美满。我们的思想、言论和行为都很相似。可是从上星期一开始,我们中间突然产生了隔阂。我发现她就像是一个陌生人,我不了解她在生活上和思想上的一些东西。我们疏远了。我想弄清这是为什么。不过,有一件事我必须先让你知道,然后我再继续讲下去,福尔摩斯先生。艾菲是爱我的,请不要怀疑这一点。她全心全意地爱着我,现在更加爱我了。这一点我感觉得出来,这是肯定的。一个男人是能感觉到女人对他的爱的,但是,因为有这个秘密隔在我们中间,不解开它,我们

的生活就不能像以前那样。""芒罗先生,请把真实情况告诉我。"福尔摩斯有些不耐烦地说道。

"我先把我所知道的艾菲的历史告诉你。我们开始相识时,她很年轻,只有二十五岁,但已是未亡人了。那时她叫赫伯龙夫人。她小时候就到美国去了,住在亚特兰大城,在那里嫁给了一个叫赫伯龙的律师,律师生意不错。他们有了一个孩子,由于当地流行黄热病,她的丈夫和孩子被感染上双双死去,我看到了赫伯龙的死亡证明。这件事让她对美国产生了厌恶的感觉,于是她回到英国,和她的姑母一起住在米德尔塞克斯的平纳尔,她的姑母一直独身。另外,我要说明的是,她的丈夫给她留下一大笔遗产,大约有四千五百镑。她丈夫在世时用这笔财产投资获利,一年大约有七厘的利润。我遇见她时,她到平纳尔仅有六个月,我们一见钟情,几个星期后就结了婚。我是个蛇麻商人,每年有七八百镑的收入。我们在诺伯里租了一栋别墅,每年租金八十镑,生活得很幸福,没什么烦恼的事儿。我们这小地方离城虽然不远,却有乡村韵味。在我们住处附近,有一家小旅馆和两所房屋,我们门前田地的那一边有一所独立的小别墅。除此之外,只有到车站去的路上才有房子。由于职业的关系,我只在一定的季节进城办事,夏天我是不用进城的。于是我和我的妻子在自己的乡下住宅尽情享乐。我可以告诉你,在这件不幸的事情发生之前,我们从来没有发生过不愉快的事。

"还有一件事,我应该先告诉你,然后再继续往下讲。我们结婚时,妻子把她的全部财产都转到我的名下了。这并不是我的意思,因为我觉得我的事业一旦失败,那就是件很难挽回的事情,不能连她的钱也赔进去。可是,她坚持要这样做,我只好照办了。啊,大约六个星期以前,她来找我。

"'杰克,'她说,'当你接受我那财产的时候,你说过任何时候我都可以跟你要钱——只要我需要。'

"'没错，'我说，'那本来就是你自己的钱嘛。'

"'好，'她说，'我要一百镑。'

"对此我感到很惊讶，因为我以为她不过是要买一件衣服或其他的类似的东西。

"'到底怎么回事？'我问道。

"'噢，'她开玩笑似的说，'你说过你只不过做我的银行保管员，你知道，银行保管员是不会向人家问这种问题的。'

"'如果你真的需要这些钱，我当然可以拿给你。'我说道。

"'是的，我确实需要它。'

"'你不能告诉我你想用这笔钱来干什么吗？'

"'现在不行，杰克，过几天我一定告诉你。'我只好照办，如果说我们夫妇间有什么秘密的话，这就是第一个。我给了她一张支票后就把这件事放到脑后了。也许这和后来发生的事无关，但我认为还是让你们知道比较好。

"好了，我刚才告诉你们，有一座小别墅在我们家附近。在我们住所和小别墅之间有一块田地，可是你要到小别墅去，就必须沿大道走到对过儿，然后再绕到一条小路上过去。在小别墅那边有一片茂密的苏格兰枞树，我通常在那儿散步。因为，在树林中散步令人感到很舒畅。八个月来，这所小别墅一直无人入住，实在是一件可惜的事。那是一座很漂亮的两层楼，有一道古式的游廊，周围到处是金银花。我经常在那里逗留，而且也时常在想，如果住在这样漂亮的房子里该是多么惬意啊。

"唉，上星期一傍晚，我走在这条路上，遇见一辆敞篷车转到小路上，同时看到游廊旁边的草地上有一堆地毯和一些其他的东西。很显然，这所小别墅终于租出去了。我接近那里，装成一个游手好闲的人，仔细观察了一番，想知道到底是什么样的人住在我们附近。就在此时，

我突然感到上面一扇窗户里有一张面孔也正在盯着我。

"福尔摩斯先生，我当时看不清这张面孔的样子，但是，我感觉后背冒汗。我站得稍微远了一点，所以看不清这个人的面孔。但这张面孔给我的感觉是非常不自然甚至不像人的脸，这就是我那时的印象。我紧走几步，希望能够看清楚那个人。当我走近以后，那张面孔突然消失了，似乎被突然拉到室内的暗处。我站了足有五分钟，仔细思考这件事，想把我得到的印象分析一下。我很难说明这究竟是一张男人的面孔，还是女人的。它离我太远了。可是这张面孔的颜色却给我留下了深刻的印象，它就像青灰色的白垩土一样，甚至有些僵硬呆板，非常不自然。我心里忐忑不安，决心再去看看这所小别墅的新住户。我走到门前敲了敲门，门马上就被打开了，出现在门口的是一个身材高大瘦削、面目可憎、让人心颤的女人。

"'你有什么事？'她操着北方口音问道。'我是你对面的邻居，'我用头朝我的住处示意着，说道，'你们一定刚刚搬进来，因此我就过来看看是否能帮上什么忙。''需要的时候，自然会去请你的。'她说着竟然关上了门。我吃了这样粗鲁的闭门羹非常气愤，转身便回家了。整个晚上，无论我做什么事，脑子里总是想着窗口的那个怪人和那个女人。我决定不对妻子提起这件事，因为她是一个胆怯而又容易激动的女人，我不愿意让她分担我的不快。最后，临睡前，我对她说小别墅已经有人住了，但她什么都没说。

"我通常睡得很沉，家里人经常嘲笑我说夜里什么都不能把我吵醒。可是在那天晚上，由于这件事情的小小刺激或其他什么原因，我说不清楚，反正是睡得很不好。我在似睡非睡中模模糊糊地觉得室内有什么在走动，逐渐意识到是我妻子，她已经穿好衣服，并且披上了斗篷，戴上了帽子。我喃喃地说了几句惊异的话，对她这种奇怪的举动提出了异议。当我半睁半闭的双眼移到我妻子被烛光映照的脸上时，我惊呆了。

我从来没有见过她的这种表情。她脸色惨白,呼吸急促,在她扣紧斗篷时,偷偷地盯着床上,看我是否被惊醒了。后来她以为我还在睡梦中,她便悄悄地从屋中溜出去,稍后,我听到一阵吱吱嘎嘎的打开大门发出的响声。我从床上坐起来,用手关节敲打床栏,确定我是不是真的清醒了。然后我从枕下拿出表来,指针正在三点钟的位置上。这个时候我妻子到外面去干什么呢?

"我坐了大约二十分钟,一直在想着这件怪事,设法寻找一些答案。我越想越觉得莫名其妙。我正在苦苦思索这件事时,听到门又轻轻被关上了,我妻子走上楼来。'你半夜三更到哪里去了,艾菲?'她一进来,我便问道。听到我的话,她很震惊,猛地尖叫了一声,我为那声尖叫里的内疚之意深深懊恼着。我妻子向来是一个真诚而坦率的女人,看到她悄悄溜进自己的屋内,而当丈夫问话时她竟然心虚得惊呼出声,这太让我寒心了。

"'你醒了,杰克!'她笑了,但笑得很勉强,她大声说道,'我还以为没有什么能把你吵醒呢。'

"'你到哪里去了?'我更加厉声地问她。

"'也难怪你这么惊奇。'她说道。我看到她在解斗篷上的纽扣时,手指在颤抖。呃,以前我从未这样对待过她。'事情是这样的:我觉得有些闷,想呼吸点新鲜空气。如果我不出去,我想我会晕倒的。我在门外站了几分钟,现在已经完全恢复过来了。'

"她说这番话的时候,一直没有看我,她的声音也和平常完全不同,这就表明她说的都是假话。我没有回答,把脸转向墙壁,非常伤心,千百种恶意的猜测和怀疑涌现在我脑中。我妻子对我隐瞒什么呢?她这次奇怪的外出究竟是到哪里去了?我感到不弄清事实真相,我无法安下心来。可是,在她向我说过谎话后,我不愿再问她什么了。这一夜我辗转反侧,越想越没有头绪,越想越不安。

"第二天我本来决定到城里去,但我非常烦恼,也顾不得生意了。我妻子似乎和我一样心神不定,她始终注意着我的脸色,我从她那疑虑的目光中看出,她已经知道我怀疑她的话,此时也是不知所措,慌了手脚。早餐时我们一句话也没有说,饭后我就到外面去散步,准备仔细地考虑一下这件事。

"我一直走到克里斯特尔宫,在那儿呆了一个小时,回到诺伯里时已经是下午一点钟了。我刚好路过那所小别墅,于是停下脚步望着那些窗户,看看是否能见到昨天我看到的那张面孔。福尔摩斯先生,你可以想象我当时的惊讶,当我站在那儿时,从小别墅打开的门中走出的竟是我的妻子。我一见到她,便惊得说不出话来。可是当我们目光相遇时,她显得比我还要激动。在那一瞬间,我感觉她想要退回门中去,后来看实在没什么用,才走上前来,虽然嘴角含笑,但面色苍白,目露恐惧之色。

"'啊,杰克,'她说,'我刚才来看看是不是能帮新邻居做点什么。你为什么这样看着我?杰克,你是不是生我的气了?'

"'那么,'我说,'这就是你昨夜来过的地方吧。''你这是什么意思?'她喊道。'我完全可以确定,你昨夜到这里来了。这里住的是什么人,你竟然偷偷地在深更半夜来看他们?''今天是我第一次到这里来。''你竟然对我撒谎?'我大声喊道,'你说话的声音都变了。我从来没有瞒过你什么事,不行,我一定要进去,非把这件事弄清楚不可。''不,不,杰克,看在上帝的面上你不要进去!'她慌乱得气喘吁吁地说道。等我走到门口时,她一把拽住我的袖子,用力想把我拉走。'我求你,杰克,千万别去,'她高声喊道,'我保证过几天把一切都告诉你,如果你现在就进去,只能是自找罪受。'后来,我从她手中挣脱开,她紧紧把我缠住,狂乱地阻拦着我。

"'请你相信我,杰克!'她叫喊着,'就相信我这一次。这一切全

回忆录

都是为了你好,否则我决不会隐瞒任何事。跟我回家吧,这关系到我们的未来,你决不会后悔这么做的。'她的这番话劝住了我,她是那样诚恳,而且又说一切为了我们的未来,我犹豫了。'让我相信,你必须答应我一个条件。'我说道,'从现在起必须停止这种秘密活动。你可以保守你的秘密,但你必须答应我夜里不再到这儿来,不能背着我做什么事情。如果你答应我,将来不再发生这样的事情,我可以忘掉这一切。'

"'我就知道你会相信我,'她欣慰地长出了一口气,高声喊道,'就照你的要求办。走吧,离开这儿我们回家去吧。'

"她仍然拉着我的衣袖,于是我们离开了小别墅。我走时向后看了看,发现上面窗口有一张铅灰色的面孔正望着我们。我妻子和这个怪人以及前一天我看到的那个粗野而又丑陋的女人之间有什么关系呢?如果不能解开这个奇怪的谜团,我的心里会永远不安,我知道这一点。这以后,我在家待了两天,我妻子也遵守约定,因为,就我所知,她从未离开一步。可是到了第三天,我有充分的证据证明,虽然在那样的承诺后,她仍然不能摆脱那股神秘力量,她背弃了我。那一天我到城里去了,可是我没有像往常那样乘下午三点三十六分的火车回来,而是乘两点四十分的火车提前返回来的。我一进门,女仆就一脸慌乱地跑进厅房。

"'太太呢?'我问道。'可能散步去了。'她答道。

"听到这话,我心里好像涌上了一片乌云,我快步上楼想确定一下她是否真的不在家里。偶然间我向窗外看了一眼,发现刚才那个女仆正穿过田野,跑向小别墅。一切都很清楚了。我妻子又到那里去了,并吩咐女仆,如果我回来,就赶快去通知她。我气得发抖,跑下楼来,决定去揭开谜底。我跑到门外,看到我妻子和女仆沿小路赶回来,可是我没有停下来和她们说话。这所小别墅里隐藏着一种威胁着我的平静生活的秘密,我不能再让它发展下去了。我走到房前,甚至连门都没敲,转动门钮就冲进过道。

"楼下是一片寂静,只有厨房里炉灶上的水壶在咝咝作响。一只大黑猫趴卧在一只篮子中。我以前看到的那个女人却全无踪迹。我跑进另一间屋子,可是同样空无一人。后来我跑上楼去,另两间屋子也是空的。整个别墅找不到半个人。室内的家具和图画都极为普通而粗俗,只有我从窗户看到奇异面孔的那间寝室舒适而讲究。在那里我惊讶地发现壁炉台上悬挂着一张我妻子的全身照片。霎时,我好像掉进了痛苦的深渊,那张照片是三个月前我要她拍的,她竟然让它出现在这里。我在室内停留了一会儿,确定没人后,才走出来,心中感到前所未有的沉重。我进屋时,我妻子正在前厅。在极度痛苦中,我并没有与她说话,大步从她身边冲过去。在书房门口,她赶上了我,并跟着我进了书房。

"'对不起,杰克,我背弃了诺言,'她说,'但是,你知道真相后,一定会原谅我的。''那么就把这一切快说出来吧。'我说道。'我不能,杰克,我不能。'她大声喊道。

"'如果你不告诉我住在那所别墅里的是什么人以及你送照片的那个人是谁,我们之间也就无话可说了。'我说着往外走,离开了家。福尔摩斯先生,这是昨天发生的事,离开后我就没回家。这就是我所知道的一切,我们夫妻一直很幸福,这是第一次出现摩擦,又是这么严重的事情,我很慌乱,完全不知该怎么办。今天早晨我突然想到可以求助你,所以急忙赶到你这里来把一切都告诉你。假如这里面有没说清楚的,你可以直接问我。不过,首先请你告诉我该怎么办,我实在受不了这种折磨了。"

福尔摩斯和我全神贯注地听着这件离奇的故事。这个人异常激动,讲得时断时续。福尔摩斯一只手托着下巴,静静地坐在那里,陷入沉思。

"请告诉我,"他终于说,"窗口的那张面孔你能肯定是男人吗?""我每次都不是近距离看到那张面孔,所以,我不敢保证是男人。""但显然你对这张面孔有很糟的印象。""他的颜色好像很不自然,而且面孔呆板得怪异。但我走近时,他就消失了。""你妻子向你要一百镑,到现在有多久了?""大约两个月左右。""你看到过她前夫的照片吗?""没有,在她丈夫死后不久,亚特兰大着了一场大火,烧掉了她的所有文件。""可是她有一张死亡证明,你说你看到过是吗?""是的,在这场火灾之后,她拿到了一份副本。""你可认识她在美国的熟人吗?""不认识。""有从美国来的信吗?""没有。"

"谢谢你。现在我得仔细分析一下。如果这所别墅现在仍然空着,事情就好办了。不过,很有可能昨天在你进去以前,里面的人得到消息先躲开了,现在说不定又回去了。这一点很容易查出来。我劝你返回诺伯里,再观察一下那所别墅的窗户。在肯定里面有人后,你不要轻举妄动,拍个电报通知我和我的朋友就行了。我们收到电报后的一小时内会赶过去,事情很快就会查清楚。"

"如果别墅一直空着呢?""如果这样,我明天会去,等我到后我们再商议。再见。不过,重要的是,在没有弄清楚以前,你不要再烦恼了。"

"我有点担心。华生,"我的朋友把格兰特·芒罗先生送到门外,回来时对我说,"你怎么看?"

"这件事很复杂。"我回答道。

"没错,我认为这其中有诈。"

"那么诈人的是谁呢?""啊,肯定是住在那个舒适的房间并把他妻子的照片挂在壁炉墙上的那个人。华生,窗户里的那张呆板面孔是很关键的一点,我说什么也不放过这件案子。""你已经有了推论吗?""是啊,但仅仅是推论。可是如果这是错的,那我会很惊讶。我

认为住在小别墅里的就是他妻子的前夫。""你为什么这样想呢?"
"如果不是这样,她不会那样惊慌地阻拦她现在的丈夫进去。我认为,事情可能是这样:这个女人在美国结了婚,她前夫染上了什么恶习,或染上了某些令人讨厌的疾病,别人不愿接触了或者能力降低了。她最后离开了他,回到英国,改名换姓,打算开始新的生活。她搞来一张别人的死亡证明给她的新丈夫看。现在结婚已经有三年了,她深信自己的处境已经非常安全。可是她的踪迹突然被她的前夫发现,或者可以假设,被某个与这位病人有牵扯的荡妇发现了。他们便写信给这个女人,威胁说要揭她的底。于是她试图用一百镑来摆脱他们,但他们还是来了。

"当她的丈夫告诉她别墅有了新住户时,她知道这一定是追踪她的人。于是等丈夫睡着之后,她到小别墅去,希望能劝服他们。可是第一次没有成功,第二天早晨她又去了,可是就像她丈夫告诉我们的那样,她走出小别墅时正好被丈夫发现了,她只得答应不再去。但两天以后,为了彻底摆脱这些可怕的邻居,她又去进行劝服工作了。这一次她带上他们向她索要的照片。当她和前夫谈判时,女仆突然跑来报告说主人回家了。她想丈夫一定会直奔别墅,便催促室内的人从后门躲进附近的枞树丛里。所以,他到的时候已经人去楼空了。但如果他今晚再去,房子是不会再空着的。你认为我的推论如何?"

"这完全是猜测。"

"可是它却符合现有的事实。如果再发现了不相符合的新情况,我们不妨重新考虑。在我们没有收到那位朋友从诺伯里拍来的电报之前,我们什么都不能做。"我们并没有等太久。刚吃完茶点,电报就来了。

电报上这样写着:

别墅依然有人居住,又看到窗口那张面孔。请乘七点钟火

回忆录

车来此,一切等你来处理。

当我们下火车时,格兰特·芒罗早已等在月台上了。借着车站的灯光,我们看见他面无血色,忧郁憔悴,浑身都在不自禁地打颤。

"他们还在那里,福尔摩斯先生,"他用手紧紧拉住我朋友的衣袖说,"我经过别墅时,看见灯光。现在我们应当彻底搞清楚它。""那么,你准备怎么做?"当我们走在幽暗的林阴路上时,福尔摩斯问道。"我准备闯进去,趁他们不备看看屋里究竟是些什么人。我希望你们两位做我的证人。"

"那么你决定不顾你妻子的警告了吗?""是的,我决定这么做。""好,我想你是对的,弄清真相总比心存疑虑要好。我们最好现在就去。当然,从法律上说,我们这样做是错误的。不过我想值得这么做。"那晚天色非常昏暗,我们从公路转入另一条两旁长满树木的狭窄小路,天已经下起毛毛雨。显然,格兰特·芒罗先生急于找出真相,他走得很快,我们只好尽力跟着他。

"那就是我家的灯光,"他指着树丛中透过来的灯光,低声说道,"这就是我们要去的那所别墅。"他说话时,我们已在小路上拐了弯,那所房子就在眼前。门前地上透出一缕黄色灯光,说明门是半掩着的,楼上有一个窗户也被灯光照得特别明亮。我们望过去,窗帘上有一个黑影闪过。

"这就是那具怪物!"格兰特·芒罗喊道,"你们看到了,现在让我们进去弄清这一切。"当我们走近门口时,突然从暗处走出一个妇人,站在金黄色的光影中。在暗中我们看不清她的样子,但她在高举双手做出恳求的姿势。"看在上帝面上,别这么做,杰克!"她高喊道,"我猜你会在今晚回来。亲爱的,请你好好想想!再相信我一次,你永远不会后悔的。"

"艾菲，我已经相信你太久了，"他一脸严肃地说，"放开我，我一定要进去。我的朋友和我要搞清楚这件事！"他推开妻子，我们紧跟在他身后走进门去。一个老妇人跑过来阻止他，他一下子推开她，很快我们都到了楼上。格兰特·芒罗首先跑进亮着灯光的屋子，我们随后跟了进去。

这是一间卧房，感觉温暖舒服，布置得很不错，桌上、壁炉台上都点着两支蜡烛。房间的一角，有一个人俯身坐在桌旁，看背影像是个小女孩。我们一进门，她就扭过脸去，不过我们可以看到她身穿一件红上衣，戴着一副很长的白手套。突然间，她又把脸转向了我们。我情不自禁地叫出声来，实在是太惊讶了。她的面孔是特别奇怪的铅灰色，没有丝毫表情。这一刹那，谜底揭晓了。福尔摩斯笑了笑，把手伸到这孩子耳后，摘下了一个假面具，原来她是一个煤色皮肤的黑人女孩。看到我们吃惊的样子，她笑得露出了一排小白牙。我不禁被她的滑稽表情逗笑了。可是格兰特·芒罗却呆站着用一只手按着自己的喉咙，好像已经傻了。

"上帝呀！"他突然喊道，"这是怎么回事？""我回答你这一切，"他妻子面容坚毅而自信地扫视了屋内的人，说道，"这是你强迫得来的结果，现在我们必须找到一个可行的方法。我的原丈夫死在亚特兰大，可是我们的孩子还活着。""你的孩子？"她从怀里取出一个大银盒说道："你从未见过它被打开吧？""我以为它是打不开的。"

她按了一下弹簧，盒盖立即打开。里面装着一张男人的肖像，清秀英俊，气度不凡，但是却可以明显地看出他具有非洲血统。

"这是亚特兰大的约翰·赫伯龙，"他妻子说，"他是这世上最高尚的人。为了与他结合，我与同种人断绝了一切关系，这是我从来没有后悔的决定。不幸的是，我们唯一的孩子，并不像我，而是遗传了他的血统。白人和黑人通婚，往往出现这种情形，小露西竟比她父亲还要黑。

回忆录

不论黑白,她都是我的亲生女儿,是母亲的小宝贝儿。"讲到这儿时,那小女孩跑过来靠在母亲身旁。"因为她的身体不是很好,我怕换了地方会对她造成伤害,所以把她交给一个忠实的苏格兰女人抚养。我从未想过遗弃我的孩子。

"自从遇到了你,杰克,我知道我爱上了你,我怕你会为了孩子不要我,所以一直不敢告诉你这一切。我只能在你们当中选择一个,我承认在这件事上我很懦弱,我舍弃了我的孩子。三年来我一直隐瞒这件事,我经常从保姆那里得到孩子的消息,知道她一切都很好。但是,我还是遏制不住想见见孩子的渴望。虽然我知道有危险,但还是决定让孩子来,哪怕是几个星期也好。于是我给保姆寄去一百镑,告诉她这里有所小别墅,她可以来和我住邻居,安排好这一切,根本不用我出面管,她把什么都办好了。我吩咐她白天不让孩子到外面去,并让她把孩子的脸和手都掩盖住,这样,即使有人从窗外看到她,也不会出现闲话,说邻宅有一个小黑人。正是因为我太小心了,才会做出这种蠢事。因为我怕你看出真情,反而有些发蒙了。

"是你最先告诉我这个小别墅来人住了,这时,我才知道孩子已经到了。我本想等到第二天早晨再去看她,可是我激动得难以入睡,我知道你睡时很难惊醒,所以就溜了出去。没想到还是被你看到了,于是我的麻烦也就开始了。第二天你察觉了我的行动,可是你宽宏大度,没有计较。三天以后,你从前门闯进去,保姆和孩子却从后门躲开了。现在一切都清楚了,你打算怎么办?"她握紧自己的双手,等待着回答。格兰特·芒罗沉默了十几分钟后抱起孩子,亲吻着,然后,一手抱着孩子,一手挽着妻子,向门口走去。

"这件事我们可以回家后再慢慢商量,"他说道,"我虽然不是圣人,艾菲,可是我想,我会比你所想象的要好得多。"他的回答给我留下了美好的回忆。

福尔摩斯和我随着他走出那条小路,这时,福尔摩斯拉了一下我的衣袖。"我认为,"他说,"这里没有我们的事了,我们最好回伦敦去。"

这天晚上他对此案只字未提,直到最后他拿着点燃的蜡烛走回卧室时才说:"华生,如果以后你认为我太自信,或者在办案时太轻易下断言,请你在我耳边稍提一下'诺伯里',那会是对我最大的帮助。"

回忆录

证券经纪人的书记员

结婚后不久，我从老法夸尔先生手中买下了一个位于帕丁顿区的小诊所。老法夸尔先生的诊所曾经有过一段辉煌的岁月，但是随着他年龄的增长以及一种舞蹈病对他的折磨，他的诊所生意越做越不好。人们总是认为：只有自身健康的医生才是医术精湛、值得信任的医生，如果连自己也治不好，那就更谈不上能治好别人了。所以，随着他的身体状况越来越差，他的收入也越来越少，从每年一千二百镑一直滑到三百镑。但是，我正值盛年，年轻力壮，精力充沛，而且自认为医术不错，所以我相信几年后诊所的生意就会兴旺起来。开业后三个月，我一直医务缠身，很少见到我的朋友歇洛克·福尔摩斯。我因为忙，所以没时间去贝克街，而福尔摩斯除非有必要的事，否则他是不会出门的。

六月里的一天清晨，吃过早餐后，我正坐下来阅读《英国医务杂志》，忽然铃声响起，随后就传来我那老朋友高亢刺耳的话语声，这令我十分惊讶。

"啊，我亲爱的华生，"福尔摩斯大步走进房中说，"非常高兴见到你！我想'四签名'案件让贵夫人受了惊，现在一定完全恢复健康了吧。""谢谢你，我们俩都很好。"我非常高兴地握着他的手说。

"我也希望是这样，"他坐到摇椅上，继续说，"尽管你从事医务工作，也请不要把你对我们小小的推理法产生的浓厚兴趣完全遗忘了。""正相反，"我说，"就在昨晚，我刚把原来的记录整理了一遍，而且按照破案成果进行了分类。"

"那么，你的资料搜集到此就结束了吗？""噢，不。我希望有更多这样的经历。""既然这样，你认为今天如何？""当然，如果你愿意，

今天就去吧。""你介意去比较远的地方吗？比如伯明翰？""如果你愿意，我当然没问题。""那么你的诊所怎么办？""我邻居外出，我就替他行医，他正想着该怎么报答我这份情呢！""哈！好极了！"福尔摩斯仰靠在摇椅上，微闭着双眼仔细地看着我，"我发现你最近身体有些不好，夏天感冒实在是有些让人讨厌。""上星期我得了重感冒，三天没有出门。但是，我现在已经没问题了。""不错，你看起来很强壮。""那么，你根据什么认为我生过病呢？""我亲爱的朋友，你是了解我的方法的。""那么，又靠你的推理法了。""完全正确。""从哪儿开始的？""从你的拖鞋上。"

我低头看了看我脚上穿的那双新漆皮拖鞋，"你到底是怎么……"我开始说，可是福尔摩斯没等我问完就先开了口。"这是一双新拖鞋，"他说道，"你买来仅有几个星期，可是朝我这边的鞋底已经烧焦了。开始我以为是鞋子湿了在火上烘干时烧焦的，但是鞋面上还保留着写着店员代号的圆纸片。沾过水的鞋子是不会还保留这代号纸片的，所以肯定是你靠近炉子烤火时烤焦了鞋底。一个正常的人，即使是在六月份这种潮湿的天气，也绝不会去烤火。"

就像福尔摩斯的所有推理一样，事情一旦说开，就像白开水一样简单。他从我的表情中看出了我的想法，有些嘲讽地笑了起来。"让我这么一说，也就没有什么神秘的了，"他说，"只讲出结果往往能给人以深刻印象。不说这些了，你一定同意到伯明翰去了？"

"当然。是什么样的案子？""到火车上我再详细告诉你。我的委托人已在外面四轮马车上等候，能马上走吗？""稍等一下，"我匆忙地给邻居写了一张便条，跑到楼上向我妻子说明了一下，一会儿便坐上了福尔摩斯早已等在阶前的马车。

"你的邻居是一个医生？"福尔摩斯向隔壁门上的黄铜门牌点头问道。

"对，跟我一样，他也买了一个诊疗所。"

"啊！那么，一定是你这边的生意比较好。"

回忆录

"我想是这样。可是你怎么看出来的?"

"从台阶上看出来的,我的朋友,你门前的台阶比他的磨薄了约三英寸。请让我来介绍一下,马车上这位先生就是我的委托人,霍尔·派克罗夫特先生。喂,车夫,请快点,我们要赶火车。"

我坐在派克罗夫特先生对面,他是一个身材健壮、气度不凡的年轻人,表情坦率而恳切,有一点鬈曲的小黄胡子,戴一顶闪亮的大礼帽,穿一套朴素整洁的黑衣服,我们一眼就能看出他曾经是个聪明机智的城市青年。人们常常称呼他们为"伦敦佬",他们当中的许多人都曾是声名远扬的义勇军团的成员。在英伦三岛上他们中间出现了很多优秀的体育家和运动员。他脸色红润,带着自然愉快的神情,但是我仍然从他下垂的嘴角上看出他心中的悲伤。然而,直到我们坐在头等车厢里,在去伯明翰的途中,我才知道他碰上了什么麻烦,知道他是为什么来找歇洛克·福尔摩斯的。

"我们要坐七十分钟的火车,"福尔摩斯说,"霍尔·派克罗夫特先生,请再把你向我说过的那些经历仔细地讲给我的朋友。请不要漏掉任何细节,这对我有很大帮助。华生,这案子无论结果怎么样,都具有我们喜欢的不寻常和奇异的特征。好了,派克罗夫特先生,你可以开始了。"我们的年轻同伴两眼发光地看着我。

"这件事情最坏的是,"他说,"我似乎上当了。当然,又看不出来我已经上当了。不过,如果我真的丢掉了现在的工作,而又什么都没有得到,那么我就是个十足的大傻瓜。华生先生,我不怎么会讲故事,可是我遇到的事情是这样的:我以前在德雷珀广场旁的考克森和伍德豪斯商行工作,但是今年初春商行卷入了委内瑞拉公债券案,生意一落千丈,你一定还记得这件事。当商行破产时,我们二十七名职员全被辞退了。我在那里工作了五年,老考克森给了我一份评价极高的鉴定书。我四处去找工作,但是像我这样的人有很多,所以很长时间我都找不到可做的工作。我在考克森商行时每星期薪金三镑,我积累了大约七十镑,我就靠这一点积蓄维持生活。钱很快就被用光了,最后到了连应征广告

的回信信封和邮票都买不起的地步，我跑了不知多少家公司、商店，磨破了靴子，但还是没有任何希望。

"我终于打听到在龙巴德街的一家大证券商行——莫森和威廉斯商行有一个职位。也许你并不熟悉伦敦东部中央邮政区的情况，但我可以告诉你，这是一家伦敦城内最富有的商行。那家公司规定，必须通过信函应征它的招聘。我把我的鉴定书和申请书都寄了去，可是并不抱太大希望。但是我意外地接到了他们的回信，信中说，如果下星期一我能到那里，而我的外貌又合适的话，我就可以立刻去上班了。谁也不知道他们是怎么挑选的。有人说，可能经理把手伸到一堆申请书里随便捡起了一份。不管怎样，这次是我走运，我实在是太高兴了。薪水开始是一星期一镑，职务和我在考克森商行一样。

"现在我就要说到这件事的不可思议之处了。我住在汉普斯德附近波特巷17号的一个寓所。对了，就是得到录用通知的那个晚上，我正坐在房里吸烟，房东太太拿着一张名片进来，名片上面印着'财政经理人阿瑟·平纳'。我并不认识这个人，甚至没听过他的名字，我让房东太太把他请进来，心里想着这个人到底来干什么。进来的是个中等身材的人，头发、眼睛、胡须都是黑色的，鼻子有些发亮。他走路轻快，说话急促，给人的感觉是他一定是个很珍惜时间的人。

"'我想，你是霍尔·派克罗夫特先生吧？'他问道。'是的，先生，'我说，同时拉过一把椅子请他坐。'以前在考克森和伍德豪斯商行做过事？''是的，先生。''是莫森商行新录用的书记员吧？''没错。''啊，'他说，'是这样的，我听说你在理财方面表现得很出色，有许多优秀的成绩。你记得考克森的经理帕克吧，他对你总是称赞不已。'

"我很高兴听到有人这么说我。在工作上我确实很精明，但是从未设想过会得到人们的称赞。'你的记忆力怎么样？'他问。'还算可以。'我恭敬地回答道。'你失业以后是否还注意着商业动向？'他问道。'是的。我每天早上都要看证券交易所的牌价表。''确实是下工夫了！'他

回忆录

大声喊道,'只有这样才能生财。你不介意我来测验一下吧?请问埃尔郡股票牌价是多少?'

"'一百零六镑五先令至一百零五镑十七先令半。'

"'新西兰统一公债?'

"'一百零四镑。'

"'那么英国布罗肯·希尔恩股票呢?'

"'七镑至七镑六先令。'

"'妙极了!'他举起双手欢呼道,'和我了解到的行情分毫不差。我的朋友,到莫森商行去当书记员实在太委屈你了,大材小用啊!'对于他的表现我感到很惊讶。'啊,'我说,'别人可不像你这样替我着想,平纳先生。这份工作是我好不容易才得到的,我很喜欢它。''不能这么说,先生,你总有一天会成为才俊,这个工作实在不适合你。我要告诉你,我很看重你的才能。我给你的职位和薪水,按你的才干衡量还不够高,但和莫森商行相比,肯定会让你满意。请告诉我,你打算什么时候到莫森商行去上班?'

"'下星期一。'

"'哈,哈!我想我可以冒险打个赌,你不用到那儿去了。'

"'不到莫森商行去?'

"'没错,先生。到那天你一定会成为法国中部五金有限公司的经理,这家公司在法国境内有一百三十四家分公司,另外在布鲁塞尔和圣雷蒙还各有一家分公司。''这实在太让人惊讶了。但是,恕我直言,对于您这家公司,我一无所知。'我说道。'这也是很正常的事。公司一直在默默地营业,因为它的资金是向私人筹集的,生意做得很好,所以不需要向大众宣传。我兄弟哈里·平纳是创办人,担任总经理,而且是董事会的董事。他知道我在这里结交广泛,因此让我帮他找一个薪水不高而又精明强干的人,当然他必须是精力旺盛而又听话的年轻人。帕克谈到了你,于是我今晚到这儿来拜访你。我们开始只能给你五百镑的薪水。'

福尔摩斯探案全集

"'一年五百镑!'我情不自禁地高喊。'当然这只是在最初的时候。另外,凡是你的代销商完成的销售额,你都可以得到百分之一的佣金。你完全可以信任我,这笔收入会远远超过你的年薪。''但是对于五金行业我一无所知。''不能这么说,我的朋友,你懂会计啊。'

"我头脑发昏,几乎连椅子也坐不稳了。可是突然我产生了一个疑问。'我必须坦率地说,'我说,'莫森商行一年只给我二百镑,但是我相信莫森商行。啊,说实在话,我对你们的公司知道得实在是太少了……''啊,精明,精明!'他一脸欣喜地高声喊道,'你正是我们需要的人,你不轻易相信别人,不容易被说服,这很正确。瞧,这是一张一百镑的钞票,如果你同意的话,你就把这预支的薪水收起来吧。'

"'那好吧,'我说,'我什么时候开始上班?''明天一点钟在伯明翰,'他说,'我口袋里有一张便条,你可以拿它去找我兄弟。他在这家公司的临时办公室科波莱森街126号乙。但是你必须得到他的认可才行,我看你是没问题的。''真是不知道该怎样表达我对你的感激之情,平纳先生。'我说。'不用这么客气,朋友,这是你凭实力得到的。现在有点小事,你得办办,别担心,只是个形式。请你在手边的纸上写上这些字:我愿意做法国中部五金有限公司的经理,年薪最少五百镑。'

"我把他说的这些一字不差地写在纸上,他收起这张纸放进口袋里。'还有一件小事,'他说,'你怎么应付莫森商行呢?'我已经高兴得记不起莫森商行了。'我会给他们写辞职信的。'我说道。

"'恰恰相反,我并不希望你这么做。我曾到莫森商行去打听你的事,和他们的经理发生了争执,他无礼地责备我竟然想到他们商行去骗走你。我终于忍耐不住说:如果你要用一些有能力的人,那你就应该给他们优厚的报酬。他说:他宁肯接受我们的低薪,也不会拿你们的高薪。我说:我和你赌五个金镑,一旦他接受我的聘请,你就再也得不到他的音讯了。他说:好!我们把他从贫困中救出来,他绝不会轻易离开我们。他就是这么说的。'

"'这个混蛋!'我喊道,'我们从未见过面,我为什么要顾虑他们。如果你不想让我写信,我当然不会写。''那么,事情就这样定了,'他从椅子上站起来说,'好,我很高兴为我兄弟找到像你这样出色的人才。这是你的一百镑预支薪金和那封信。请记下地址,科波莱森街126号乙,记住约定的时间是明天下午一点钟。晚安,祝你好运!'

"我们谈话的内容就是这些了。华生医生,你可以想象,我当时是多么高兴,实在是太幸运了。我兴奋得半宿没睡。第二天我乘火车去伯明翰,时间非常充裕。我把行李放在新大街的一家旅馆,然后按着字条上的地址去拜访法国中部五金有限公司的主管。我比约定的时间早到了一刻钟,但我想这没什么关系。126号乙夹在两家大商店中间的一个通道里,有一道弯曲的石梯,从石梯上去,会看见许多租给公司或自由职业者做办公室用的套房。墙上挂着租户的铭牌,其中偏偏没有法国中部五金有限公司的牌子。我站了一会儿,心里很慌乱,怕这是个精心设计的陷阱,而我正置身其中却不自知。正想着,有一个人走过来跟我打招呼,他和昨晚的那个人很像,一样的声音和外形,但他的胡子刮得很干净,发色也较浅。

"'你是霍尔·派克罗夫特先生吧?'他问道。

"'是的,我是。'我说道。

"'啊!我正等着你,可是你比约定的时间提前了。我今天早晨接到我哥哥的一封来信,他在信上极力称赞你。'

"'你来的时候我正在寻找你们的办公室。'

"'因为上星期我们刚租到这几间临时办公室,所以没来得及挂上我们公司的牌子。请这边走,我们先谈谈公事。'

"我随他走上高楼的最顶层,就在楼顶石板瓦下面,那是两间毫无摆设、尘土满地的小屋,没有安窗帘,也没有铺地毯。我本来想它应该像我常见的那样,是一间宽敞的办公室,窗明几净,坐着一排排的职员。可是现在只有两把松木椅和一张小桌子,桌上只有一本总账,还有一个废纸篓,除此再没有其他东西了。

回忆录

"'别灰心,派克罗夫特先生,'我的新相识看到我脸上露出不满意的样子,便说,'罗马也不是一天建成的,我们有雄厚的资本,但绝没必要用在装饰办公室上。请坐,你带来那封信了吗?'

"我把信递给他,他认真地看了一遍。

"'看样子我哥哥阿瑟给了你很高的评价。'他说,'我知道他在识别人才上很有一套。你知道,他很信赖伦敦人,而我信赖伯明翰人,现在我准备接受他的推荐。年轻人,你被录用了。'

"'我的工作是什么呢?'我问道。'你未来的工作是管理巴黎的大货栈,把英国造的陶器供应给法国一百三十四家代售店。这批商品可能会在一星期内买齐,这段时间内,你必须在伯明翰做些其他的事情。''什么事呢?'他没有回答,只是从抽屉里取出一本大红书。'这是一本巴黎工商行名录,'他说,'每个人名后面都注有行业名,请你把它拿回去,抄下所有的五金商及他们的地址,这很有益处。''我会办好的。不是有分类表吗?'我问道。'那些表靠不住。我们的分类和他们有差别。抓紧时间,请在星期一的十二点把单子交给我。再见,派克罗夫特先生。如果你表现得一直很出色,你会发现这是一家很好的公司。'

"我夹着那本大书回到旅馆,心里很矛盾。一方面,我已被正式录用了,而且已得到了一百镑钞票;另一方面,公司既没有挂牌,也没有一个好的办公室,至于其他的就更不用说了,对于这家公司的经济状况我并不看好。然而,不管怎么说,钱我已经拿到手了,于是我整个星期都在埋头抄写,可是到星期一我才抄到字母H。我去找我的雇主,在那间依然如故的办公室里找到了他。他告诉我要一直抄到星期三,然后再去找他。可是到星期三我还是没抄完,于是又干到星期五,也就是昨天。我把抄好的东西带去交给哈里·平纳先生。

"'太好了,'他说,'我低估了这项任务的难度,这对我太重要了。''这花了我一段时间。'我说道。'现在,'他说,'我要你再抄一份家具店的单子,这些家具店都出售瓷器。''好的。''明天晚上七点请你过来,我想知道你的进度。不用太劳累了,晚上,你可以到戴斯音

乐厅去听听音乐，松弛一下，这会很有好处的。'他说这话时满脸笑容。我却被吓得心惊胆颤，因为我看见他左上边第二颗牙上胡乱地镶着金牙。"歇洛克·福尔摩斯兴奋地搓着双手，我惊讶地望着我们的委托人。

"你一定觉得很奇怪，华生医生，那是因为，"他说，"我在伦敦和那个家伙谈话时，当我说不去莫森商行了，他也是满脸笑容。我不经意间发现他就是在第二颗牙齿上胡乱地镶着金牙。在两种场合，我看到了如此一致的金牙，再想到他们一样的声音和体形，虽然没有胡须，发色也较浅，但那是可以改变的。因此，我肯定他们所谓的兄弟就是一个人。也许他们是双胞胎，长相一样，但没有人连金牙都镶得一样吧。他恭敬地把我送走，我走到街上，实在不知道该怎么办。我回到旅馆，用凉水洗了个头，满脑子里都是这件事。他为什么把我派到伯明翰来呢？他为什么比我先来呢？他又为什么自己给自己写一封信呢？总之，我实在弄不清这一切到底是为什么。后来我突然想到了福尔摩斯先生，我希望歇洛克·福尔摩斯帮我解开这个谜团。我急忙赶上回城的夜车，今天一早就来拜访了福尔摩斯先生，并请你们二位与我一起回伯明翰去。"

这位证券经纪人的书记员讲完他那奇怪的经历之后，我们都沉默着。过了一会，歇洛克·福尔摩斯斜视了我一眼，仰靠在座垫上，脸上露出一副很满足的神情，像是刚刚品尝了一口美酒。

"很有趣，对不对，华生？"他说，"这里面有许多令人感兴趣的地方。我想你一定也有这种看法。我们到法国中部五金有限公司的临时办公室去拜访一下阿瑟·平纳先生，对我们来说，肯定是一趟有趣的拜访。""可是我们以什么名义去见他呢？"我问道。"啊，这好办，"霍尔·派克罗夫特高兴地说，"我就说你们是我的朋友，想找个工作，这样会很自然，不会引人注意。"

"当然，是个好主意，"福尔摩斯说，"我很想见见这位先生，希望能找出一些线索。我的朋友，他们到底看上了你的什么才能，也许……"他说到这里，开始啃咬指甲，双眼注视着窗外，直到我们到达新大街，他一直沉默着。这天晚上七点钟，我们三个人步行来到科波莱

回忆录

森街这家公司的办公室。"我们早来是没有用的,"我们的委托人说,"很显然,他只在指定的时间到这里来等我,其他时间这间屋子一个人也没有。""这倒是值得思索的。"福尔摩斯说。"啊,你们看!"这位书记员说道,"他就在我们前面。"他指向一个身材矮小、皮肤黝黑、衣服整齐干净的人,这个人正在街那边快步走着。我们看到他时,他正从马车和公共汽车之间穿到街对面去,向一个小孩买了一份晚报,然后走进一道门。

"他到那里去了!"霍尔·派克罗夫特喊道,"那家公司的办公室就在那儿,我们快点,我会尽力把事情安排妥当。"我们跟在他后面爬上五层楼,来到一间门半掩着的房间前。我们的委托人轻轻敲了敲门,里面有一个声音叫我们进去。我们走进去,就像霍尔·派克罗夫特说过的那样,房间里空空荡荡的,没什么摆设。我们在街上见到的那个人正坐在仅有的一张桌子旁边,一张晚报放在桌子上。他抬头时,我看见他的额角有汗,面颊死白,双眼呆滞,死盯着他的书记员。我感觉他的身上布满了痛苦,而且是那种面对着死亡后产生的恐怖的痛苦。从我们的向导脸上,我们知道,这不是他平时的样子。

"你气色不好,平纳先生!"霍尔说。"是的,我有些不舒服,"平纳一边回答一边舔了舔发干的嘴唇,显然正在极力使自己平静,"你带来的这两位先生是什么人?""一位是伯蒙奇的哈里斯先生,另一位是本镇的普莱斯先生,"我们的委托人很机灵地说,"他们是我的朋友,而且有很丰富的工作经验,不过近来他们失业了,他们来试试运气,希望能在公司里找到一个职位。"

"欢迎,欢迎!"平纳先生勉强笑了笑,大声说,"我一定尽力帮助你们。哈里斯先生,你的专长是什么呢?""我是一个会计师。"福尔摩斯说。"啊,很好,正是我们需要的。普莱斯先生,你的专长又是什么?""我是一个书记员。"我说。

"我会报告公司,一旦决定了,我会立刻通知你们。现在请你们离开,我想静一静!"最后这几句话他几乎是喊出来的,而且声音很大,

一副控制不住自己的样子。福尔摩斯和我互相看了一眼,霍尔·派克罗夫特向桌前走近一步。

"平纳先生,你忘了,我是按约定来这里听你的指示的。"他说道。

"是的,派克罗夫特先生,是的,"对方恢复了比较冷静的声调说,"如果你们不着急的话,可以在这里等一下。三分钟以后我会仔细考虑这件事。"他礼貌地站起来,向我们点了点头,走向屋子另一头的门,进去后把门又关上了。

"现在怎么办?"福尔摩斯小声说,"他可能是要逃走。""不能。"派克罗夫特说道。"为什么?""那扇门后是套间。""没有出口吗?""没有。""里面有东西吗?比如说家具。""我昨天来的时候还没有。"

"那么他到底在里面干什么?我实在没有头绪。他是不是被什么事情吓傻了?究竟是什么能把他吓得连自己都控制不了呢?""他肯定怀疑我们是侦探。"我提醒说。

"没错。"派克罗夫特大声说道。福尔摩斯摇了摇头。"我们进来之前他已经被吓坏了,"福尔摩斯说道,"只可能是……"他的话还没说完,套房那边就传来了一阵很响的打门声。

"他为什么自己在里面敲门?"书记员喊道。打门声又响起来,而且声音更大。我们都怀着期待的心情盯着那扇关着的门。我看了福尔摩斯一眼,见他面容严峻,激动异常地俯身向前。接着又传来一阵低低的喉头咕噜声和一阵咚咚的敲打木器的声音。福尔摩斯突然猛冲上去,用力推那扇门,但是门在里面锁上了,我们也上前帮忙,在我们的努力下,门被撞开,塌了下去。我们冲进去时,里面已经没有任何东西的踪影了。

我们一下子愣住了,但是马上就发现了屋角还有一个小门。福尔摩斯迅速过去推开那扇门,展现在我们面前的是:地板上的一件外衣和背心,门后的一个挂钩上吊着法国中部五金有限公司的总经理的裤子背带,他显然是准备自缢。他的双膝弯曲,头和身体形成一个可怕的角度,他的两个脚后跟咚咚地踢着木门,原来就是这个声音使我们的谈话

回忆录

中断了。我立刻抱住他的腰,把他举高,福尔摩斯和派克罗夫特把有弹性的裤子背带解下来,那根背带早已深陷进他发青的皮肤中。我们把他抬到外面的房间。他面无血色地躺在那里,发紫的嘴唇随着微微的喘息颤动着,惨不忍睹,和五分钟前的样子完全不一样。

"还能救吗?华生。"福尔摩斯问道。我俯下身子仔细检查这个人的情况。他的脉搏微弱而有间歇,可是呼吸却越来越长,他的眼睑有些颤动,露出白白的眼球。

"幸亏救得及时,"我说,"现在已经没危险了。请打开窗户,把冷水瓶递给我。"我解开他的衣领,在他脸上泼了一些冷水,给他做人工呼吸,直到他能自然地呼了一口长气。"现在只是时间问题了。"我从他身旁站起来说。福尔摩斯站在桌旁,双手插在裤袋里,垂着头。

"我们现在最好通知警察,"他说,"他们来后,案子就交到他们手上。""但是,我什么都不清楚啊。"派克罗夫特挠着头,大声说,"他们为什么把我引到这儿来,又……""哼!这一切已经很清楚了!"福尔摩斯有点不耐烦地说,"就是为了这最后的突然行动。""那么,你明白一切了吗?""我想这是极为明显的。华生,你怎么看?"我耸了耸肩,"我不得不承认对此事我还处于混乱之中。"我说道。

"啊,如果你们先把这些事认真地思考一下,就会得出一个结论。""你的结论究竟是什么呢?""这么说吧,全案的关键有两点。第一点是他让派克罗夫特写了一份到这家怪异的公司工作的声明,这是很值得思考的,你没发现吗?"

"我没注意这有什么奇怪的。""那么,他们为何要他写这份声明呢?通常情况下,他们只要口头约定即可,这次为何要打破惯例?我的朋友,他们非常渴望得到你的笔迹,而这是他们想得到的唯一办法。""要我的笔迹,为什么?""很好,为什么呢?找到这个答案,我们的案子会大有进展的。为什么呢?只能有一个恰当的理由,就是有人要仿你的笔迹,必须花钱买你的笔迹样本。现在让我们看看第二点,事情就明显了。那就是平纳要你不要辞职,那么那家大企业的经理还会认为,星

期一有一位他没见过面的霍尔·派克罗夫特先生要去上班。"

"上帝啊,"委托人喊道,"我真是个笨蛋。""现在看看他要用你的笔迹干什么。如果有人冒你的名去上班的话,不同的字迹肯定会露出破绽。但是他可以在几天之内学习模仿你的笔迹,这样就没问题了,因为这家公司没有人认识你。"

"谁也不知道我长什么样子。"霍尔·派克罗夫特唉声叹气地说。"太好了。当然,这件事还有一个关键点就是让你没有后悔的机会,而且决不能与熟人接触,以免秘密泄露。所以他们预支给你一笔高薪,把你派到中部地区给你许多工作干,使你没时间返回伦敦,这样他们就不会暴露真相。这一切是非常清楚的。"

"但是这个人为什么要扮成两个角色呢?""啊,很明显。因为他们只有两个人,另一个人已经用你的名字进莫森商行了,为了不让第三人知道他们的阴谋,他只好装扮成兄弟俩,这样,也不会引起你的怀疑,但是金牙却泄露了秘密。"

霍尔·派克罗夫特握紧双手,在空中挥动,"上帝啊!"他叫喊道,"在我上当受骗的这段时间,那个假霍尔·派克罗夫特在莫森商行里做了些什么呢?福尔摩斯先生,我现在应该做点什么?""必须给莫森商行发一份电报。""他们每星期六是十二点关门。""没关系。看门人或警卫肯定会在……"

"是的,我在城里听说,由于他们那里有很多贵重的证券,所以他们有一支常备警卫队。""好极了,我们给他们发一封电报,看看他们的情况怎么样,是否有一个冒用你名字的书记员在那里办公。这是很清楚的,可是,我还搞不清楚的是,为什么其中的一个家伙见到我们就自杀了。""报纸!"我们身后传来一阵嘶哑的声音。这个人已坐起身来,脸色如死人一样苍白,双眼已经恢复正常,用手抚摸着咽喉周围那宽宽的红色勒痕。

"报纸!对了!"福尔摩斯突然激动地喊道,"我真是一个笨蛋!我竟然没想到报纸,心思全在我们来访上打转儿。"他把报纸在桌上摊开,欣

回忆录

喜若狂地叫喊着。"请看这一条,华生,"他大声说,"这是伦敦的报纸,早版的《旗帜晚报》。这里有我们需要的消息,请看大字标题:'城里抢劫案。莫森和威廉斯商行发生有预谋的凶杀案,罪犯落网。'华生,这不就是我们想知道的吗?请大声念出来。"

从此消息在报纸上所占的位置,我就知道这是城里极具重大新闻价值的案子。内容是这样的:

今天下午在伦敦发生一起重大抢劫案,一人致死,罪犯已落网。不久前,著名的莫森和威廉斯证券行因为存有百万镑以上的巨额证券而设立了警卫。经理知道自己责任重大,购买了一些最新式的保险柜,并在楼上设了一名武装警卫日夜看守。上星期公司录取了一名新职员霍尔·派克罗夫特。原来此人不是别人,正是臭名昭著的伪币制造犯及大盗贝丁顿。该犯与其弟刚刚刑满五年获释。现尚未查明此兄弟以何种方法使用假名来获得这家公司的聘用,使他们能够借此猎取各种锁钥的模具,并彻底了解保险库和保险柜的设置情况。

按莫森商行的惯例,星期六中午职员放假。因此,在下午一点二十分,苏格兰场的警官图森看到一个人拿着一个毛毡制的手提包走出来时,非常惊讶。他马上产生了怀疑并走向前进行阻拦,罪犯虽然拼命抵抗,但图森在警察波洛克的协助下,终于将其捕获。当即从手提包中搜出价值十万英镑的美国铁路公债券,另外还有矿业和其他公司的巨额股票。在检查作案现场时,警察发现那可怜的警卫的尸体被弯曲着塞进一个大保险柜里,辛亏警官图森采取了果断行动,否则星期一早晨之前尸体是不会被发现的。该警卫的颅骨被人从身后用火钳砸碎。很显然,一定是贝丁顿假称遗忘了什么东西,进入楼内,趁警卫不注意杀死了他,并迅速把大保险柜内的东西抢劫一空,然后携带赃物逃跑。他的弟弟经常与他一起作案,但此次却查不到

他参与的证据,然而警方仍在全力查访其下落。

"正好,我们可以减少警方的许多麻烦,"福尔摩斯望了那蜷缩在窗边的面如死灰的人一眼,说,"人类的天性真是奇怪,华生,即使罪大恶极的杀人犯也会有如此的感情:弟弟一听说哥哥没救了便自缢。不过,我们必须开始行动了。医生和我留下看守,派克罗夫特先生,麻烦你去把警察找来。"

回忆录

"哥洛里亚斯科特"号三桅帆船

一个冬日的傍晚,福尔摩斯和我对坐在壁炉旁,他说:"华生,我认为你有必要读一读我这里的几个文件,它们和'哥洛里亚斯科特'号三桅帆船案有些联系,因为读了这些文件,治安官老特雷佛竟然被惊吓过度而死。"

福尔摩斯从抽屉里取出一个颜色很暗的小圆纸筒,解开绳带,把一张石青色的纸交到我手上,上面写着:

The supply of game for London is going steadily up [it ran]. Headkeeper Hudson, we believe, has been now told to receive all orders for flypaper and for preservation of your hen-pheasant's life.

(字面意为:伦敦野味供应正稳步上升。我们相信总保管哈德森现已受命接受一切粘蝇纸的订货单并保留你的雌雉的生命。)

我感觉毫无头绪。我抬眼看福尔摩斯,发现他正注视着我,不时抿嘴笑着。"看来你被弄糊涂了。"他说道。"我认为这不过是一派胡言,真是看不出它有什么力量竟然能吓死人。""不错。但是事实是,那个老人身强体壮,竟在读完这短短的文字后突然倒地死去,就像中了致命的一枪。""这倒是激起了我的好奇心,"我说,"但是你刚才为什么说我有必要研究一下这个案件呢?""这是我经手的第一件案子,你当然有必要详细了解。"我一直都在想方设法地了解我的同伴,想知道他当初为什么决定从事侦探这个工作,但是他一直没有向我透露的意思。这

福尔摩斯探案全集

时他俯身坐在扶手椅上,把文件铺在膝盖上,然后点起烟斗抽了一会儿,并反复地查看膝盖上的文件。

"我从来没向你提起过盖维克托·特雷佛吗?"他问,"他是我在大学两年中认识的唯一好友。华生,我并不善交际,总喜欢一个人沉默地待在房里,训练自己的思路,因此很少与同龄人来往。体育运动我只喜欢击剑和拳击,学习方法也和别人不同,我和别人没有交往的必要。和特雷佛的结交是因为有一天早晨我被他的猛犬咬了踝骨。最初的交往很平淡,但印象深刻。我在床上躺了整整十天,特雷佛常来看我。开始他只呆几分钟就离开,不久后,我们交谈的时间越来越长,到学期结束前,我们已成为知交好友。他的性格和我完全相反,总是精力旺盛,冲劲十足,尤其是在他不高兴或忧愁的时候,我们更是亲密。我曾接受他的邀请到他父亲住的诺福克郡的敦尼索普村去度了一个月的假。

"老特雷佛是治安官,又是一个地主,有钱有势。敦尼索普村在布罗德市郊外,是朗麦尔北部的一个小村庄。特雷佛的宅邸是一所老式的、面积很大的栎木梁砖瓦房,门前有一条通道,两旁是繁茂的菩提树。附近有许多沼泽地,非常适合捕猎野鸭,更是垂钓的好地方。有一个又小又精致的藏书室,我听说,是从原来的房主手中随房屋一起买来的。此外,还有一个说得过去的厨子。因此,一个人能在这样的地方度假,一定会心旷神怡的,除非他是个极挑剔的人。老特雷佛妻子已经过世。他只有我朋友这一个儿子。

"听人说,他原来还有一个女儿,但在去伯明翰的路上,患白喉死去了。我对老特雷佛很感兴趣。他虽然知识不多,但有很强的体力和脑力。他对书本知之甚少,但到过很多地方,有过很多见识,并能至今不忘。从外貌上看,他体格很壮实,身材高大,一头蓬乱的灰白头发,一张历经岁月沧桑的褐色面孔,一双蓝色的眼睛,透出近乎凶恶的锐利目光。但他在村中却以和蔼、慈善为人称道,相传他在法院办案时也以宽大著称。我到他家不久后的一个黄昏,饭后我们正坐在一起喝葡萄酒,小特雷佛忽然提起我的观察和推理习惯。那时我已经把它归纳成一种方

法了,但是并不知道它在我一生中能发挥作用。显然这位老人并不认同儿子的话,认为他把一些小玩意夸大了。

"'那么,福尔摩斯先生,'他兴致高昂地笑着说,'我就是一个最好的题材,从我身上你推断出了什么?''恐怕我推断不出太多东西,'我回答,'我推测你在过去的一年里担心有人对你进行攻击。'这位老人嘴角上的笑意突然隐去,他吃惊地盯着我。

"'是呀,完全正确。'他说,'维克托,你知道,'老人转向他儿子说道,'自从那些到沼泽来偷猎的家伙被我们赶走以后,他们就扬言要报复,而爱德华·霍利先生也真的遭到了袭击。所以我一直担心着,可你是怎么知道的?''你有一根非常漂亮的手杖,'我答道,'我从手杖上刻着的字看出,它是你最近一年买的。可是你却费了很大劲儿把手杖头上凿个洞,灌满熔化了的铅,使它成为自卫的武器。我想一定是为了预防某种危险,你才采取这种方法。'

"'另外呢?'他微笑着问道。

"'你年轻时经常参加拳击运动。'

"'没错,你从何得知,是因为我的鼻子被打歪了吗?'

"'不是,'我说,'是耳朵,你的耳朵特别扁平宽厚。'

"'还有呢?'

"'从你手上的老茧看,你曾做过许多挖掘工作。'

"'没错,我正是在金矿上获得财富的。'

"'你曾经去过新西兰。'

"'这也对了。'

"'你去过日本。'

"'没错。'

"'一个姓名的缩写字母是 J. A. 的人曾经和你交往密切,但是后来你却极力想忘掉他。'

"这时老特雷佛先生缓缓地站起来,瞪着那双蓝色的大眼睛,用一种奇怪而发疯的眼神死盯着我,然后一下子倒了下去,他的脸撞在桌布

上的硬果壳堆里，失去了知觉。华生，你可以想象当时我和小特雷佛有多么震惊。可是，他昏迷的时间并不长，因为正当我们给他解开衣领，把洗指杯中的冷水浇到他脸上时，他喘了一口气醒了过来，一会儿他又坐起身来。'啊，孩子们，'他勉强地笑着说，'希望没有让你们受惊。我的外貌看起来好像很强壮，但是心脏很弱，轻易就会昏倒。福尔摩斯先生，我不知道你是如何推断出来这一切的，但是我认为，和你相比，无论是实际存在的侦探还是虚构出来的侦探都像是个小孩子。先生，你可以把它作为毕生的职业。请你记住我这个历经沧桑的人的这番忠告。'

"华生，在那个时候，推断只是我的一个业余爱好，正是他的这番劝告和对我能力的肯定促使我开始考虑把这种爱好作为终身职业。但是，对于老特雷佛的突然生病我感到很不安，来不及去想其他的事。'我的话引起了你的痛苦吗？'我说。'啊，你当真碰到了我的痛处。但是，你是怎么知道这一切的呢？'他半开玩笑地说，但是从他的双眼中依然能看出他受到的惊吓。

"'这很容易，'我说，'那天我们坐在小艇上，你卷起袖子去捉鱼，我看见你的臂弯上刺着 J. A. 两个字，虽然笔画已经模糊了，但字形仍可分辨，而且字旁有墨迹，说明你曾想除去那些字。因此，我才断定你很熟悉这两个字母，后来却不知因为什么想去掉。''好眼力！'他放心地松了一口气说，'这事正像你所分析的那样，不谈它了，我不想被旧相识的鬼魂缠住，让我们到弹子房去吸一支烟吧。'

"从那以后，虽然老特雷佛对我态度仍然很亲切，但亲切中总带有几分不安。这一点连他的儿子都觉察到了。'你可把我爸爸吓了一跳，'小特雷佛说，'他再也弄不明白什么事你知道、什么事你不知道了。'在我看来，老特雷佛虽然在压抑着他的疑虑，但一举一动却仍然流露出他心中的强烈不安。最后我确定这种不安是我引起的，于是我决定离开。可是就在我离开的前一天，发生了一件小事，这事后来被证明是非常重要的。那时我们三个人正坐在花园草坪的椅子上沐浴着阳光，欣赏

回忆录

着布罗德的美景,一个女仆走过来说有一个人在门外想求见老特雷佛先生。

"'他是谁?'老特雷佛问道。

"'他不肯说。'

"'那么,他有什么事?'

"'他说你们认识,他只想跟你说几句话。'

"'那么把他领到这儿来。'一会儿,便有一个瘦小憔悴的人走进来,此人长得猥琐,走路拖拉,穿着一件敞怀夹克,袖口上有一块柏油污痕,里面是一件红花格衬衫,棉布裤子,一双破旧的长筒靴。他的脸庞瘦削,给人奸诈狡猾的感觉,脸上挂着笑容,牙齿黄而不整齐,手上满是皱纹,像水手一样半握着拳。当他穿过草坪走向我们时,我听到老特雷佛发出一种和打呃相似的声音,他迅速离开椅子,冲进屋里,又很快地跑出来,这时,我闻到了一股很浓的白兰地味儿。

"'喂,朋友,'他说,'你找我有事吗?'那个水手站在那里,双眼疑惑地望着老特雷佛,仍面带笑容。'你认不出我了吗?'水手问道。'哎呀,你一定是哈德森。'老特雷佛惊讶地说。'正是我,哈德森,'这个水手说,'先生,我上次见你还是三十年前的事,现在你过得不错,我却处在穷困中。'

"'唉,你知道吗,我从没有忘记过去的日子,'老特雷佛大声说着,向水手走过去,低声说了几句话,然后又提高嗓门说,'先到厨房里吃点儿东西,我会为你安排个好位置。'

"'谢谢你,先生,'水手拨一拨他的额发说,'我刚刚从那航速为八海里的不定期货船上下来——在那儿我干了两年——现在想休息一下,就决定来找你或者去找贝多斯先生。'

"'啊,'老特雷佛大声喊道,'你知道贝多斯先生在哪里吗?''感谢上帝,先生,我的老朋友在哪儿,我很清楚。'这个人邪恶地笑着说,然后跟着女仆匆匆去厨房了。老特雷佛先生模棱两可地解释说,采矿时,他和这个人同行过,说罢他就自己走进屋里去了。一小时后,我们

进屋发现老特雷佛躺在餐室的沙发上，醉得不省人事。这件事在我心中留下了非常坏的印象。因此，第二天我毫不犹豫地离开了那里。

"所有这一切发生在漫长的假期中的第一个月。我又回到了伦敦的住所，我把以后的七个星期用在做有机化学实验上。然而，在深秋的一天，假期即将结束的时候，我收到我朋友的一封电报，请我到敦尼索普村去，他很需要我的帮助和指教。我当即放下其他的事，赶到那儿去。他坐在一辆双轮单马车上，早已到了车站，正在等我。从他的脸上看出，这两个月来，他经历了很大的磨难，完全不像他平时精力旺盛的样子。

"'爸爸病危。'他第一句话便说道。'怎么可能！'我叫喊道，'发生什么事了？''他中了风，是神经受到严重刺激引起的。今天一直处在危险中，我不知道他现在是否还活着。'华生，你可以想象，听到这意外的消息，我是多么惊讶。

"'是什么引起的呢？'我问道。

"'啊，这就是关键所在。请你上车，我们路上再详谈。你还记得你走的前一天晚上来找我爸爸的那个家伙吗？'

"'当然记得。'

"'你知道他是什么人吗？'

"'不知道。'

"'福尔摩斯，那是一个魔鬼。'他大声喊道。

"我惊呆了，有些反应不过来。'没错，他是个魔鬼。自从他来的那天起，我们就再没有安宁之日，那天晚上以后爸爸就再也抬不起头了。现在他又病危，他一定是心都碎了，这一切都是因为那个混账的哈德森。''那么，他凭什么呢？''啊，这正是我要知道的。爸爸是一个慈祥、宽厚的人，一直与人为善，怎么会和那种恶棍扯上关系呢！我很高兴你能来，福尔摩斯，凭你的能力，你一定能找到好的办法。'

"我们的马车疾驰在乡间整洁平坦的大路上，抬眼处，一抹夕阳的余辉洒向大地，点点金粉。在左手边的一片小树林后面可以看到村上那位治安官的屋顶上高高的烟囱和旗杆。

回忆录

"'爸爸让这家伙做园丁,'我的同伴说,'过了不久,那人又因为不满意这个工作而升为管家。他每天四处游荡,想干什么就干什么,把全家都控制在他的手中。他经常喝得大醉,言语粗鲁,女仆们为此常常抱怨,父亲只好为她们增加薪水,算是补偿。这家伙经常划着小船,带着我爸爸心爱的猎枪去狩猎。他总是一脸嘲讽之色,好像谁都不能把他怎么样。看在他是一位年纪大的人的分上,我只能忍着。福尔摩斯,我告诉你,在这段时间里,除了忍受我什么也不能做。我常想,如果我不克制自己,也许情况反而会好些。

"'唉,我们的境况越来越糟。哈德森这个畜生越来越嚣张,有一天,他竟当着我的面无礼地顶撞我父亲,我便抓起他的肩膀把他推出门去。他悄悄地溜了,但从那两只凶残的眼睛里,我可以看出他对我的憎恨。那以后,我不知道可怜的父亲同这个人又做过什么交易,第二天父亲来找我,要我向哈德森道歉,被我拒绝了,我问父亲为什么要容忍这个坏蛋对我们全家如此放肆无礼。我父亲说:唉,我的孩子,你说的都没错,但我也是不得已呀。维克托,无论怎样,我会设法让你了解的,现在你就让可怜的老父亲安静一下吧!爸爸说得很激动,然后就走进了书房。他一个人整天都在书房里,从窗户我看见他一直在写什么东西。

"'那天晚上,发生了一件让人松口气的事,哈德森对我们说,他准备离开了。我们吃过午饭后,正在餐室坐着,他走进来,喝得半醉,声音暗哑地说着他的计划。

"'他说:我在诺福克待够了,我要到汉普郡贝多斯先生那里去。我敢肯定,他会像你一样迎接我的。

"'我父亲卑微地说:哈德森,我希望你是在心情愉快的情况下离开这儿的。看着这一切我的肺都要气炸了。

"'他斜睨了我一眼说道:他还没有向我赔礼道歉呢。

"'爸爸转身对我说:维克托,对于这位尊敬的朋友你确实不够礼貌。我回答道:正相反,我的看法是我们太容忍他了,才让他如此嚣张。哈德森暴跳如雷:啊,你是这么想的,是不是?好极了,伙计,咱

们走着瞧。他无精打采地走出屋,半小时以后便离开我家。爸爸被吓坏了,一直惶惶不安。我听到爸爸整夜整夜地在室内踱步,就在他渐有好转的时候,灾难降临了。'

"'究竟是怎么回事?'我急忙问。

"'很奇怪,昨晚爸爸收到一封盖有福丁哈姆邮戳的信。爸爸看过之后,双手拍打着头部,开始在室内乱走,一副丢魂的样子。后来我把他扶到沙发上,见他的嘴和眼皮都歪向了一侧。我断定是中风的迹象,我马上派人请来福德哈姆医生,我们把爸爸扶到床上去。但是他中风的情况越来越严重,他一直处于昏迷中,我想他很难好起来了。'

"'小特雷佛,别吓我!'我大声说,'那么,那封信里到底写了什么东西,竟然会这么可怕。'

"'很奇怪,那封信写得很琐碎怪诞,没什么特别的东西啊!上帝,我担心的事发生了。'正说着,我们已走到林阴路转弯处,借着微弱的灯光,我们看到房子的窗帘全放下来了。我们走到门口,我朋友满面悲痛,一位黑衣绅士迎面出来。

"'医生,我爸爸什么时间故去的?'特雷佛问道。'和你离开几乎是同一时间。''他一直昏迷不醒吗?''临终之前醒过一会儿。''有什么话吗?''他只说了句那些纸都放在日本柜子的后抽屉里了。'

"我的朋友和医生向死者的房间走去,而我一个人在书房中思考着这件事,心中充满忧伤。老特雷佛曾经是一个拳击手、旅行家,又是一个采金人。为什么一个专横无礼的水手竟能支使他?为什么他一听我谈到他手臂上的字母会昏倒?为什么一封从福丁哈姆寄来的信竟把他吓死了?这时,我想起福丁哈姆是在汉普郡,就是贝多斯先生的老家,而那个恶棍水手一定在那儿。那么这封信可能是水手哈德森发来的,信中说他已经揭发特雷佛过去犯罪的秘密。也可能是贝多斯发来的,信中警告老特雷佛,有一个从前的同伙即将揭发这件事。这看起来是很明显的。但这封信为什么又像他儿子所说的那样,琐碎而又荒诞呢?是他看错了吗?如果真像他儿子所说的,那这里面一定有一种特别的秘

回忆录

密,字面的意思下还有一种深层的含义。我一定要亲眼看到这封信,我相信如果这其中有什么秘密,我一定能分析出来。我坐在黑暗中反复思考这个问题约有一小时,后来一个满面泪痕的女仆拿进一盏灯来,我的朋友小特雷佛紧跟在她后面。他面无血色,但仍能控制自己,他手中拿着现在摊在我膝盖上的这几张纸。他在我对面坐下来,把灯移到桌边,照亮在一张石青色的纸上写的短简:'伦敦野味供应正稳步上升。我们相信总保管哈德森现在已受命接受一切粘蝇纸的订货单,并保留你的雌雉的生命。'

"我第一次读这封信时,和你一样疑惑,但是,经过认真思考之后,我发现其中确实隐藏着一些深意。可能像'粘蝇纸'和'雌雉'这类词是事先约好的暗语。像这种暗语都是随意规定的,并不能从中推断出是什么含义。不过我不相信情况会是这样的,而哈德森这个词的出现似乎表明信的内容和我的猜测正相符。而且这短信是贝多斯发来的,不是那个水手。我又把词句倒过来读,可是那'生命、雌雉'等词组却没什么新意。于是我又试着隔一个词一读,但无论'the of for',还是'supply game London',都是毫无意义的。

"但是经过一番努力,我还是找到了打开谜底的钥匙。我发现从第一个词开始,每隔两个词一读,就可以读出含义来,正是这些导致了老特雷佛的死。

"词句简单,是警告信。我立刻把它读给我的朋友听:

'The game is up. Hudson has told all. Fly for your life.'
(字面意思为:游戏结束。哈德森已揭发一切。你赶快逃命吧!)

"维克托·特雷佛双手捂住脸,从他颤抖的指尖上我看出他是异常激动的。'我认为你是对的,'他说,'这意味着比死还难堪的耻辱。可是"总保管"和"雌雉"这两个词儿又意味着什么?'

回忆录

"'这两个词儿在信中无意义,但却可以帮我们找到那位发信人。你看他开始写的是'The game is…'等等,把准备说的话写好后,便在每两个词之间填进两个词。他必然使用他熟悉的词,这是很自然的。可以肯定,他是一个喜欢打猎的人,或是一个喜爱饲养家禽的人。对于贝多斯这个人你了解多少?'

"'啊,你这么一说,'他说,'我倒想起来啦,每年秋天,贝多斯总是邀爸爸到他那儿去打猎。'

"'那么这封信一定是他发来的了。'我说,'我们现在要做的是,查明这两个有权势的人究竟有什么把柄握在哈德森手中,以至被他这么威胁着。'

"'唉,福尔摩斯,我害怕那是一件罪恶和让人抬不起头的事!'我的朋友惊呼道,'不过我对你不必保守什么秘密。这是他在得知哈德森已揭发一切时写下来的。我按医生传的话在日本柜子里找到了它。你把它读出来吧,我自己实在没勇气看。'

"华生,这几张纸就是当时小特雷佛给我的,那天晚上我已在旧书房读给他听了,现在我再读给你听听。这几张纸外面写着:'"哥洛里亚斯科特"号三桅帆船航行记录。一八五五年十月八日自法尔默思启航,同年十一月六日在北纬十五度二十分,西经二十五度十四分沉没。'内容是用信函的形式记录下来的。

"'我最亲爱的儿子,耻辱已逼近我。我的晚年生活已再无乐趣可言。我并不怕法律的制裁,也不怕弄掉我的官职,更不怕遭到大家的鄙视。可是一想到你对我的爱和尊敬,想到你可能受到的耻辱,我就悲痛欲绝。但是,大祸临头的这一刻,我希望你看一看这本记录,从中你可以了解到我该受的惩罚。万一我能侥幸逃过这一劫(希望得到上帝的恩准),而这本记录已经在你手中的话,请你看在上帝的面上,看在你母亲的面上,看在我们父子间的情分上,烧掉它,永远再不要提起它。

"'但如果你读到了这本记录,就表示事已泄露,我不是被捕了,

就是长眠了。无论如何,事情都无需隐瞒,我以下所说的事是真实的,衷心希望能得到你的宽恕。

"'亲爱的孩子,我的本名并不是特雷佛,年轻时叫詹姆斯·阿米塔奇(缩写字母J. A.),这就是我上次昏迷的原因。我是指几个星期以前,你大学的朋友对我做的推断,在我听来好像一语道破了我化名的秘密。作为阿米塔奇,我在伦敦银行工作,而且被判定犯了国法,处以流刑。孩子,不要过分斥责我吧。这是一笔赌债,为了偿还,我动用了不属于我的钱。当时我有把握及时补上这笔钱。可是厄运临头,我期待的款项没有到手,又赶上查账的时间提前了,被他们发现了我的亏空。这件案子本来可以处理得宽大一些,可是三十年前的法律是很严厉的。于是在我二十三岁生日那天,便被定了重罪,和其他三十七名罪犯一起被锁在"哥洛里亚斯科特"号帆船的甲板上,流放到澳大利亚去。

"'那是一八五五年,克里米亚战事进行得正激烈。原来载运罪犯的船只大部分在黑海中挪作了军事运输之用,因此政府只好用较小的船只来遣送罪犯。"哥洛里亚斯科特"号帆船是做中国茶叶生意的,样子是老式的,船头很重,船身很宽,早已经落后于新式快速帆船。这只三桅帆船载重五百吨,船上除了三十八名囚犯以外,还有二十六名水手,十八名士兵,一名船长,三名船副,一名医生,一名牧师和四名狱卒。从法尔默思启航时,船上总共有一百人左右。

"'正常情况下囚犯船的囚室隔板都是用厚橡木制成的,可是这只船的囚室隔板却非常薄。在我们被带到码头时,我的视线被一个人吸引住了,他被囚在船尾我隔壁的囚室里。这是一个年轻人,面容英俊,没有胡须,鼻子又细又长,瘪嘴,一副无所谓的神情。他走起路来昂首阔步。最显眼的还是他那高大的身材,别人的个头都不到他的肩部,他至少有六英尺半高。在这么多忧郁而消沉的面孔里,看到如此精力旺盛而又果决坚毅的一张脸,实在是令人印象深刻。我发现他在我的隔壁,我非常高兴。一天夜深人静的时候,有细细的声音传过来,我回头一看,

　　原来是他在囚室隔板上挖了一个洞，我更是欣喜若狂。

　　"'他说：喂，朋友！你叫什么名字？定的什么罪？

　　"'我回答了他，又反问他是谁。

　　"'他说：我叫杰克·普伦德加斯特，我敢起誓，你马上就会知道我的好处。

　　我听说过他的案子，因为在我自己被捕以前，他的案子在全国曾经引起很大的轰动。他有很好的出身，又精明能干，但沾染了不可救药的恶习，靠巧妙的欺诈，从伦敦富商手中骗取了巨款。

　　"'这时他便得意地说：喂！你一定知道我的案子吧。

　　"'我说：是的，很多人都会记得。

　　"'他说：那么，你记得那案子有什么特点吗？

　　"'我说：有什么特别的呢？

　　"'他说：我弄到将近二十五万镑巨款。

　　"'我说：大家都是这么认为。

　　"'他说：但你知道这笔款子并没追回去吗？

　　"'我回答：不知道。

　　"'他又问道：喂，你猜这笔巨款现在在哪儿？

　　"'我说道：猜不出来。

　　"'他大声说：这笔钱还控制在我手中！没错，我名下的钱比你的头发还要多。朋友，要是你手里有钱，又懂得怎样管钱用钱，那你就可以为所欲为了。你想一个为所欲为的人会甘心待在这种到处是老鼠和虫子的破船里吗？不，朋友，这种人他不仅要自救，而且还要帮助他的难友，你可以放心地依靠他。

　　他当时就是这么说的。开始我不以为然，可是过了一会，他又试探了一番，并且一本正经地向我发誓，确实有一个夺取船只的秘密计划。在上船之前，已经有十二个犯人做好准备，普伦德加斯特领头，他用金钱推动这次计划。普伦德加斯特说：我有一个同伴，是一个值得信任的

人,诚实可靠,钱在他手里。你猜这个人现在在哪里?呃,他就是这只船上的牧师——那位牧师,没错!他在船上穿一件黑上衣,身份证很可靠,他带着可以买通全船人的钱。全体水手都是他的心腹。在他们受雇到这艘船之前,他就用现金把他们收买了。他还收买了两个狱卒和二副梅勒。如果他认为船长值得收买,那他连船长本人也会收买过来。

"'我问道:那么,我们究竟要干什么呢?

"'他说:你看呢?我们要染红一些士兵的衣服。

"'我说:可他们都有武器啊。

"'他说:朋友,我们当然也有武装,每人两支手枪。全体水手都是我们的后盾,要是还不能夺取这只船,那我们就该进幼儿园了,就太没用了。今天晚上你跟左邻的人谈谈情况,看他怎么样。

"'我照办了,了解到我的左邻是个年轻人,处境和我差不多,罪名是伪造货币。他原名伊文斯,现在当然也改名换姓了,是英国南方的一个很富有的人。他完全同意参加这一密谋,因为只有这样我们才能有希望,所以在我们的船横渡海湾之前,全船犯人只有两个没参加这个计划。一个很软弱,不值得信任;另一个患黄疸病,完全帮不上忙。一开始,我们的夺船行动很顺利。水手们是一伙流氓,是专门挑选来干这种事的。冒牌牧师不断到我们囚舱来给我们鼓劲,他背着一个黑书包,像是装满经文的样子。他进进出出十分忙碌。第三天,我们每个人的手中都握有一把锉刀、两支手枪、一磅炸药和二十发子弹。有两个狱卒早就是普伦德加斯特的心腹,二副也成了他的助手。我们在船上的对手,只有船长、两个船副、两个狱卒、马丁中尉和他的十八名士兵以及那位医生。虽然有了足够的准备,但为求一举成功,我们决定在晚上突袭。然而,行动却提前进行了。情况是这样的:

"'在船启航后第三个星期的一天晚上,医生来给一个犯人看病。在犯人床铺下面他看出了手枪的轮廓。如果他当时镇定自若,我们的计划就可能以失败告终,但他是个胆小鬼,一脸惊慌之色地叫出声来,那

回忆录

个囚徒立刻明白事情不妙,并将他抓住。他来不及发出警报,嘴便被堵住了,他被绑到床上。趁着医生来时打开了门上的锁,我们冲上了甲板。两个哨兵中弹倒地,一个班长也被我们打倒。另有两个把着舱门的士兵的火枪似乎没有弹药,对我们没有任何威胁,在他们准备上刺刀时中弹身亡。当我们冲入船长室时,里面已响起了枪声,推门一看,船长已倒在地上,脑髓把钉在桌上的大西洋航海图都浸湿了,而牧师站在一旁,手中的枪正冒着烟呢。两个船副早就被抓住了,看来事情很顺利,我们成功了。

"'我们一窝蜂似的冲进紧邻船长室的官舱,坐在长靠椅上畅谈起来,为能重获自由而狂喜。官舱的四周都是货箱,冒牌牧师威尔逊搬来一箱褐色的葡萄酒。正当我们准备举杯畅饮的时候,突然传来一阵枪声,官舱里立刻充满了烟雾,根本看不清发生了什么事。烟雾散去后,我们发现那里一片血腥。威尔逊和其他八个人倒在地上奄奄一息,至今每当我想起那桌上酒血飞溅的情景,仍感到恶心。我们都被这突发事件吓愣了,幸亏了普伦德加斯特的强悍。他像公牛似的,怒吼着冲出门去,所有活着的人也都随他冲到舱外,看见船尾站着中尉和他手下的十个士兵,他们利用正对着桌子上方的一个旋转天窗向我们射击。但在他们添装新火药的时候,我们冲了上去。他们虽然奋力抵抗,但还是我们占了上风,五分钟内结束战斗。上帝啊,那里简直成了人间地狱。普伦德加斯特像疯了一样,把士兵一个个扔进海里,根本不管他们是死是活。一个伤重的中士在海里挣扎了很长时间,最终还是死在枪口下,我们歼灭了全部敌人,只留下两个狱卒,两个船副和一名医生。

"'对剩下的这几个敌人如何处置,我们发生了争执。许多人在夺回自由以后不愿再杀人。杀死手执武器的士兵是一回事,但是向手无寸铁的俘虏动手却让人难以下手。我们八个人,五个犯人和三个水手都不同意再杀人,但普伦德加斯特和他的一伙人却决定干到底。他说,我们求得生存的唯一出路,就是把事情干彻底,不能留下任何一个活着的人，将来到法庭指证我们。我们差一点又遭拘禁，不过他终于松口说，如我们愿意，可以坐小艇马上离开。我们同意了他的决定，因为实在是厌恶这种残杀，不过我们预感到接着会有比这更残忍的事情发生。于是，他发给我们每人一套水手服，还有一桶淡水、一小桶腌牛肉、一小桶饼干及一个指南针。普伦德加斯特又给我们一张航海图，说，如果我们遇到其他船只一定要说我们是一艘失事船的水手，侥幸逃了出来。船是在北纬十五度，西经二十五度沉没的。然后他割断了连接小艇的缆绳，任其漂流了。

"'我亲爱的儿子，下面我要讲的是整个故事中最惊心动魄的部分。在战斗发生的时候，水手们曾经落帆逆风而行，但在我们离开后，他们又扬起风帆，乘东北风驶离了我们。我们的小艇顺风漂流。我和伊文斯是八个人中受过教育最多的。我俩开始研究海图，确认我们所在的位置，计划向何处的海岸行驶。这是一个需要细心考虑的问题，因为向北约五百英里是佛得角群岛，向东约七百英里是非洲海岸。由于当时是北风，我们认为最好是驶往塞拉利昂，于是掉头驶向目标。这时我们乘坐在小艇上向后方看时，三桅帆船已只能看见船桅了。我们正望着，突然看到一股浓密的黑烟直升天空，停挂在天上。同时，耳边响起一声巨响，烟雾散尽后，我们再也看不到哥洛里亚斯科特号帆船的踪影了。我们立即掉转船头，全力向那里驶去，那一片烟雾说明船已经遇难的事实了。

"'我们乘坐着小艇用了很长时间才到达那里，我们怕来得太迟，耽误了救人。我们只见一条支离破碎的小船和一些断桅残板在水上飘荡，这可以表明帆船真的沉没了，一个活人的影子也没见到。在我们失望地掉转船头时，忽听有人呼救，仔细一看，不远处有一个人直挺挺地躺在一块残板上。我们把他救到船上，原来这是一个年轻的水手，他的名字叫哈德森，他身上有多处烧伤的痕迹，神情疲惫，说不出话，一直到第二天早上，我们才知道了事情的经过。

回忆录

"'在我们离开之后,普伦德加斯特及他的那一伙人就动手屠杀剩下来的那五个被囚禁的人。他枪毙了两个狱卒,并把死尸扔进海里,对三副也照此处置。普伦德加斯特下到中舱亲手割断了可怜的医生的喉咙。现在只剩下大副一个人了,他看起来是个勇敢而又机智的人。他见普伦德加斯特手持沾满鲜血的屠刀走过来,便挣开事先设法弄松的绳索,跑到甲板上钻进了尾舱。十二个持枪的罪犯冲向他,他手里拿着一盒火柴,坐在打开的一桶火药旁,当时船上有一百桶火药。大副说,谁敢动一下,大家就一起死。就在这时爆炸发生了。哈德森认为不是大副点的火,而是一个罪犯开枪误中了火药桶。就这样一切都结束了。

"'我亲爱的孩子,这就是事情的经过。第二天,一艘开往澳大利亚的双桅船霍特斯泼号搭救了我们。该船船长毫不怀疑地相信了我们是遇难客船的幸存者。海军部将哥洛里亚斯科特号运输船作为海上失事船只记录备案,而事实真相丝毫没被人透露出去。我们所乘坐的霍特斯泼号让我们在悉尼上了岸,伊文斯和我改名换姓去采矿,在各国人聚集之地,我们顺利地隐瞒了过去。其余的事我也不必细说了。后来我们发财了,一番周游后,又以富有的殖民地居民身份返回英国,购置了产业。二十多年来,我们生活安定、幸福,希望永远忘掉过去。后来,这个叫哈德森的水手来到这里,我一下就认出他就是我们最后从水上救上来的那个人,当时我的感觉你可以想象。他不知用什么方法查到了我们的地址,利用我们的恐惧心理,敲诈勒索。你现在该明白了吧,我为什么对他百依百顺,我的心里充满了恐惧。他虽然离开我去敲诈另一个人了,可是他还是在威胁着我们。'

"下面的字是颤抖着手写的,字迹潦草不清,'贝多斯写来密信说,哈德森已揭发一切。上帝啊,可怜可怜我们吧!'

"这就是我在那天晚上读给小特雷佛听的故事。华生,这真是一件极富戏剧性的案子。经过这件事后,我的朋友情绪十分低落,后来他迁到特拉伊去了,在那里种起了茶树,听说过得不错。至于那个水手和贝

073

多斯,一直没有什么最新的消息,他们在大家的视线中消失了。没有人向警局告发,所以贝多斯把哈德森的威胁错认为是事实了。曾有人看到哈德森在附近出没,警方认为他杀了贝多斯,然后畏罪潜逃了。正相反,我认为是贝多斯在忍无可忍的情况下杀死了哈德森,携款逃到国外去了。这就是全部的经过了,朋友,对这些感兴趣吗?希望我可以给你提供有益的资料。"

回忆录

马斯格雷夫礼典

我经常烦恼于我的朋友歇洛克·福尔摩斯性格中的一些独特的地方。与他敏捷的思维、整洁的衣着相比,他的生活习惯杂乱得令同住的人心烦不已。在这方面我自己也不是无可挑剔的。在阿富汗时乱糟糟的工作,养成了我马虎的性格,这实在不是一个医生该有的样子。但我还是把它控制在一个可以忍受的限度内。当我看到一个人把烟卷放在煤斗里,把烟叶放在波斯拖鞋上,把一些没有答复的信件用一把大折刀插在木制壁炉台上时,我就认为自己还不错。另外,我一直认为,练习手枪射击是一种户外活动,而福尔摩斯却不以为然,只要兴致来了,他可以坐在扶手椅里,用子弹修饰对面的墙壁。我的感觉是,这既不能改变室内环境,也不能改变房屋的外观。

我们的房里经常堆满了化学药品和罪犯的遗物,而这些东西经常出现在意想不到的地方,有时是黄油盘里,有时是更不可思议的地方,但最令我头疼的是他的文件。他总是保留所有的文件,尤其是那些与他过去办案有关的文件,他每一两年会集中精力归纳整理一次。正如我在回忆录中曾经提到的那样,他只有在大功告成的时候,才会有这种心情。但是这种热情会很快消失,随之而来的是非常冷淡的反应,在此期间,他整日与小提琴和书籍打交道,除了从沙发到桌旁他几乎哪都不去。这样一来,他的文件越积越多,以至于在屋里的每个角落都堆满了一捆捆的手稿,而且他是决不允许任何人动一下的,只有他本人才能动它们。

有一年冬天的夜晚,我们一起坐在炉旁,我冒昧地提出,等他把摘要写进备忘录之后,用两个小时收拾一下房间,以便舒服一些。因为这是正当的提议,他无法反对,但是却面带不悦地走进了寝室。一会儿,

福尔摩斯探案全集

他拖出了一只大铁皮箱放在地板当中，拿个小凳蹲坐在大箱子前面，打开箱盖。我看见箱内已装满了三分之一的文件，都是用红带子绑成的小捆。"华生，这里有很多案件，"福尔摩斯望着我说，"如果你了解这里是什么的话，你一定希望我把放进去的全拿出来。""那么，这都是你早期办案的记录了？"我问，"我正想做一些关于这些案子的札记呢。"

"是的，我的朋友，这都是在我成名以前办的案子。"福尔摩斯轻轻而又爱惜地拿出一捆捆的文件。"这其中也不乏失败的记录，华生，"他说，"但仍有许多有趣的案子。这个是塔尔顿凶杀案，这个是范贝里酒商案，这个是俄国老妇历险案，还有铝制拐杖奇案以及瘸腿的里科里特和他可恶妻子的案件等等。还有这一件，这个案子有很奇特的地方。"

他把手伸进箱子，从箱底取出一个小木匣，匣盖像儿童玩具盒一样可以活动。福尔摩斯从匣内取出一张皱皱巴巴的纸，一把老式铜钥匙，一只绑着线球的木钉和三个生锈的旧金属圆板。

"喂，我的朋友，你猜这些东西是怎么回事？"福尔摩斯看到我脸上的表情，神秘地问。

"这就像是一些奇特的收藏品。"

"确实奇特，而围绕在它们周围的事，会让你更惊奇。"

"那么，这些遗物还有一段历史吗？"

"是的，可以说，它们本身就是历史。"

"为什么呢？"

歇洛克·福尔摩斯把它们一件一件拿出来，在桌边摆成了一条线，然后又坐到椅子上观察着这些东西，一副满意的神情。

"留下这些东西，"他说，"是为了回忆马斯格雷夫礼典案。"

他谈过很多次这个案子，但我一直没能了解详情。"如果你愿意讲讲，"我说，"我会很高兴。"

"那么这些零碎东西还照原样不动了？"福尔摩斯讲价钱似的大声说，"你的愿望又不能实现了，华生。但我很高兴你能把这件案子加到

你的记录中。我想,这件案子在犯罪史上是罕见的。如果不把这件奇特的案子记载下来,那会是个遗憾。"

"你一定记得'哥洛里亚斯科特'号帆船事件,我跟你讲了老特雷佛的经历,正是他的话使我想到了职业的问题,而后来我果然成了侦探。现在我已经是公认的办理疑难案件的高手,甚至我们最初相识时,也就是我着手去办理后来命名为'血字的研究'一案时,我已有不少的主顾了。但你很难想象,最初我是多么艰难,我付出了多少努力才获得了成功。"

"我刚到伦敦的时候,住在大英博物馆附近的蒙塔格街,闲暇时,就专心于各种科学的研究,希望能有所成就。当时经常有人来求我办案,多数是我的同学介绍来的。因为在大学的最后几年,我的思想方法就经常被人们议论。马斯格雷夫礼典案就是我破的第三个案子。而这一系列奇特的事件以及后来办理的重大案件,让我向侦探这一职业走出了最初的一步。

"雷金纳德·马斯格雷夫是我的同学,我们曾有过一面之交。他给人的感觉是一个很骄傲的人,在同学中间他并不受欢迎,但我一直认为,他在试图掩饰他天生的羞怯。他给人一种儒雅的感觉,瘦的身材,挺鼻大眼,做事有条不紊,典型的贵族子弟相貌。事实上他的家族的确是英国最古老的贵族。但是在十六世纪时,他们这一支(次子的后裔)就从北方的马斯格雷夫家族中分离出来,在苏塞克斯西部定居,而赫尔斯通庄园也许是这一地区目前还有人居住的最古老的建筑了。他出生在苏塞克斯,显然那里的人和事给了他很大的影响。每次看到他那苍白的面孔、机灵的神情和头部的姿势,我就想起封建古堡的灰色拱道和直棂的窗户。在交谈中,我知道他对我的观察和推理十分感兴趣。我们差不多四年没见面了。一天早晨,他到蒙塔格街来找我。他没什么变化,一副上流社会年轻人的打扮,仍然像从前那样保持着儒雅的风度。

"'过得好吗,马斯格雷夫?'我们热烈地握手以后,我问他。

"'你可能听说我可怜的父亲去世了。'马斯格雷夫说,'那是两年前的事情。他去世后我就开始管理赫尔斯通庄园了。又因为我是区议员,所以一直很忙。福尔摩斯,我听说你把那些令人惊讶的本事用在现实中了?'

"'是的,'我说,'我正在靠这个谋生!'

"'很高兴听你这么说,我现在很需要你的指教。在赫尔斯通我遇到了一些怪事,警方也查不出真相,这确实是一件奇特的案子。'

"你简直无法想象我当时的兴奋,华生,因为几个月来我一直无事可做,现在机会终于来了。我一直认为,别人失败的事情正是我能成功的机会。我相信自己的能力,现在正是我大显身手的时候。

"'请说一下详细情况。'我大声说。雷金纳德·马斯格雷夫在我对面坐下,点燃了我递给他的香烟。

"'你知道,'他说,'我现在还没有成家。但在赫尔斯通庄园我拥有很多的仆人,因为庄园位置偏僻,事务凌乱,所以必须很多人才能照料得过来。我不愿辞退这些人,因为在猎野鸡的季节里,我常在庄园举行宴会,而且留客人在此住宿,没有人手是不行的。我共有八个女仆,两个男仆,一个厨师,一个管家和一个小听差。花园和马厩有另外一班人看管。'

"'仆人中工作时间最长的是管家布伦顿。他是我父亲雇的,那时他还是个小学教师,很不称职。由于他精力充沛,有主见,很快就赢得了我们全家人的喜欢。他中等身材,眉清目秀,前额尤为俊美,虽然和我们相处了二十年,但还不到四十岁。他能说几国语言,能弹奏几乎所有的乐器,虽然有这些优点和能力,但他始终满足于仆役地位,很令人费解。我认为他是安于现状,不想有什么变动的人。凡是到过我们家的人,这位管家都给他们留下了深刻印象。'

"'可是这个完人也有缺点,他有一点唐璜的作风,你可以想象,像他这样的人在那偏僻的地方扮演风流浪子是很容易的。他刚结婚的时

回忆录

候还可以，但自从他妻子去世后，在他身上就缠绕着无数麻烦。前几个月他和我们的二等使女雷切尔·豪俄尔订婚，我们刚放下了心，但是他又不要雷切尔了。很快他又与猎场看守人的女儿珍妮特·特雷杰丽丝混在一起了。雷切尔是个好姑娘，但是作为一名威尔士人，她也遗传了易激动的性格。不久前经过了一场脑膜炎的折磨，直到昨天她才开始下床走动，但已与过去判若两人，就像一个黑眼幽灵。这是我们赫尔斯通的第一出戏剧性事件。但是紧接着发生的第二出戏剧性事件，使我们很快忘了第一件。这第二出事件，是因为管家布伦顿的失宠和被辞退引起的。事情是这样的：我刚刚提过，布伦顿是个聪明人，但聪明过头了也不是件好事。他对与自己完全无关的事情的好奇，使他陷入了麻烦。我以前并没在意，直到一件偶然事件的发生，我才重视起这个问题。

"'我说过，庄园很凌乱。上星期有一天，更确切地说是上星期四晚上，晚饭后，我干了一件蠢事——喝了一杯浓咖啡，很长时间无法入睡，直到清早两点钟，我感到不可能再睡着了，便起来点燃了蜡烛，打算继续看我没看完的一本小说。因为我把这本书丢在弹子房了，于是我披上睡衣走出卧室去取。

"'要到弹子房，我必须下一段楼梯，然后经过一段走廊，走廊最里面是藏书室和枪库。我向走廊望过去，看见从藏书室半掩的门里射出一道微弱的光，我很惊讶。我记得临睡前我亲自熄灭了藏书室的灯，而且关了门。我首先想到有夜盗。赫尔斯通庄园走廊里的墙壁上装饰着许多古代武器的战利品。我从墙上挑了一把战斧，然后放下蜡烛，悄悄地穿过走廊，从门边向里窥探。

"'原来是管家布伦顿正在藏书室里。他衣着整齐地坐在一把安乐椅里，一张纸——好像是地图，摊在膝上。他手托前额，似乎在思索什么事。我一动不动地站在门边，看他究竟想干什么。桌边放着一支小蜡烛，我借着那微弱的烛光，看见他那整齐的打扮。他突然从椅子上站起来，走向旁边的一个写字台，打开锁，打开一个抽屉，从里面拿出一份

文件,然后回到原来的座位,把文件展开在桌子上靠近蜡烛的地方专心地研究起来。对于他的这种行为,我心里怒火万丈,大步走上前去。布伦顿听到声音抬起头,看见是我,一下子跳起来,脸色吓得没了血色,并且立即把那张原本放在膝上的纸放进了衣服里。我说:"很好,布伦顿,你就是这样报答我们的信任的,庄园不需要你这种人,明天你就离开。"

"'他垂头丧气地鞠了一躬默默地走出去。蜡烛依然摆在桌上,我就着烛光看了一眼桌上的文件。那只是一份关于古老仪式的问答抄件,根本无足轻重,这是我们家族的古老仪式,叫"马斯格雷夫礼典"。过去几个世纪以来,凡是马斯格雷夫家族的人,成年时都要举行这种传统的仪式,但这就像一个人的印章图记一样,只是我们家族的私事,也许考古学家会感兴趣,实际上对于外人毫无用处。'

"'我们最好谈谈那份文件。'我说。

"'如果你认为有必要的话,'马斯格雷夫有些迟疑地答道,'好,我接着讲。我用管家留下的钥匙重新把写字台锁好,刚想离开,突然发现他又走回来站在我面前,简直让我大吃一惊。

"'他看起来很激动,声音沙哑地说:先生,我丢不起这个脸,虽然是个下人,但我很重脸面。如果您一定要辞退我,那就等于要了我的命。先生,如果您确实不能留我,请看在上帝的分上,让我向您申请在一个月内离开,就像我自愿离职那样。马斯格雷夫先生,辞职无所谓,但您不能当着所有人的面把我赶出去。

"'我回答说:你并不配得到那样的优待,布伦顿,你的行为十分恶劣。但是,看在你在我们家服务了二十年的分上,我也不想让你在众人面前难堪。一个月时间太长,就一个星期吧,你可以随便说个理由,然后离开。他绝望地喊道:就一个星期?先生,一个星期太短了,两个星期吧。我重复道:一个星期。对于你这已经是优待了。他好像很绝望,一脸丧气地离开了。我熄掉了烛火,回到自己房里。这之后的两

回忆录

天,他工作很勤快,尽职尽责。对于发生的事我也只字未提,好奇地观察着他,看他怎样顾全面子。他有个习惯,总是在早餐后来请示我一天的工作,可是第三天早晨他没有来。我从餐室出来时碰巧遇到女仆雷切尔·豪俄尔。前面已经说过,她刚刚病愈,身体很虚弱,面色苍白,因此我劝她先休息,不要急于去工作。

"'我说:你应该到床上去躺着,等身体恢复了,再开始工作。

"'她带着一种奇怪的表情望着我,我担心她是否又犯了脑病。

"'她说:我已经完全好了,马斯格雷夫先生。

"'我回答道:我们要听听医生的意见。你现在必须停止工作,你到楼下去告诉布伦顿,我现在要见他。

"'她说:管家已经走了。

"'我问道:走了?到哪儿去了?

"'她说:他走了,没有人看见。他不在房里。啊,是的,他走了,他走了!雷切尔一边说一边靠到墙上,发出一阵尖锐的笑声,令人不寒而栗。我立刻拉铃叫人,仆人们把她扶回了房间。我向她询问布伦顿的情况,她依然尖叫着,并且不断地哭泣着。很显然,布伦顿真的不见了。他的床昨夜没有睡过的迹象,他前天晚上回房后,就没人见过他。也不知道他是怎么离开的,早晨的门窗都是闩着的。他的衣服、表,甚至钱,都放在原处,只是一套常穿的黑衣服不见了。他并没有穿长筒靴,而是穿着拖鞋离开的。他能到哪儿去呢?现在怎么样了?

"'我们再次把整个庄园从地下室到阁楼都搜查了一遍,可是连他的影子也没见着。就像我先前提到的,这庄园就如迷宫一样,尤其那些古老的厢房,现在已没人住了。我们仔细搜查了所有的房间,甚至连地下室也没放过,但还是没有他的踪影。我很难相信他能抛弃所有财物空手离去,再说他又能到哪里去呢?我叫来了当地警察,但也毫无结果。前夜曾经下过雨,我们又察看了庄园四周的草坪和小径,还是没有进展。后来情况又有了变化,把我们的注意力引开了。

福尔摩斯探案全集

"'雷切尔·豪俄尔两天来病得很严重,有时神志不清,甚至控制不住自己而发狂,我雇了一个护士给她陪夜。在布伦顿失踪后的第三个晚上,护士发现病人睡得很熟,便坐在扶手椅上打了个盹。第二天大清早醒来,发现病床上没人,窗户开着,病人不知道去哪儿了。护士匆忙叫醒我,我带领两个仆人立即去寻找那个失踪的姑娘。我们很容易就知道了她的去向,因为从她的窗下开始,我们可以沿着她的足迹,穿过草坪,来到小湖边,足迹就在石子路周围消失了,而这条石子路是通往宅旁的园地的。这个小湖水深八英尺,我们看到可怜的疯姑娘的足迹在湖边消失,你可以得知我们当时的心情了。

"'我们立即开始打捞遗体,但是连尸体的影子也没有找到。反而捞到了一件出乎意料的东西,那是一个亚麻布口袋,里面装着一堆老旧生锈的金属件及一些无光泽的水晶和玻璃制品。这些奇怪的东西就是我们唯一的收获。此外,虽然昨天我们想尽一切办法进行搜查、询问,但是我们还是不知道雷切尔·豪俄尔和理查德·布伦顿的现状。警方也没有任何进展。最后我决定来找你,这是我最后的希望了。'

"华生,你可以想象,当时我是多么热切地倾听着这一切,又是多么努力地把这些细节连在一起,并找出所有细节的共同点来。管家不见了,连女仆也失踪了,女仆曾经爱过管家,后来又产生了怨恨。姑娘是威尔士血统,性格急躁易怒。她对管家的失踪表现出异常的激动。她把装着怪东西的口袋投进湖中。这些都是需要认真思考的问题,但是所有这些都不是事情的关键所在。这一连串事件的起点是什么呢?现在只有这一连串错综复杂事件的结局。

"我说:'我必须看看那份文件,马斯格雷夫,布伦顿冒着被辞退的危险读的那份文件。'

"'我们家族的礼典是件非常荒谬的东西。'马斯格雷夫回答道,'但因为是先人留下的,至少还有一些可称道的地方。如果你认为有必要的话,我有这份礼典问答词的抄件。'

回忆录

"华生,马斯格雷夫就把我现在拿着的这份文件递给了我,这份文件中记载着马斯格雷夫家族中的成年人必须遵守的奇特教义。现在你听听这份问答词的原文。

"'它属于谁?'

"'属于那个走了的人。'

"'谁应该得到它?'

"'那个就要来到的人。'

"'太阳在哪儿?'

"'在橡树上面。'

"'阴影在哪儿?'

"'在榆树下面。'

"'如何去测量?'

"'向北十步再十步,向东五步再五步,向南两步再两步,向西一步再一步,就在下面。'

"'我们用什么才能换取它?'

"'用我们的一切。'

"'为什么要这么做?'

"'因为我们要遵守诺言。'

"'原件没有标明日期,但是,上面的字是用十七世纪中叶的拼法写的。'马斯格雷夫说,'但是,我想这对破案并无太大用处。'

"'至少它向我们提供了另一个未知的谜,'我说,'而且是更有趣的谜。也许解开了这个谜,那个谜也就随之解开了。请别介意,马斯格雷夫,我认为,你的管家是一个比他的主人家十代人都头脑清醒的聪明人。'

"'我不明白你的意思,'马斯格雷夫说,'我一直认为这份文件的用处不大。'

"'我却认为这份文件意义重大,我想布伦顿和我的看法是相同的,

他可能在你抓住他的那天夜里以前就看过这份文件了。'

"'很可能。我们并没重视它。'

"'就我判断,他最后这一次不过是想记住它的内容罢了。我知道,他正用各种地图和草图与原稿相比较,你一进来,他就慌忙把那些图塞进衣袋。'

"'没错。不过他和我们家族的这种旧习俗有什么关系呢?这个无聊的礼典又有什么不为人知的秘密呢?'

"'我认为这很容易查出来,'我说,'如果你同意,我们可以乘第一班火车去苏塞克斯,在现场把这事仔细调查一下。'于是,我们两个人当天下午就回到了赫尔斯通。也许你早就见过这座著名的古老建筑物的照片和记载,所以我就不多说了。只需要说明一点,那座建筑物是 L 形的。长的一排房子式样较近代,短的一排房子是古代遗留的房屋中心,其他房屋都是从这里扩充出去的。在旧式房屋中间的低矮笨重的门楣上,刻着一六〇七年字样。但是行家们的看法是,那房梁和石造结构的具体年代比一六〇七年还要久远。旧式房屋的墙壁又高又厚,窗户却很小,因此这一家人在上个世纪就盖了那一排新房。现在旧房的唯一用途是做库房和酒窖。房子四周环绕着繁茂的古树,形成一个幽静的小花园,我的委托人提到的那个小湖就在林荫路旁,离房屋大概有二百码。

"华生,我已经肯定,这不是单独的三个谜,而是一个谜,如果我能准确地理解'马斯格雷夫礼典',就一定能找到关键点,从而查出布伦顿和豪俄尔失踪的真相。于是我把全部精力放在这件案子上。为什么那个管家那样急于掌握那些古老仪式的语句?显然是因为他看出了其中的奥秘,而这个古老家族的人们却从来没有注意到这一点。布伦顿希望从这个奥秘中获得利益。那么,这奥秘究竟是什么?它对管家的命运又有什么影响呢?

"我把礼典读了一遍,就明白了,这种测量法一定是指礼典中某些

回忆录

语句暗示的某个地点,如果能够找到这个地点,我们也就找到了这个谜的钥匙,而马斯格雷夫的先人认为必须用这种特殊方法才能让后代记住这个秘密。于是我们开始动手,我们已经知道两个方位标杆:一棵橡树和一棵榆树。橡树很容易确定,就在房屋的正前方,车道的左侧,橡树丛中有一棵最古老的,是我见过的最高大的树。

"'这棵橡树在起草礼典时就存在了吧?'当我们驾车经过橡树时,我说道。'可能诺耳曼人征服英国的时候,就有这棵橡树了。'马斯格雷夫答道,'这棵橡树有二十三英尺粗。'我推测的一点已经获得了证实,我又问,'庄园里有老榆树吧?''那边以前有一棵很老的榆树,但十年前被雷击中了,我们只好把树干锯掉。''你还记得那棵榆树的位置吗?'

"'是的,没问题。'

"'没有其他的榆树了吗?'

"'没有老榆树了,但是有许多新榆树。'

"'我想到这棵老榆树的位置去看看。'我们乘坐的是单马车,没有进屋,马斯格雷夫就直接把我带到草坪的一个低洼处,老榆树过去就长在这儿。这位置几乎就在橡树和房屋的正中间。我的调查看来有进展了。

"'我想没有人能知道这棵榆树的高度了吧?'我问道。

"'我可以马上告诉你树高六十四英尺。'

"'你怎么知道?'我惊讶地问。

"'我的老家庭教师经常叫我做三角练习,常常是关于高度测量的问题。我在少年时代就测算过庄园里的每棵树和每幢建筑物。'

"实在太幸运了。轻易地获得了我想要的数据。

"'请想想,'我问道,'管家曾向你问过这古老的榆树的事吗?'

"雷金纳德·马斯格雷夫吃惊地望着我。'你这么一说我想起来了,'他回答道,'几个月以前,布伦顿同马夫发生了一场争论,当时

他问过我榆树的高度。'

"这消息简直太好了,华生,这证明我的推断完全正确。我抬头看看太阳,已经偏西,我计算了一下,不用一个小时,就能偏到老橡树最顶端的枝头上空。礼典中提到的一个条件满足了。而榆树的阴影一定是指阴影的最远处,否则就会选树干做标杆了。于是,我观测太阳偏过橡树顶时,榆树阴影的最远处落在什么地方。"

"事情很难办,我的朋友,毕竟榆树已经没有了。"我说道。

"嗯,但是我知道,布伦顿能找到的,我也一定能找到。而且,事情很容易就办妥了。我和马斯格雷夫走进他的书房,削了个木钉,我把这条长绳系在木钉上,每隔一码打一个结,然后把两根钓鱼竿绑在一起,刚好是六英尺长。我便和我的委托人回到老榆树的位置,这时太阳正好偏过橡树顶。我把鱼竿一端插到土中,记下阴影的方向,测量了阴影的长度,影长九英尺。

"这样问题就解决了。如竿长六英尺时投影为九英尺,那么树高六十四英尺时投影就是九十六英尺。而钓竿阴影的方向当然就是榆树阴影的方向。经过测量的这段距离,差不多就到庄园的墙边了。我在测量的位置上钉下木钉做记号。华生,我马上就在木钉旁边不到两英寸的地上发现了一个小洞,我当时太高兴了。这一定是布伦顿做的记号,现在我正在走和他同样的路。

"我们在这一点上开始步量,首先用我的袖珍指南针确定方向,沿着庄园墙壁向北走了二十步,再钉下一个木钉。然后我小心地向东迈十步,向南迈四步,当时我处的位置是旧房的大门门槛下边。按照礼典暗示的地点,再向西迈两步,我就走到石板铺的甬道上了。华生,我那时候非常沮丧,我觉得我的方法发生了本质上的错误。夕阳把甬道的路面照得很明亮,我看到甬道上铺的那些灰色石板,虽然古老,而且早已被来往行人踩薄了,但仍然被水泥紧紧地粘在一起,肯定很多年没人动过。布伦顿明显地没在此处动手。我敲了敲石板,各处声音都一样,石

回忆录

板下面没有洞穴和裂缝。不过,幸运的是马斯格雷夫开始理解我这样做的目的了,他兴奋地拿来手稿核对我计算的结果。'就在下面,'他大声喊道,'你忘记考虑一句话:就在下面。'

"我还以为他让我们必须从地板向下挖呢,当然我马上意识到我想错了。'那么说,有个地下室在甬道下面?'我大声问。

"'没错,地下室和这些房屋一样古老,就在下面,我们可以从这扇门进去。'

"我们走了进去,沿着曲折的石阶向下走。马斯格雷夫用火柴点燃放在墙边木桶上的一盏提灯。我们马上就看清了我们所要找的位置,而且显然近几天有人来过。

"这里很早就作为仓库用来堆放木料,但是,那些乱丢在地上的短木头已经被人挪到墙边了,在地下室中间形成了一块空地。空地上有一大块重石板,石板中间安着生锈的铁环,铁环上绑着一条厚厚的黑白格子布围巾。

"'上帝啊!'马斯格雷夫惊呼道,'那是布伦顿的围巾,我肯定看到过他戴这条围巾。这个混蛋想干什么?'

"根据我的提议,我们请来了两名当地警察,然后我抓住围巾,用力拉石板。但是石板只动了一点。最后在一名警察的帮助下,才把石板挪开。石板下露出一个黑洞洞的地窖,我们都向下观察着。马斯格雷夫跪在地窖旁,把提灯伸进去照着。

"我们看到这地窖大约七英尺深,四英尺见方,一边放着一个箍着黄铜箍的矮木箱,箱盖被打开了,一把样式奇特的旧钥匙插在锁孔上。箱子外面布满了尘土,木板被蛀虫和潮湿浸蚀得烂透了,里面长满了青灰色的木菌。箱子底散放着一些像旧硬币一样的金属圆片,显然是老式的硬币,我手里拿的这些就是。

"但是,我们此时已顾不上木箱了,因为我们的目光都落到了一件东西上。那东西蜷缩在木箱旁边,是一个人,穿着一身黑衣服,蹲在那

福尔摩斯探案全集

里,前额靠在箱子边上,双臂抱着箱子。这个姿势把他全身的血液都逼到了脸上,致使脸部扭曲,并且涨成猪肝色,我们根本认不出这是谁。但当我们把尸体拉过来时,看那身形、衣着和头发,马斯格雷夫立刻确定,死者是失踪的布伦顿。他已经死了几天,身上没有任何伤痕,我们无从了解他是怎么死的。我们把尸体抬出地下室。问题仍没有解决,而且像开始时的问题一样令人费解。华生,我必须承认,我当时对结果很失望。在我按照礼典的暗示找到这个地方时,我以为这个问题能够解决,可是我已经到了这里,却仍不知道为什么这个家族要采取如此严密的防范措施。我虽然知道了布伦顿的结局,但他为什么会是这样?在这件事上那位失踪的姑娘又扮演着什么角色?我坐到墙角的一个小桶上,仔细地思索着整个案件。

"遇到这样的情况,你了解我的方法,华生。我替这个人设身处地想一想,首先考虑一下他的才智,设想如果我是他会怎么办。在这种情况下,事情就很简单,因为布伦顿是一个非常聪明的人,不必考虑他观察问题会出什么'个人观测误差',他知道有宝物,于是确定了具体位置,发现石板盖太重,一个人根本挪不动。下一步怎么办?即使庄园外有他信任的人,也得冒着被发现的危险开门让他进来。最好能在庄园里找到帮手。他能找谁呢?有个姑娘曾爱过他。作为一个男人,他认为那个姑娘还爱着他。他可能向姑娘示好,求得姑娘的原谅,二人重归于好后决定一起行动。他俩可能晚上一同来到地下室,合力掀开石板。我可以像亲眼看见一样描述出这些事。

"不过要掀起这块石板,对于他们两个人,尤其其中一个是妇女,还是很费劲的。因为就连我和那个粗壮的苏塞克斯警察一起干也是件困难的事儿。挪不动石板他们会怎么办?如果是我应该怎么办呢?我站起身来,仔细地查看地下散放在各处的各种短木。我马上找到我想要的东西了,一根约三英尺长的木料,一端有明显的缺痕,还有几块侧面被压扁了的木头,很像是被重物压扁的。很显然,他们一面往上抬石板,一

回忆录

面把一些木头塞进缝隙中,直到一个人能够从缝隙中爬进去,才用一块木头竖着支撑住石板,不让它落下来。因为石板重量全部压在这根木头上,就使它着地的另一端产生了缺痕。现在我的推断仍然是可信的。现在的问题是我该怎样继续重现那天夜里发生的事情。显而易见,这地窖只能钻进一个人,那就是布伦顿。姑娘等在上面。然后下面的人打开木箱,把箱子里面装的东西递上去,没有人发现他们,然后呢?然后发生了什么事?

"我想,也许那个性情急躁的姑娘见曾经抛弃她的人可以由自己摆布时,心中升起了复仇之火?或者是木头偶然滑倒,石板自己落下,布伦顿被关在地下室里导致了死亡,而她的过错只是隐藏事情真相?还是她突然把顶木推开,让石板落回洞口?不论情况怎样,我眼前出现了一个抓着宝物的女人,拼命奔跑在曲折的阶梯上,不顾她的情人在背后的叫喊声和双手捶打石板的声音,最后她的情人在地下室因窒息而死。

"这也就是第二天早上她面无血色,甚至歇斯底里狂笑的原因。可是箱子里又有什么东西呢?这些东西和她又有什么关系呢?显然,马斯格雷夫从湖里捞起的古金属和水晶石就是箱子里的东西。她找到机会把它们扔到湖里去了,这样就没有任何可以证明她犯罪的证据了。我一动也不动地在那里坐了二十分钟左右,彻底思考着这个案子。马斯格雷夫也依然站着不动,但是面无血色。他举着提灯,看着地下室的黑洞。

"'这些是查理一世时代的硬币,'他从木箱中取出几枚金币,说道,'你瞧,我们正确推算出了礼典起草的时间。'

"'一定还有其他的查理一世时期的东西,'我突然想到了这个礼典的开始两句包含的意义,便大声喊道,'让我们看看你从湖里捞出的口袋里装的东西吧。'我们回到他的书房,他拿出那些破破烂烂的东西放在我前面。一见那些几乎变成黑色的金属和黯淡无光的石块,我就知道

他认为这些东西是无足轻重的。我拿起一块用袖子擦了擦,它马上发出了金子一样的闪光。金属制品的样式像双环形,但已经扭曲得不是原形了。

"'你肯定记得,'我说,'甚至在英王查理一世死后,保皇党还在英国进行武装反抗,当他们不得不逃亡时,可能藏起来许多珍贵财物,以便和平时期再挖出来。'

"'我的祖先拉尔夫·马斯格雷夫爵士,在查理一世时代是有名的保皇党党员,在查理二世逃亡的时候,他是得力的助手。'我的朋友说道。

"'是的,不错!'我答道,'好极了,我想这才是我们真正要找的。祝贺你,我的朋友,你得到了一件价值连城的珍宝,虽然得到的过程带有悲剧性。作为一件历史遗物,它的意义更大。''那究竟是什么东西?'马斯格雷夫惊讶地追问道。

"'这正是英国的一顶古代王冠。'

"'王冠!'

"'完全正确。想想礼典上的话,它怎么说的,"它属于谁?属于那个走了的人",这是指查理一世被处死。然后是:"谁应该得到它?那个就要来到的人",这是指查理二世,可能他马上就要到赫尔斯通庄园来。显然,这顶破破烂烂的王冠曾经是斯图亚特王朝的帝王戴过的。

"'它怎么会在湖里呢?'

"'啊,这需要一点时间才能解释清楚。'说着,我把之前的推断向他详细地叙述了一遍,直到天空升起月亮,才讲完整个事件。

"'那为什么查理二世回国后,没有取走王冠呢?'马斯格雷夫把遗物放回亚麻布袋,问道。

"'啊,你提出了我们也许永远也解决不了的一个问题。可能是掌握这个秘密的马斯格雷夫在此时去世,他虽然把礼典传给后人,但却没有说明它的含义。从那时到今天,这个礼典世代相传,然后有一个人发

回忆录

现了这个秘密,并因为这个秘密而死。'这就是马斯格雷夫礼典的故事,华生。那王冠现在留在赫尔斯通。当然,他们经过了一番法律上的周折,并且花了一大笔钱才留下王冠。我相信,只要你提起我的名字,他们一定会把王冠拿给你看。至于那个女人,一直都没有消息,可能已经带着犯罪的记忆逃离英国了。"

赖盖特之谜

一八八七年春天我的朋友歇洛克·福尔摩斯先生因过度忙碌而积劳成疾，身体尚未康复。对于荷兰—苏门答腊公司案和莫波吐侬兹男爵的庞大计划案，人们仍记忆犹新。因这些案件与政治和经济有着重大的关系，我在本人的一系列回忆录中不便加以报道。但是，从另一个角度来说，那两起案子又极其独特、复杂，使我的朋友可以不失时机地验证一种新的斗争方法的重要性。在他毕生与犯罪行为作斗争的过程中，他所使用的方法样式繁多，数不胜数。

我在查阅笔记时看到，在四月十四日，我曾收到一封从里昂拍来的电报，通知我，福尔摩斯在杜朗旅馆已卧床不起。不到一天，我就赶到他那里，发现他的病并不严重，这才放心。不过，像他这样钢筋铁骨般的身体，经过两个多月调查的劳累，也不免垮了下来。在这段时间，他每天工作十五小时以上，而且他对我说，还有一次他废寝忘食地工作了五天。即使胜利的喜悦也无法让他在经历过度的劳累之后恢复过来。在他的名字享誉欧洲、各地发来的贺电堆积如山的时候，我发现福尔摩斯依然感到痛苦沮丧。有消息说，三个国家的警察都失败了，而他却获得了成功，完全揭穿了欧洲最高超的诈骗犯玩弄的把戏。即使如此，也不能使他从疲惫中解脱出来。

三天后，我们一起回到了贝克街。换个环境对我的朋友显然大有裨益，乘此大好春光，他准备在乡间度过一星期。如能实现这个计划，那将是一件多么美好的事啊。我的老朋友海特上校在阿富汗时，请我给他看过病。他现在在萨里郡的赖盖特附近买了一栋房子，经常邀请我去做客。最近他来信说，如果我的朋友愿意和我同往，他一定会盛情款待他的。我把想法委婉地表达出来。当福尔摩斯得知我的这个朋友是个单身

回忆录

汉,完全可以自由行动时,他同意了我的安排。从里昂回来一个星期后,我们就去了上校的住所。海特是一个豪迈不羁的老军人,见识广博,他很快地感到,他和福尔摩斯很有共同话题,如我所料。在我们到来的当天傍晚,我们晚餐后,坐在上校的贮枪室里。福尔摩斯伸开四肢悠闲地躺在沙发上,海特和我正在看他那贮藏东方武器的小贮藏室。

"对了,"上校突然说道,"我想拿一支手枪带到楼上去,万一遇到警报可以备用。""警报?!"我说道。

"是的,最近我们这个地区出了事,大家都心神不安。老阿克顿是本地的一个富豪。上星期一有人闯进他的住宅。他的损失虽然不惨重,但那些家伙却依然逍遥法外。""一点线索都没有吗?"福尔摩斯望着上校问道。

"目前还没找到。这是小事一桩,"上校说道,"这只不过是我们村子里的一件小小的犯罪案件,福尔摩斯先生在办过国际大案后对此等小案是不会感兴趣的。"

福尔摩斯摆手示意他不要这样称赞自己,脸上却盈满笑意。对于上校的赞美他还是由衷地喜欢的。

"有什么重要的征兆吗?""我想没有。盗贼把藏书室翻了个底朝天,抽屉全被打开了,书架也是乱七八糟。费了这么大的劲儿却没拿走什么值钱的东西,盗贼只拿走了一卷蒲柏翻译的荷马史诗,两只镀金烛台,一方象牙镇纸及一个橡木制的小晴雨计和一团线。"

"大千世界真是无奇不有啊!"我喊道。"唉,这些家伙显然是顺手牵羊,随便拿的。"福尔摩斯在沙发上声音不大地说了这么一句。

"地区警察应当从这里面找出一些线索来,"福尔摩斯继续说道,"嘿,这显然是……"这时我伸出手指提醒他道:"亲爱的朋友,别忘了你是到这里来休息的。在你的神经还没得到恢复前,千万不要插手新案件。"福尔摩斯耸耸肩,无可奈何地看了上校一眼,我们便转到其他话题上去了。然而,我作为医生提醒他所说的那些话算是付之东流了。

第二天早晨，这个案件发生了出乎我们意料的变化，这使我们不能再视而不见，只有插手了。我们正吃早餐时，上校的管家完全失礼地闯了进来。

"先生，您听到消息了吗？"他气喘吁吁地说，"是在坎宁安家里！"

"又是盗贼吧！"上校举着一杯咖啡，气愤地喊着。

"还死了人呢！"上校情不自禁地惊呼了一声："上帝！是谁遇害了？是治安官还是他的儿子？""都不是，先生，是马车夫威廉，子弹射穿了他的心脏。""真奇怪，是谁杀了他呢？""是那个盗贼，先生，他如飞似的逃走了。他刚从厨房的窗户闯进去，就撞上了威廉。为了保护主人的财产，威廉被盗贼打死了。""什么时候发生的？""昨天夜里十二点左右。""好，一会儿咱们去看看。"上校说道，又冷静地坐下来吃他的早饭。"真不幸！"管家走后，上校又说道，"老坎宁安是我们这儿很有声望的显要人物，非常正派。他现在一定非常伤心，威廉跟随他多年，忠心耿耿。杀人犯一定是那个闯进阿克顿家里的恶棍。""也就是偷了一堆怪东西的那个盗贼吗？"福尔摩斯沉思地说道。

"对。"

"哦！这件事可能再简单不过了，不过乍看还是有些奇怪，对吗？人们通常认为一伙在乡村活动的盗贼总是要改变作案地点，绝不会几天之内在同一地区连续两次偷盗。你昨晚谈到要采取预防措施时，我脑子里忽然闪过一个想法：这地方可能是英国盗贼最不可能光顾的教区了。看来，我的知识还是欠缺啊。"

"即使如此，我也认为这是当地小偷干的。"上校说道，"盗贼首选了阿克顿和坎安宁两家，因为他们是此地的大户人家。"

"也是最富有的人家吗？"

"是的，他们是最富有的了。不过他们两家连续打了好几年的官司，这场官司耗费了他们不少钱财。老阿克顿曾经要求得到坎宁安家的一半财产。而律师们也借此渔利了。""如果这是当地恶棍所为，是很容易把他们追查出来的。"福尔摩斯打着哈欠说，"好了，华生，我不想牵

回忆录

扯到案子中。""先生，福雷斯特警官要求见你。"管家突然推开门说。一个机警的年轻警官走进来。"上校，早上好，"他说道，"我本不愿意打扰你们，但是，我们听说贝克街的福尔摩斯先生正在这里。"上校把手指向我的朋友，警官便点头致意说："我们希望你能光临指导，福尔摩斯先生。""命运就是这样安排的，华生。"福尔摩斯笑容满面地说道，"你进来时，我们正在谈论着这件案子呢，警官。你一定能使我们知道得更为详细。"当他按习惯的姿式向后仰靠在椅背上时，我知道我的度假计划又告吹了。

"阿克顿案件我们还没有眉目。但是，目前这个案子，我们已有一些线索了。有人看到了作案人，显然这两个案子是同一伙人干的。"

"啊？！"

"是的，先生。但是作案人在开枪打死了可怜的威廉之后，便飞快地逃跑了。坎宁安先生和亚历克都看见了他，坎宁安先生从卧室的窗户看到了他，而亚历克先生从后面的走廊看到了他。十一点三刻，坎宁安先生刚要入睡，亚历克先生穿着睡衣正在楼上房里吸烟。突然，他们两人都听见了马车夫威廉的喊叫声，亚历克先生跑下楼去想看看发生了什么事。后门开着——他走到楼下时，看到两个人正在外面厮打。其中一个放了一枪，另一个倒在地上。凶手跑过花园越过篱笆，逃走了。坎宁安先生从他的卧室往外望，看见那个家伙已跑到大路上，但眨眼工夫便看不见了。亚历克先生为了救那个受伤的威廉，所以也没去追凶犯，结果那个恶棍就逃之夭夭了。除了知道凶手中等身材、身着深色衣服外，我们还不知道他的相貌。我们正在全力以赴地调查，如果他是一个外地人，我们立刻就可以抓到他。"

"那个威廉怎么样了？在临终前，他说过什么吗？""一个字也没有说。他和他母亲住在仆人房里。他为人很忠厚，所以我们猜想他可能想到厨房里看看那里是否安全。阿克顿案件后，每个人的警惕性都提高了。那个盗贼撬开门锁，刚刚把门推开就撞上了威廉。"

"威廉在出去前对他母亲说过什么话吗？""他母亲年高耳聋，她不

会给我们提供什么有用的消息。这次突然事件几乎把她吓得痴呆了。不过,原来她也不怎么精明。现在我们掌握着一个很重要的情况。你看!"警官从笔记本里取出一小片撕坏的纸,铺在膝盖上。"我们发现死者的手里紧紧地抓着这张纸片,好像是从一大张纸上撕下来的。上面提到的时间和死者遭遇不幸的时间完全吻合。所以,不是凶手从死者手中抢走了大部分,就是死者从凶手那里夺回了这一小片。这张纸条的内容很像是和别人约会的便条。"

福尔摩斯拿过这张小纸片,认真地查看着,陷入沉思。"我们假设这是一个约会,"警官继续说道,"当然也就可以顺理成章地推测:虽然威廉有忠厚之名,但也可能与盗贼勾结在一起。他可能在那里接应盗贼,帮助盗贼闯进门内,后来他们可能突然因为某种原因而反目成仇。"

"这字体看起来倒是非常有意思,"福尔摩斯把这张纸条认真地察看后说,"比我想象的要复杂得多。"他双手抱头沉思着,警官看到这件案子居然使这位声名显赫的伦敦侦探如此为难,不免有些得意。

"你刚才分析,"福尔摩斯过了一会儿说道,"盗贼可能和仆人已经商定了,这张纸可能是一个人给另一个人的密约信。这个想法的确很独到,有合理的地方。可是这张纸条上清楚地写着……"他又双手抱头沉思着。当他再次抬起头时,我吃惊地发现,他又恢复了未病时那充满激情的神态,兴奋地一跃而起。

"诸位,"他说道,"我很想悄悄地去查看一下案发地,了解一下某些细节。我对它非常感兴趣。上校,对不起,我想暂时离开一会儿,跟警官去一趟,验证一下我的想法。半小时后,我就回来。"

一个半小时后,警官独自而归。"福尔摩斯先生正在田野里,"他说道,"他要我们四个人一起到那所屋子里去看看。""到坎宁安先生家?""是的,先生。""干什么去?"警官耸了耸肩,说道:"我也搞不清楚,先生。我对你讲,福尔摩斯先生的病好像没有痊愈。他异常激动,举止古怪。"

"先生,你的大惊小怪完全不必要,"我说道,"我已经发现一条规

律：当他好像发现什么的时候，那就是他已经离成功不远了。"

"有人会说他的方法简直是癫狂，"警官说，"不过他急于调查，上校，如果你们准备好了，我们最好马上就去。"

我们来到田里看到福尔摩斯，他正双手插在裤兜里，低着头在田野上来回走着。"这件事太有趣了，"福尔摩斯说道，"华生，你的这次乡间度假活动已经获得了大大的成功。我度过了一个美妙无比的早晨。"

"听说，你已经去过犯罪现场了。"上校说道。"是的，我和警官一起检查了事件发生的现场。""有什么发现吗？""是的，我们看到了一些很有趣的东西。我们还是边走边讲吧。首先，我们看到那个尸体确实死于枪伤。""难道你对此还有怀疑吗？""是的，对每件事我们都要认真地考虑。"

"接着我们会见了坎宁安先生父子，因为他们能够指出凶手逃跑时越过花园篱笆的准确地点，这是至关重要的。"

"那当然了。""后来我们又看望了死者的母亲。但是她年老体弱，我们没能从她那儿得到任何有用的情况。""那么，你调查的结果又是如何呢？""结果我确信这是一次奇特的犯罪。我们可以在以下即将进行的访问中明白一些。警官，咱们两人都认为死者手中的这张纸片上写着的时间正是他死去的时间，这一点极为重要。"

"这就给我们提供了一个线索，福尔摩斯先生。"

"确实如此。写这张便条的人，就是要威廉在那个时间起床的人。可是这张纸的另一半在谁的手里呢？""我仔细地检查过地面，但没有找到。"警官回答。"显然是有人从死者手中撕去了，那个人为什么如此急切地想得到它呢？它是罪证。撕下以后他又如何把它处理掉呢？他把它随手塞进衣袋里，但没有注意到有一角纸片还抓在死者手里。如果我们能够找到被人撕去的那片纸，显然，这对于我们解开谜底就事半功倍了。"

"可是，我们没有抓住罪犯，又怎么能得到那张纸片呢？""啊，再仔细想想还是有办法的。而且还有一点也非常明显，既然这张便条是给

威廉的。那么，写便条的人一定不会亲自交给他的。又是谁把便条带给死者的呢？也许是通过信差吧？""我已经调查了，"警官说道，"昨天下午，威廉接到邮局的一封信。信封已经被他毁掉了。"

"太好了！"福尔摩斯拍着警官的背，高兴地说道，"你已经调查邮差了。好，我非常高兴和你一起工作。这就是那间仆人住房，如果你想进来，我可以给你介绍一下犯罪现场。"我们走过被害者居住的漂亮小屋，走到一条两旁栽着挺立的树的大道，走近一所富丽堂皇的安妮女王时代的古宅，门楣上刻着马尔博罗的日期。福尔摩斯和警官带着我们走了一圈，然后来到旁门前。门外是花园，花园的篱笆外面是大路。一个警察正守候在厨房门外。

"请把门打开，警官，"福尔摩斯说道，"小坎宁安先生就是站在楼梯上看到那两个人搏斗的，而我们现在所站的地方就是两人搏斗之处。老坎宁安先生就是在左边第二个窗户看到那盗贼刚刚逃到矮树丛左边的。他们两个人说法一致，并且都提到矮树丛。后来小坎宁安先生跑出来，跪在伤者身旁。你们看，这儿地面非常硬，没有给我们留下任何蛛丝马迹。"福尔摩斯正说着，坎宁安父子向我们走来。一个上了年纪，神情刚毅，脸上布满皱纹，双眼流露出忧郁不悦的神情。跟在他后面的是另一个漂亮的人，精神焕发，笑容满面，衣着讲究，与我们为之而来的惨案形成了鲜明的对比。"

"还在调查此事吗？"亚历克·坎宁安对福尔摩斯说道，"你们伦敦人破案不是很厉害吗？但你破案的速度似乎不尽如人意。"

"啊，我们还需要一些时间。"福尔摩斯愉快地回答。"时间对你一定很重要了。"亚历克·坎宁安说道，"哦，我根本看不出有什么线索。"

"唯一的一个线索，"警察回答道，"就是只要我们能找到……天哪！福尔摩斯先生，你怎么啦？"福尔摩斯的脸上突然出现极难堪的表情。他的两眼直往上翻，脸因痛苦而变形。他痛苦难耐地哼了一声，跌倒在地上。他突然发病，又那么严重，我们都慌了手脚。我们急忙把他

回忆录

抬到厨房里的一把大椅子上。他用力地呼吸了一会儿,终于又站了起来,为自己身体虚弱而感到惭愧和抱歉。

"华生会告诉你们,我生了一场重病刚刚痊愈。"福尔摩斯解释道,"这种神经痛极易突然发作。""需不需要用我的马车把你送回家?"老坎宁安问道。

"谢谢,既然我已经来了,有一点我想搞清楚,此案很快就会有结果了。"

"是什么问题呢?"

"我认为威廉很可能是在盗贼进屋后才出来的。你们认为门虽被弄开了,强盗却没进屋是理所当然的。"

"这很明显,"坎宁安先生严肃地说道,"呃,我的儿子亚历克那时还没有入睡,如果有走动的声音,他一定能够听到。"

"他那时坐在哪儿?"

"我坐在更衣室里吸烟。"

"哪一扇窗子是更衣室的?"

"左边最后一扇窗子,和我父亲卧室紧挨着的那一扇。"

"那么,你们两个房间的灯都是亮着的,对吧?"

"没错。"

"现在有几点是值得大家注意的,"福尔摩斯微笑着说道,"一个盗贼,而且是一个经验丰富的盗贼,一看灯光就知道这一家有两个人还没入睡,竟然敢闯进屋里去,这难道不令人费解吗?"

"他一定是一个冷静沉着的老手。"

"那是当然。这个案子若非如此稀奇古怪,我们也就不需要打扰你了。"亚历克先生说道,"不过,你说在威廉出来以前,盗贼已经进了这间屋子,我认为这种看法太幼稚了。屋子一点也没动,东西也没丢。"

"这要看是什么东西了。"福尔摩斯说道,"你忘了吗?我们是跟一个狡猾的、自有一套办法的强盗在周旋。你看看,他从阿克顿家拿去的全是些稀奇古怪的东西,什么线团、镇纸之类的零星物品。有什么用

呢?""好了,一切都托付给你了,福尔摩斯先生,"老坎宁安说道,"我们随时听从你和警官的吩咐。""首先,"福尔摩斯说道,"我想请你自己悬赏捉拿罪犯。如果这笔款子由官方出,必然费一番周折,同时这些事情也不可能马上办理。我已经拟了一个草稿,如果你同意,请你签字。我想,五十镑足够了。""我情愿出五百镑,"治安官接过福尔摩斯递给他的那张纸和笔,说道,"咦,出错了。"他浏览了一下底稿,补充了一句。

"时间太急,我写的可能不太好。""你看你开头写的是:'鉴于星期二凌晨零点三刻发生了一次抢劫未遂案……'事实上,是发生在十一点三刻。"

福尔摩斯竟然出了这样一个差错,对此我很难堪。我明白他对自己所犯的这类错误也总是感到极其难堪。将事实弄得极其准确,万无一失一向是他的特长。可是,他最近的病把他折腾得很惨。眼前这件小事,就足以说明,他的身体状况还不好,离复原还很远。显然,他感到极其尴尬。警官皱了下眉毛,亚历克·坎宁安则嘲笑着。那位老绅士立即修正了写错的地方,然后把这张纸还给了福尔摩斯。"尽快送去复印吧,"老坎宁安说道,"我认为你的想法是非常高明的。"

福尔摩斯小心翼翼地接过这张纸,并夹在他的记事本里。"现在,"他说道,"我们最好一起把这宅子认真检查一遍,以便弄清是否真的什么也没丢。"进屋之前,福尔摩斯仔细检查了那扇弄坏了的门。显然,门上有利器插进去撬开门锁以后在木头上留下的痕迹。

"你们不拴门闩吗?"福尔摩斯问道。

"这没有必要。"

"你们没有养狗吗?"

"养了,可是我们的狗用铁链子拴在房子的另一边。"

"仆人什么时候去睡觉?"

"大约十点钟。"

"听说威廉平时也是这个时候睡觉?"

回忆录

"是的。"

"真奇怪,就在出事的当晚他却起来了。坎宁安先生,现在我非常想查看一下住宅,如果你愿意的话。"我们经过厨房旁边石板铺的走廊,沿着木楼梯,径直走到二楼的住宅。我们上了楼梯平台。它的对面是另一条装饰华丽的楼梯,通向前厅。从这个楼梯平台过去,就是客厅和几间卧室,其中包括坎宁安先生和他儿子的卧室。福尔摩斯不紧不慢地走着,观察着这所房子的样式。我从他的表情可以看出,他在紧紧地追踪着一条线索,可我对此却丝毫不知。坎宁安先生有些烦躁地说道:"先生,这完全没有必要,楼梯口就是我的卧室,隔壁就是我儿子的卧室,你说这盗贼如果上了楼,我们怎么可能没有察觉到呢?"

"我看你还是到房子四周去寻找新的线索吧。"坎宁安的儿子嘲弄地笑道。"我希望你们再忍耐一会儿,我还想知道从卧室的窗户可以向前望出去多远。我知道这是你儿子的卧室,"福尔摩斯把门推开说道,"这就是案发时他正坐在那里吸烟的更衣室吧!窗户朝向哪儿?"福尔摩斯走过卧室,推开门,仔细打量了一下另一间屋子。

"我想现在你总该满意了吧?"坎宁安先生不满地说道。

"谢谢你,我现在很满意。"

"那么,如果你认为有必要,也可到我的房间去看看。"

"如果没有给你添麻烦,那就去吧!"治安官耸了耸肩,领着我们走进他自己的卧室。室内的一切陈设很简单,是一个普通的房间。当我们走向窗户时,福尔摩斯放慢了脚步,所以我们俩落在了大家的后面。床旁有一盘橘子和一瓶水。我们走过床边时,福尔摩斯突然在我面前探一下身,故意碰倒桌子,把所有东西碰到地上。玻璃瓶摔得粉碎,水果滚得到处都是,这突如其来的动作使我措手不及。

福尔摩斯沉着地说道:"华生,怎么回事?看你把地毯弄得多脏!"我慌忙地俯下身来,开始捡水果。我心里很明白,他让我承担责任必有他的理由。其他人也一边捡水果,一边把桌子重新扶起来。

"哎呀!"警官喊道,"他怎么不见了?"福尔摩斯消失不见了。"你

们在这里等一会儿,"亚历克·坎宁安说道,"我看,这个人神经一定不正常,父亲,咱们一起去看看他钻到哪里去了!"他们冲出门去,警官、上校和我却留在房里相互看着。"我也有同感,"警官说道,"这可能是他犯病的表现,也许……"他的话还没讲完,突然传来一阵尖叫声:"来人啊!杀人啦!"我一听,这是我朋友的叫喊声,我发疯似的冲向楼梯平台。呼救声逐渐变小。嘶哑不清的喊声,从我们第一次进去的那间屋里传出来。我冲进去,一直跑进里面的更衣室,看见坎宁安父子正把我的朋友按倒在地,小坎宁安双手掐住他的喉咙,老坎宁安狠狠地拧住他的一只手腕。我们三个人立即把他们从福尔摩斯身上拉开。福尔摩斯摇晃着站起来,面色惨白,显然已经疲惫不堪。

"赶快逮捕这两个人,警官。"福尔摩斯上气不接下气地说道。

"什么罪名?"

"罪名就是谋杀他们的马车夫威廉。"

警官完全愣住了。

"啊,好啦,福尔摩斯先生,"警官终于开口说道,"我知道你不是真的想要……"

"咳,警官,你看看他们那张脸!"福尔摩斯气得大叫道。的确,这二人一脸认罪的表情。老的一反先前那坚定的表情沉痛地呆站在那儿;儿子也失掉了先前的文雅神气,双目露出困兽般的凶恶目光。警官看懂了这一切,走向门口,吹起了警笛,两名警察立即到来。

"得罪了,坎宁安先生,"警官说道,"这一切也许是一场误会,不过你可以看到……喂,你在干什么?放下枪!"警官抬手打向亚历克正准备举起手枪的手腕上,枪被打落在地。"别动,"福尔摩斯一脚踩住手枪,"这已经没有用了。我们真正需要的在这儿呢。"他举起一个小纸团说道。"这就是被撕走的那部分纸片!"警官喊道。

"在哪儿找到的?"

"在我猜测的地方。我立刻把整个案子给他们分析一遍。上校、你和华生先回去,一小时后我就会去见你们。我和警官要审问犯人几句,

回忆录

但我一定会赶回去和你们共进午餐。"福尔摩斯很守时,一小时后我们便在上校的吸烟室见面了。与他同来的还有一个矮小的老绅士。福尔摩斯向我介绍,他就是阿克顿先生,第一次盗窃案就发生在他家。

"我希望阿克顿先生也和你们一起听听我对案子的解释说明。亲爱的上校,你恐怕现在后悔接待了我这个惹是生非的人了吧。"

"恰恰相反,"上校热情地回答,"今天能有机会学习你的侦探方法,我感到非常荣幸。这样的结果完全出乎我的意料,我看不出一点儿线索来。"

"希望我不会让你们失望。可是无论对于我的朋友华生,还是对于任何真正关心我工作的人,我都会毫不保留地告诉他们。不过,因为我在刚才遭到了袭击,我想先喝一点白兰地,上校。刚才我实在是气衰力竭了。"

"我相信你的神经痛不会再这样突然发作了。"歇洛克·福尔摩斯大笑说:"我们先不谈这件事。"他说道,"我把这件案子以时间为序讲给你们,并把激励我下决心的关键点告诉你们。如有不明白的地方,请随时提问。在侦探工作中,最重要的莫过于能从繁杂的事实中分清主次。否则,你的精力不但不能集中,反而会被搅得分散。所以,这个案子从最初我就确定全案的关键在于死者手中的那张碎纸片。说到这儿,我想让大家考虑一下,如果亚历克·坎宁安讲的是实话,也就是凶手在打死威廉后马上就逃跑了,那么,凶手显然没有时间从死者手中撕去那张纸片。可是如果不是凶手干的,那就一定是亚历克·坎宁安本人,因为在那个老人下楼之前,已经有几个仆人在现场了,只有他一人不在现场。这一点虽然再简单不过了,却被警官忽略了。因为他一开始就推测这些乡绅们与本案无关。那时,我流露了自己的推测,决定让事实回答问题。所以,在最初调查时,我的注意力就落在了亚历克·坎宁安先生身上。我认真地检查了警官交给我的那张碎纸片,立即发现这是一张非常重要的纸片。这就是那张条子,你们看看是否会从中发现什么。"

"字体看起来很不一致。"上校说道。"亲爱的先生,"福尔摩斯大

声说道,"是的,毫无疑问,纸条是由两个人写成的。你们只要将'at'和'to'中的那个苍劲有力的't'字同'quarter'和'twelve'中那两个软弱无力的't'做比较,马上就可以发现真相。从对这四个词的简单分析中,你们就可以信心十足地说,那'learn'和'maybe'是出自笔锋苍劲有力的人之手,而那'what'是那笔锋软弱无力的人写的。"

"天哪,真的是一清二楚的!"上校喊道,"那两人为什么要交替来写这封信呢?""这显然是在进行着一种犯罪行为,其中一人不信任另外一个人,于是第一个人决定,不管干什么两个人都要参与。显然这两个人中,那个写'at'和'to'的人是主谋。"

"你有什么根据吗?""这可以通过两人笔迹的对比推断出来。不过我们有更加充足的证据。如果我们仔细观察这张纸,你就会得出这样一个推论:那第一个人首先把他要写的意思全部写出来,留下许多空白,叫另一个人去填写个别词。而这些空白中有的留得过小,你看第二个人在'at'和'to'之间填写'quarter'一词时,写得非常挤,这说明'at'和'to'那两个字是事先写好的。那个把他所要写的意思首先写出来的人,毫无疑问,就是此案的主谋。"

"太妙了!"阿克顿先生大声说道。"这些只不过是明显的问题,"福尔摩斯说道,"现在,我们要谈谈更重要的一点。在正常情况下,专家可以根据一个人的笔迹非常准确地推断出他的年龄,这个你们可能不了解。我说的是'在正常情况下'。体质虚弱、不太健康是老年人的特点,如果是一个年轻的病人,他的字迹也就带有老年人的特点了。在这件案子里,其中一个人的字迹苍劲有力,而另一个人的字迹虽然有些软弱,却依然清晰,不过't'字少了一横,我们可以断定,其中的一个人是年轻人,另一个人,年纪较大一些。"

"妙极了!"阿克顿先生又赞叹道。"还有一点是相当微妙和有趣的。这两人的笔迹有相似之处,他们完全是同一血统之人,大家最明显的发现就是那个'e'写得像希腊字母'ε'。而我却能从许多细微的地方发现同样的问题。从书写的风格来讲,这两种笔迹显然是出于一家人

之手。我现在讲的，只是我检查这张纸的情况。另外还有二十三点被我推论出来的结果，专家们应该比你们还感兴趣。而所有这一切坚定了我的推断——坎宁安父子合谋写了这封信。

"得到结论后，我的下一步工作当然是调查犯罪现场的细节，希望它们对我有所帮助。我和警官来到他们的住所，察看情况后，我心满意足。我断定：死者身上的枪伤肯定是在四码以外用手枪击中的。因为死者衣服上没有留下火药的痕迹。所以，亚历克·坎宁安说凶手是在搏斗中开了枪显然是弥天大谎。另外，父子二人异口同声指出凶手逃往大路的方向。然而，极为巧合的是，这地方有一条很宽的沟，沟底是潮湿的，在沟的附近没有发现任何脚印。这样我证实了坎宁安父子又一次说谎，而且肯定现场根本就没有什么来历不明的人。现在我要讲一下这件案子的犯罪动机了。为了这个目的我首先必须搞清阿克顿先生家发生的那件盗窃案的原因。我从上校说的某些事情中得知阿克顿正和坎宁安家打官司。于是，我马上想到，盗贼一定是想偷取有关这场官司的某些重要文件。"

"完全正确，"阿克顿先生说道，"他们确实是这个目的。我有充分的理由获得他们现有财产的一半。可是如果他们毁了我的证据，我肯定就得不到那些财产了。不过，幸运的是，我已经把这张证据锁在我律师的保险箱里了。"

"你看，"福尔摩斯微笑着说，"这是一次非常危险的行动，我认为是亚历克做的。他们找不到那证据，就故意地拿走一些东西扰乱别人的思维，让人误把案件作为一个普通的盗窃案。这一点是非常清楚的，但还有许多地方模棱两可。首先，我要找到被撕走的那张纸条。我肯定是亚历克从死者手中撕下的，然后他把它塞进了睡衣的口袋里。他不可能将纸条放在别的地方，我怀疑它还在衣袋里，于是我设计让大家都去坎宁安家。你们可能还记得，坎宁安父子是在厨房门外跟我们照面的。最重要的是我们千万不能在他们面前提起这张纸，否则他们必然会毫不耽搁地毁掉它。所以当警官正要告诉他们这张纸的重要性时，我才假装发病晕倒，借以打断话题。"

回忆录

"哎呀!"上校惊叹道,"这么说,我们大家都是白担心了,你突然发病原来是你的一计?""以职业观点而论,你这一招简直是太漂亮了!"我赞美地一边说道,一边惊奇地望着我这位智慧超人的可爱的朋友。"这就是艺术。"福尔摩斯继续说道,"过了一会我又略施小计,让老坎宁安写出了'twelve'这个字,这样,我就可以把它和字条上的'twelve'进行比较了。"

"嗨!我真是个笨蛋。"我喊道。"华生,我看出你当时非常担心我的身体。"福尔摩斯微笑着说道,"你一定以为……我真抱歉。后来我们一起上楼。进了那间屋子,我看到睡衣挂在门后,便故意弄倒桌子,转移他们的注意力,然后偷偷地溜回去检查那件睡衣的口袋。我刚找到那张纸,果然在他们其中一人的睡衣口袋里,随后坎宁安父子就扑到我身上。如果不是你们及时赶到,我就没命了。他们父子拼命地要从我手里夺回那张纸。我感到他们知道我已弄清事情的全部真相了。他们本来认为万无一失,可是突然间又陷入了绝境,于是就孤注一掷,铤而走险了。后来,我问老坎宁安的犯罪动机是什么。他比较老实,他儿子是个地道的恶魔,如果他得到了那支枪,不是自杀就是杀死别人。老坎宁安看到形势大为不妙,信心全无,便坦白交待了一切。我推测那天晚上,当坎宁安父子潜入阿克顿的住宅时,威廉悄悄地跟踪了他们。威廉发现了他们的秘密,便借此要挟他们。然而,亚历克先生可不会轻易受制于人。他聪明地看出震惊全乡的盗窃案是一个可以干掉威胁他的这个人的大好时机。于是,他们骗出威廉,把他杀了。他们如果把那张完整的纸条搞到手,并对他们作案的细节更加周密地安排,他们就很可能不会被怀疑,最后可以逃之夭夭了。"

"可是那张纸条呢?"歇洛克·福尔摩斯把那张找回来的纸条递给我们。只见纸条上写着:

只要你在十一点三刻去东门口等候,你就会得知一件极为意外并且对你和安妮·莫森都大有好处的事情。但不要将此事

告诉任何人。

"这正是我想要找的东西,"福尔摩斯说道,"当然,亚历克、威廉和安妮三者之间有什么关系我们还不知道。从事情的结局来看,这个圈套设计得极为巧妙。我相信,当你们发现那些'p'和'g'的尾端都具有同样的特点时,你们一定会很兴奋。那老人写'i'字时很特别,他不写上面的那个点儿。华生,这次咱们的乡村度假可收获不小啊,明天我们回到贝克街后,一定会精神抖擞的。"

回忆录

驼背男人

在我结婚几个月后的一个夏夜里,我拿着一部小说坐在壁炉旁不断地打着瞌睡,想吸完最后一斗烟就去睡,因为白天的工作使我筋疲力尽了。我的妻子已经上楼了。前厅刚刚传来大门上锁的声音,我知道仆人们也去睡觉了。这时我从椅子上站起来,正磕着烟斗灰,突然响起一阵门铃声。

我看了看表,是十一点四十五分。这么晚了,不会有人来拜访的。一定是病人,可能还是一个患重病的人呢。我无奈地走到前厅,打开大门一看,真令人惊喜,门外站的竟是久违的歇洛克·福尔摩斯。

"啊,华生,"福尔摩斯说道,"希望我此时的到来没有太打扰你。"

"亲爱的朋友,快进来。"

"你好像感到惊讶,这也难怪!你现在好了吧!咦,你怎么还在抽你婚前抽的那种阿卡迪亚混合烟呢?从落在你衣服上的那蓬松的烟灰得出的结论没错吧。华生,如果你还像以前那样在衣袖中放手帕,你永远也不会成为一个纯粹的平民,让人一眼即知你曾经是军人。今晚我想住在这里。"

"欢迎之至。"

"我记得你说过,你有一间单身男客卧室,现在没有住客人。从你的帽架上就可以得知。"

"你能住这儿,实在是太好了。"

"非常感谢。那么,我就占用帽架上的一个空挂钩了。我发现,在你的屋子里曾经有不列颠工人来过,对此,我表示遗憾。他一定是为一件什么不快的事来的。希望不是来修水沟的吧?"

"不,是修煤气的。""啊,他的长筒靴在你铺地的漆布上踩了两个

福尔摩斯探案全集

鞋钉印，灯光正好照在上面。不，华生，我已经在滑铁卢吃过晚饭了，不过我倒是很愿意和你一起吸一斗烟。"我把烟斗递给他，他坐在我对面一声不吭地吸了一会儿烟。我知道，如果不是很重要的事，他绝不会在这么晚来找我的，所以，我耐心地等待他开口说话。"我看你近来医务一定很忙吧。"他凝视了我一眼，说道。"是的，一整天都没闲着。"我回答道。"你认为，我这样说是不是蠢到了极点？"我又说道，"可是我真的想不出你是怎么知道的。"

福尔摩斯笑了。"亲爱的华生，我最了解你的习惯，"福尔摩斯说道，"你出诊时，路途近时就步行，路途远时你就坐马车。我看你的靴子虽然穿过，但是很干净，因此得知你现在非常忙，并且经常乘马车去出诊。""说得好！"我高声说道。

"这很简单，"福尔摩斯说道，"一个善于推理的人所得出的结论，往往使他身边的人惊诧不已，这是因为那些人往往忽略了身边的细枝末节。亲爱的朋友，这就和你写作时大肆渲染、故意遗留某些小情节不让读者得知一样，二者的效果是相同的。我现在就和那些读者的处境一样。因为有一件颇伤脑筋的奇案，我虽然已经掌握了一些线索，但还缺少一两点进一步完善我的推论的有力依据。不过，华生，我相信一定能找到它！"福尔摩斯坚定的眼神充满了自信，消瘦的两颊也泛起了红晕。这时，他不再拘谨了，一脸天真的表情，不过，转眼间，当我再看他时，他的脸上又恢复了印第安人那种死板的神态，这使很多人误以为他似乎像失去了人性，或者像是一架机器。

"在这个案子中有很多要点，"福尔摩斯说道，"甚至可以说是极为少见的特点，我已经对案情进行了认真的调查研究，我认为破案已近于尾声了。如果你能在这一时刻助我一臂之力，我定能大获全胜。"

"愿为你效劳。"

"明天你能到奥尔德肖特去一趟吗？那路还很远。"

"没问题。杰克逊可以代我行医。"

"非常好。我想从滑铁卢车站乘十一点十分的火车启程。"

回忆录

"那我可以有时间做准备了。"

"那么,如果你不特别想睡的话,我可以把案情和需要做的事讲给你听。"

"好吧。我刚才的睡意早就没有了。""我简单地将案子讲给你,除了重要情节以外。我想你已经读过关于这件事的一些报道了。我正在调查关于驻奥尔德肖特的芒斯特步兵团巴克利上校假定被杀案。"

"这件事我从未听说。"

"看来这件事只引起了当地人们的关注。这件案子是两天前才发生的,情况大致是这样的:芒斯特步兵团是不列颠军队中一个最著名的爱尔兰军团。它在克里米亚和印度两次平叛战役中功勋卓著。从那时起,它在每次战斗中都屡建奇功。这支军队直到上星期一夜晚,一直由詹姆斯·巴克利上校指挥。上校是一个勇敢坚毅且阅历丰富的军人,因为在对印度叛军作战中表现出色而被提升,此后便一直指挥他所在的这个军团。巴克利上校在他还是一个军士的时候,就已经结了婚,他妻子的闺名叫南希·德沃伊,是该团前任上士之女。你能想象出这对年轻夫妇在新的生活氛围中必然受到排挤和非难。幸运的是他们对新的环境很快就适应了。据说,巴克利上校很受同级军官的拥护,而巴克利夫人则很受该团女眷们的喜爱。还有一点,巴克利夫人很美,即使如今她已结婚三十多年了,容貌依然美丽动人。巴克利上校的家庭生活美满幸福,令人羡慕。墨菲上校告诉我,他从未听说过这对夫妇之间有什么矛盾。总体而言,巴克利夫人爱她丈夫不及巴克利上校对他妻子爱得深。上校的妻子如果某天离开他,他定会寝食不安。巴克利夫人虽然爱巴克利且忠实于他,但缺乏女性的温柔细腻。即使如此,他们也是该团公认的模范夫妻。人们从他们的夫妻关系上看不出存在什么隐患能导致后来的悲剧。

"巴克利上校本人的性格有些特别。他平常是一个豪迈而开朗的老军人,但有时又显得十分粗暴,报复心极强。但他从未对他妻子发过这样的坏脾气。我又向其他五名军官了解过,其中三名军官和墨菲上校都反映,上校有时有一种奇怪的意志消沉的现象。墨菲说,巴克利上校在

餐桌上和人高兴地说笑时，似乎有一种无形的力量在驱走他的笑容。悲剧发生的前几天，他便处在这种糟糕的抑郁状态之中。他的同伴看到，在他性格之中唯一的不同寻常之处便是这种消沉的状态和迷信色彩。他的迷信表现在他不愿一人独处，尤其是在天黑以后。因此他这种孩子似的特征自然引起人们的议论和猜疑。

"芒斯特步兵团，本是老——七团，第一营多年来驻扎在奥尔德肖特。有妻室的军官都与家人住在军营外面。上校这些年来一直住在一所距北营约半英里的叫做'兰静'的小别墅里。别墅的四周是庭院，但西边离公路不到三十码。家里只雇用了一个车夫和两个女仆。整个别墅只有五个人，上校夫妇和三个仆人居住。他们夫妇没有孩子，平时也无客人。现在我要讲一讲上星期一晚上九十点钟在'兰静'别墅发生的事。

"巴克利夫人是一位罗马天主教徒，对圣乔治慈善会非常关心。慈善会是瓦特街小教堂举办的，专门救济贫民。当晚八点钟，慈善会要举行一次会议。巴克利夫人匆忙吃完晚饭，赶去参加会议。车夫听见她出门时对丈夫说了几句家常话，说她很快就回来。紧接着她邀请住在邻近的年轻的莫森小姐一同前往。会议持续了四十分钟，巴克利夫人九点一刻回家。她和莫森小姐一起，直到莫森小姐家门口才分手。

"'兰静'别墅有一间用做清晨起居室的屋子，和公路相对，一扇大玻璃门通向草坪。草坪有三十码宽，只有一堵上面安有铁栅栏的矮墙把它与公路隔开。巴克利夫人回家的时候，就是进的这间屋子，因为这间屋子平时晚上很少使用，当时窗帘还没放下。但是巴克利夫人竟然不顾自己平常的习惯，亲自点了灯，然后按了按铃，要女仆简·斯图尔德给她准备一杯茶，那时上校正坐在餐厅里，听到妻子已经回来，便到清晨起居室去看她。车夫看到上校经过走廊，走进那间屋子。上校从此再也没有走出来。

"女仆用了十分钟才准备好巴克利夫人要的茶，可是当她走近门口时，惊奇地发现主人夫妇争吵得很激烈。她敲了敲门，没有人回答，转动一下把手，发现门已经从里面锁上了。她马上跑回去告诉了女厨师，

回忆录

这两个女仆便和车夫一起来到走廊,听到两人仍在激烈地争吵。他们一致证实说,只听见巴克利夫妇俩的声音。并且巴克利上校的声音很小,又断断续续,所以他们三人都没听清巴克利到底说了什么。相反,那女人的声音不仅高,而且非常伤心,听得一清二楚:'你这个懦夫!'她不时重复地说着,'现在怎么办呢?现在怎么办呢?还我的青春。我不想再和你一起生活了!你这个懦夫!你这个懦夫!'她时断时续地说着这些话。突然,仆人们听见那男人发出一声骇人的叫喊,与此同时还有重物倒地的声响以及那妇人发出的魂飞魄散的尖叫声,接着从里面又接连不断地传出几声尖叫。车夫明白一定是出了大事,便冲向门前,想破门而入。然而,两个女仆早已吓得慌了手脚,无法帮助他。这时,车夫突然想起一个主意,从前门跑出去,绕到对面那一个法式长窗的草坪上。长窗的一扇窗户敞开着——听说这扇窗户在夏季总是开着——于是车夫便轻易地爬进了屋子。他看到女主人已经昏迷不醒了,僵卧在长沙发上;男主人僵直地倒在血泊中,双脚跷起,搁在单人沙发的一侧扶手上,头倒在地上,靠近火炉挡板的一角。

"车夫发现男主人已咽了气,本能地想要打开门,然而却碰到了一个奇怪的事,钥匙不在门的里侧。他在屋子里到处找也找不到。后来他只好又从窗户出去,找来一个警察和一个医务人员帮忙。这位夫人的重大嫌疑自然在情理之中。因她仍处在昏厥状态,所以她被抬到她自己房里。上校的尸体被安放在沙发上。之后,警察对现场进行了全面、细致的检查。

"上校的后脑勺有一处二英寸长的伤口,他是因此而亡的,这个致命伤显然是被一种钝器猛击所致。这凶器是很容易被查清的,在地板上紧靠着尸体处,放着一根带骨柄的雕花硬木棒。上校生前收集了各式各样的武器,那都是从他打过仗的不同国家带回来的。警察认为这根木棒也是他的战利品之一。但仆人们却说以前从没见过这根木棒。不过,它若混杂在室内大量珍贵物品之中,也是很容易被人忽略的。除此之外,警察在现场没有发现任何重要的线索。只有一件事令人费解:那把门钥

匙既不在巴克利夫人身上,也不在死者身上,屋子各处都没找到。最后,只好从奥尔德肖特找来了一个锁匠,才打开了门。

"华生,案子的全部情况就是这样的。应墨菲上校之邀,我周二早晨去奥尔德肖特协助警察破案。我想你一定觉得这件案子很有趣,不过经过初步的了解后,我认为这件案子实际上比我最初想象的更加奇特。

"我在检查案发现场以前,曾经盘问过仆人们,他们所提供的情况和我方才所讲的完全相同。只是女仆简·斯图尔德想起另一个重要的细节。她最先听到争吵,然后去找了另外两个仆人。在此之前,她说主人夫妇说话声极小,几乎听不出什么,她是根据他们的声调推断出他们是在争吵的。可是,在我极力追问之下,她想起了她曾听到过夫人两次说出大卫这个名字。这对我们找到他们突然争吵的缘由是极为重要的。你还记得吧,上校的名字叫詹姆斯。

"这件案子中有一件事使仆人和警察都难以忘记,他们发现上校的脸变形了。他们认为上校的面容呈现出一种极为恐惧的表情。这种可怖的面容,能使看到那张脸的人都吓昏过去。他一定是已经预见到自己的命运,心里极度恐惧。这和警察认为上校看出妻子要谋杀他的看法完全吻合。他脑后的致命伤和这种说法也不矛盾,因为他当时也许正转过身来想躲开这一打击。现在因巴克利夫人急性脑炎发作,神志暂时不清,所以无法从她那里了解情况。我从警察那里得知,那天晚上和巴克利夫人一起出去的莫森小姐说她并不知道巴克利夫人回家后发火的原因。

"华生,我了解到这些事实后,一连抽了好几斗烟,苦苦思索,想要分清什么是关键性的,什么是纯属偶然的。本案最异常并耐人寻味之处是屋门钥匙的奇怪丢失。显然钥匙一定是被人拿走了。但上校夫妇都没拿它,所以一定有第三者曾经进过这个屋里,而这第三者只有从窗子才能进去。我认为只有对房间和草坪进行彻底全面的检查才能发现这个神秘人物留下的某些痕迹。你是知道我的调查方法的,华生。我在这个案子中使用了各种方法,最后终于找到了线索,可是与我事先推测的大

不相同。有一个人确实进过屋里,他是从大路穿过草坪进来的。我一共发现了那人五个非常清晰的脚印:一个是在大路旁他翻越矮墙的地方;两个在草坪上;还有两个有些模糊,是在他跳窗而入时,在窗子旁边弄脏了的地板上留下的。显然他是从草坪上跑过去的,因为他的脚尖印比脚跟印要深许多。不过让我惊讶的并非是这个人,而是他的同伴。"

"他的同伴!"福尔摩斯从口袋里取出一大张薄纸来,相当谨慎地在他的膝盖上摊开。"你看这是什么?"福尔摩斯问道。纸上是一种小动物的爪印,有五个非常清楚的爪指,长长的爪尖,整个痕迹大小相当于一个点心匙。

"是一条狗吧?"我说道。

"你听说过一条狗爬上窗帘的事吗?可是我确实在窗帘上清楚地发现了它爬上去的痕迹。"

"那么,是一只猴子?"

"不是。"

"那么是什么呢?"

"既不是狗,也不是猫,更不是猴子,不是我们熟悉的任何东西。我曾设法根据爪印的大小形状画出这个动物的大致形象。这是它站着时的四个爪印,你看,前爪到后爪的长度至少有十五英寸,再加上头和颈部的长度,就可以推断出这个动物至少有二英尺长,如果再有尾巴,有可能还要长一些。不过现在你再来看看另外一个尺寸。这个动物曾走动过,所以我量出了它步子的长度,大约三英寸左右。总之,它身体很长,腿却极短。这东西虽没有留下什么毛发,但它的大致形状,一定和我所说的相同。它能爬上窗帘,是一种食肉动物。"

"你怎么能推断出这个结论?""窗户上挂着一只金丝雀笼子,它爬到窗帘上,企图抓住那只鸟。"

"那么它究竟是什么兽类呢?""啊,可惜我说不出它的名字,否则对我们破案大有帮助。总而言之,这可能是什么鼬鼠之类的东西,不过肯定比我所见过的那些要大许多。"

"我不明白它和案子有什么关系？""目前还不清楚。不过，我们已经了解了不少情况。首先，窗帘没拉，屋里开着灯，有个人站在大路上看到巴克利夫妇在争吵。然后他带着一只奇怪的动物，跑过了草坪，进了屋，也许是他打了上校，或者是上校看到他以后，吓得跌到了，他的头碰巧撞在了炉角上。最后，我们还得出一个事实，就是这位闯入者离开时竟然奇怪地带走了门钥匙。"

"你的这些发现，好像使事情变得比以前更加混乱了。"我说道。"不错，这些情况确实说明案子比最初设想的更复杂了。我认真地考虑了一下，必须从另一个角度侦查案子。不过，华生，我不想再耽误你睡觉了，明天在我们去奥尔德肖特的路上，我再把剩下的情况原原本本地讲给你。"

"我的朋友，现在我的睡意早就没有了。请你继续讲以下的故事吧。""是的，巴克利夫人七点半离开家门时，他们夫妇的关系还很正常。我前面已经说过，她虽然不算十分温柔体贴，可是车夫听到她和上校说话的语气还是很柔和的。她一回来就直接到了那间她不大可能见到她丈夫的清晨起居室，然后她跟女仆要茶，这是女人心绪激动时常有的现象。后来，当上校进去看她时，她便突然激动地责备起上校来。所以我肯定在七点半至九点钟之间一定发生了什么不寻常的事情，使她彻底改变了对上校的感情。在这一个半小时之内莫森小姐一直和巴克利夫人在一起，她虽然否认她知道什么，但她肯定知道一些情况。

"开始我怀疑莫森小姐和上校有什么关系，也许她刚刚告诉了上校夫人。这就可以解释上校夫人气冲冲地回了家，也可以说明为什么这位姑娘矢口否认曾经发生过什么事。并且这种推测和仆人听到的他们开始吵架的那些话也并不相抵触。但是巴克利夫人曾经提到大卫，而上校对他妻子的忠实是人尽皆知的，这些却又与此不符合，更不用说第三者的纠缠了。当然，这与上述推想是风马牛不相及的，如此一来就很难选定正确的步骤。不过，总的来说，我认为上校和莫森小姐之间没有任何关系，并且坚信这位少女肯定知道巴克利夫人为何憎恨她丈夫。我的对策

回忆录

非常简单，直接去拜访莫森小姐，告诉她我百分之百地确定她知道这些事实，并明确告诉她，如果此事不搞清楚，巴克利夫人将因有重大杀人嫌疑而被送上法庭。

"莫森小姐是一个小巧而文雅的姑娘，含羞的双眼，淡黄色的头发，非常聪明机智。她听了我的话后，坐在那里沉思了片刻，然后转过身来，态度坚决地向我讲述了一些事情。我简要地讲给你听。'我曾经答应我的朋友不对任何人讲出这件事，所以我应该遵守诺言，'莫森小姐无奈地说道，'可是我那可怜的朋友面临着被指控犯有严重的罪行的局面，而她自己又无力辩解，如果我确实能够帮助她摆脱困境，那么我情愿违背约定，把星期一晚上我知道的一切，全部说出来。

"'我们大约在八点三刻从瓦特街慈善会往家走。路上要经过一条非常静的大道——哈德森街。街上只在左边有盏路灯。我们走近这盏路灯时，我看到一个人向我们迎面走来，这个人驼背，并且相当严重，肩膀上还扛着一个像小箱子一类的东西。他整个身体佝偻着，头低得很厉害，一走路双膝弯曲，无疑他是个残疾人。我们从他身旁走过时，他在路灯下仰起脸来看我们。他一看到我们，就停了下来，发出了一声可怕的惊呼："天哪，南希！"巴克利夫人的脸一下子变得惨白了，多亏那个面容恐怖的人及时扶住了她，否则她一定会跌倒在地。我想去喊警察，可是她竟然开口说话了，而且很和气。

"'巴克利夫人颤声地说：三十多年了，我一直以为你早就不在世了，亨利。

"'这个人说道：我是已经死了。他说话的声音听起来令人颤栗。他的脸色阴沉、可怕，他当时的样子，我几乎天天梦见。他的头发和胡子已经灰白，面颊干枯。

"'巴克利夫人说道：亲爱的，你先走吧，我要和他说几句话。她竭力说得轻松些，可是从她那苍白的面孔和颤抖的双唇，我依然能感到她的恐惧。

"'我听从她的话先走了。他们谈了几分钟后，她赶上来，我看见

她的双眼充满怒火,而那个可怜的残疾人正发疯似的挥舞着拳头站在路灯杆旁。一路上她一句话也不说,直到我家门口,她才拉住我的手,求我不要把路上发生的事讲出去。

"'她解释说:他是我的一个老相识,现在落魄了。从那以后,我就没再见到她。这就是全部实情。我先前不肯讲,是因为我并不知道我朋友的危险处境。我现在明白只有把真相和盘托出才能帮助她。'这就是从莫森小姐那得知的情况,华生。你可以想象,这对我来说有何等的重要,我的眼前,似乎又明亮了一些。以前毫无联系的每一件事,我立即恢复了它们的真面目。对此案我已经得到一切结论了。下一步,我显然要立刻去找那个给巴克利夫人留下深刻印象的人。如果此人仍在本地,这就很容易了。当时居民很少,而一个残疾特征如此明显的人,是很容易找到的,我只用了一天,也就是在今天傍晚找到了他。他名叫亨利·伍德,寄居在他们相遇的那条街上。他到这儿只有五天。我以房客的身份与女房东谈得非常投机。这个人是变戏法的,每天黄昏以后就到所有私人开办的士兵俱乐部表演几个节目。他随身带着一只动物,装在一个小箱子里。女房东说她还是第一次看到这样的动物,言语之间露出害怕的样子。女房东还说他经常用这只动物来耍几套把戏。女房东告诉我的就是这些。她还补充说,像他这样一个饱尝世间痛苦的人竟然还能存活下来,这真令人惊诧不已。他有时说些莫名其妙的话,而最近两天夜晚,女房东听到他在卧室里啜泣。他不缺钱,不过,他在付押金时,交给女房东的却是一枚像弗罗林的银币。华生,她给我看了,那是一枚印度卢比。

"亲爱的华生,现在你可以完全了解我来找你的原因了。那天,这个人与那两个女人分手后,他便紧紧地尾随着巴克利夫人,他从窗外看到那对夫妇在争吵,便闯进屋去,而他小木箱里装着的那个小动物却溜了出来。这些完全可以确定。不过那间屋里到底发生了什么事,只有他一个人能够告诉我们了。"

"你想去问他吗?"

"是的,不过我需要有一个见证人在场。"

"你想让我做见证人?"

"如果你愿意,那可就太好了。如果他能把事情当面说清楚,是最好了。如果他不说,我们就只有请警察逮捕他了。"

"你能确定我们回到那里时,他还在那儿吗?"

"放心吧,我已经安排得万无一失。我把我从贝克街雇用的一个小孩派去看着他,无论这个人走到什么地方,他也甩不掉这孩子的。明天我们会在哈德森街找到他,华生。如果我再不让你睡觉去,我就是一个罪人啦。"

中午时分,我们赶到案发地,然后我的朋友带领我刻不容缓地赶往哈德森街。尽管福尔摩斯一向擅长隐藏感情,但我还是发现了他那喜悦的心情。我觉得既新奇又好玩,所以也异常地兴奋。其实每一次和他办案都有此体会。"这就是那条街,"当我们转进一条两旁都是二层砖瓦楼房的短街时,福尔摩斯说道,"看,辛普森来报告了。"

"福尔摩斯先生,他正在里面。"一个个子不高的街头流浪儿向我们跑过来,大声说。"辛普森,干得好!"福尔摩斯拍了下小流浪儿的头,说道,"快来,华生,就是这间房子。"福尔摩斯递进一张名片,声明有要事前来求见。过了一会儿,我们进了屋。尽管天气很热,小屋子热得透不过气来,他却仍然蜷缩在火炉旁。这个人弯腰驼背,在椅中又把身体缩成一团,给人一种难以形容的猥琐的丑陋印象。可是当他向我们转过脸来时,那张脸虽然枯瘦和黝黑,但我们仍能看出他昔日英俊的痕迹。他那双呆滞的眼睛,猜疑地怒视着我们,他既不说话,又不站起来,只是用手指指两把椅子,示意我们坐下。

"我想,你就是从前在印度的亨利·伍德吧,"福尔摩斯态度友好地说道,"我们此次是为巴克利上校之死这件小事而来拜访你的。"

"我怎么会知道这件事呢?"

"这就是我所要调查的。我想,你一定知道,这件事如果不搞个水

回忆录

落石出，你的老朋友巴克利夫人就会因涉嫌谋杀罪而受审。"这个人猛地一惊。"我不认识你，"他大声喊道，"我不管你是怎么知道这件事的，但你敢发誓，你对我所说的都是真的吗？"

"千真万确。她一恢复知觉，警察就要逮捕她了。"

"天哪！你也是警察署的吗？"

"不是。"

"那么，这件事与你有何相干？"

"伸张正义，人人有责任。"

"你相信我，她是清白无辜的。"

"你是罪犯？"

"不，不是我。""那谁是杀害詹姆斯·巴克利上校的凶手呢？"

"他那是罪有应得的下场，死于非命。不过，请你记住，如果他死在我的手里，即使把他的脑袋砸得粉碎，那他也不过是死有余辜。他如果不是问心有愧，自己不小心摔死了，我发誓一定会杀死他。好了，我已没有隐瞒的必要了，我心里坦荡了。

"事情是这样的，先生，你看我现在后背像骆驼，肋骨也歪歪扭扭，想当年我——下士亨利·伍德在一一七步兵团是一个最英俊的人。那时我们的部队驻扎在印度的一个兵营里，我们把那地方叫做布尔蒂。那时巴克利和我都是同一个连的军士。团里有一个美女，就是陆战队上士的女儿南希·德沃伊。那时我和巴克利都爱她，而她只爱我一个。你们看到现在蜷缩在火炉旁边这个可怜的我，再听到我说当年是因为我长得英俊才得到她的真爱时，你们是不是感到很可笑？啊，她虽然爱我，但她父亲却把她嫁给了巴克利。我当时是个莽撞、不顾一切的少年，而巴克利是一个受过教育的人，马上要提升军官了。可是那姑娘对我仍然坚定不移，若非突然发生了印度叛乱，全国骚乱，我可能就会娶了她。

"我们那个团，半个炮兵连，一个锡克教连，还有许多平民和妇女被一万叛军围困在布尔蒂。他们像一群凶猛的猎狗围困着一只鼠笼。围困持续到第二个星期，我们的饮水用光了，当尼尔将军的纵队正往内地

移动时,我们必须和他们取得联系,这才是唯一的生路。显然,我们无法奢求携带所有的妇婴杀出重围。于是我便自告奋勇突围出去,向尼尔将军求援。我的请求被批准后,我就和巴克利中士商量。他最熟悉地形,便画了一张路线图给我,以便我按图顺利穿过叛军防线。这天夜里十点钟,我便开始出发。一千条生命都在期待救援,可是我在那天夜晚从城墙上爬出去的时候,心里只想着一个人。

"我要经过一条干涸的河道,本指望它可以掩护我避过敌军的岗哨,可是当我刚匍匐行进到河道拐角处,却恰好闯进了六个敌军的埋伏之中,他们显然已有所准备。转眼间我被打晕过去,手脚都被捆住。可是真正的伤是在心里,因为当我醒来时从他们的谈话中得知——虽然我对他们的语言也是一知半解,但我完全明白——原来是我的伙伴,就是那个给我安排行进路线的人,通过当地一个土著仆人把我出卖了。

"啊,我想这一部分已不需要详述了。詹姆斯·巴克利竟然做出这种卑鄙无耻之事!第二天尼尔将军率军前来大败敌军,使布尔蒂解除重围。可是叛军在撤退时,把我一起带走了。多年来,我从未见过一个白人。我受尽非人的折磨,一度我曾想办法逃跑,但又被捉回,带来的是更大的折磨。你们看看眼前的我还有一点人样吗?!那时他们带我一同跑到尼泊尔,后来又转到大吉岭。那里的山民把带我的那几个叛军杀死后,我又转成了他们的奴隶。后来我终于逃跑了。在我逃跑时不得不向北逃,一直逃到阿富汗。我在那里游荡了几年,最后又回到旁遮普。我在那里大部分时间是和土人住在一起,我学会了变戏法,用以维持生计。我如今这个样子根本不愿回到英国。即使我渴望复仇,我也不愿回去。我宁愿南希和我的老伙伴们认为亨利·伍德已经惨死异乡,也不愿让他们看到我如今这样,像一只黑猩猩一样。我听说巴克利已经娶了南希,并且在团里得到了提升,即便这样,我也不愿说出真相来。

"不过,人到了生命的晚年思乡之情渐浓。多年以来,我一直梦想能够回到故乡英国,拥抱那绿油油的大地和田园。所以我终于下定决心在我未死之前再回故乡看看。我攒了回乡的路费,便来到有驻军的地

方,因为我熟悉士兵的生活,知道他们喜欢什么,并借此维持生活。"

"你讲的故事真是感人肺腑!"歇洛克·福尔摩斯说道,"我已经听说你遇到了巴克利夫人,你们彼此都认出来了。我想,后来你尾随她回家去,从窗外看到他们夫妇争吵,当时巴克利夫人很可能当面痛斥了他对你的所作所为。你情不自禁地奔过了草坪,闯进了屋里。""正是如此,先生,可是他一看到我,脸色就变得极其难看,我以前从未见过他这样。接着他向后退摔倒了,一头撞到了炉子护板上。其实他在摔倒以前可能就已经死了。这是我从他的脸观察出来的,绝对不会出错。他一看见我就如一颗子弹射中了他那颗罪恶的心。"

"后来呢?""后来南希晕倒了,我急忙从她手里拿了开门的钥匙,想开门呼救。可是这时我觉得不如一走了之,这件事对我极其不利。我一旦被抓住,秘密就会完全暴露出来。我急忙把钥匙塞进衣袋里,放下手杖去抓爬上了窗帘的特笛。我把它捉住放回箱子里,便迅速地逃离了那间屋子。"

"特笛?他是谁?"福尔摩斯问道。这个人低身向前,拉开屋角一只笼子的门,转瞬间从笼子里溜出来一只非常漂亮的红褐色小动物。它的身子瘦小而柔软,有双鼬鼠似的腿,一个细长的鼻子,一双美丽的红眼睛,动物长着如此美丽的眼睛我还是第一次看见。

"这是一只猫鼬。"我喊道。"对,不过,它也可以叫做獴。"那个人说道,"我叫它捕蛇鼬。特笛捕捉眼镜蛇的速度快得惊人。我这里有一条拔掉了毒牙的蛇,特笛每晚就在士兵俱乐部里表演捕蛇,让士兵们取乐。"

"还有别的问题吗,先生?"

"暂时没了,如果巴克利夫人遭到大的不幸,我们再来找你。"

"当然,但如果是那样的话,我会不请自来的。"

"如果不是那样,你也不必把死者过去所做的丑事揭露出来。你现在既然已经知道,三十年来巴克利因为过去做了坏事而一直受到良心的谴责,至少也应该欣慰了吧?嗨,墨菲上校已经走到街那边了。亨利,

再见。不知道从昨天起到现在有没有事发生。"

墨菲上校还没有走到街拐角处,我们就追上了他。

"啊,福尔摩斯,"墨菲上校说道,"我想你已经听说这件事完全是一场虚惊吧?""怎么回事?""验尸刚刚完毕。医生证明上校死于中风。这真是件再简单不过的案子了。"

"是的,完全正确,"福尔摩斯笑容可掬地说道,"华生,我们走吧,这里已经没有我们的事了。""还有一件事我想不通,"我们来到车站时,我说道,"巴克利夫人的丈夫叫詹姆斯,另一个叫亨利,那大卫是谁?""亲爱的华生,我真希望自己就是你喜欢描述的那种完美的推理家,那样,我只从这一个词就应该推断出整个的故事,这显然是一个象征符号。""象征符号?""是啊,你知道,大卫有一次也像詹姆斯·巴克利中士一样偶然做了错事。你还记得乌利亚和巴士巴这个小故事吗?我对《圣经》的知识确实记不清了,但是你可以在《圣经》的《撒母耳记》第一章或第二章中找到这个故事。"

回忆录

住院的怪人

我大致浏览了一些回忆录,想借此分析我朋友歇洛克·福尔摩斯的一些智力特点,但倍感不顺。在侦破这些案子的过程中,福尔摩斯巧妙的推理手法和独特的调研方法皆体现出来,但遗憾的是案件本身往往微不足道,平凡无奇,我认为不足以介绍给读者。另外,他虽然参加了一些案情离奇、富有戏剧性的案子的调查,但他在侦破过程中所起的作用,完全不能满足我这个给他写传记之人的期望。我曾经记述过题名《血字的研究》的小案子和一个有关"老特雷佛之死"案,这都是使历史学家感到惊奇的险象环生的案例。现在读者即将看到的这件古怪离奇的案子,即使我朋友在侦破工作中没能充当主角,但我认为也有必要将它公诸于世。

那是七月里的一个阴雨天,虽然下着雨,却没有一丝风。我们把窗帘放下了一半,福尔摩斯躺在沙发上,把早晨接到的一封信反复地读了几遍。我因在印度服过兵役,所以怕冷不怕热,虽然温度计已升至华氏九十度,我也没觉得太难熬,倒是报纸叫人觉得十分乏味。议会已经休会,人们都离开了城市。我很想到新森林中的空地或南海的铺满卵石的海滩一游,但由于囊中羞涩,我只得推迟了假期。而对我的伙伴而言,无论是乡下或是海滨,他都不感兴趣,他最感兴趣的是每一个悬案中的细枝末节。

沉思了很久的福尔摩斯突然对我说:"你想得不错,华生,用这种方法解决争端,确实太荒谬了。"

"荒谬!"我大声说道,但心里很疑惑,他怎么会猜透我心里想什么?我惊疑地望着他。

福尔摩斯探案全集

福尔摩斯看到我茫然不解的神情，忍不住大笑着问我："前不久我给你讲的爱伦·坡的故事，你还记得吗？其中讲到一个推理者竟能猜到他的同伴心中在想什么。你当时说这件事是作者虚构的。当我说我也习惯如此时，你却不相信。"

"我没说啊！"

"你是没说，但亲爱的华生，从你的眉宇间我看出你是这么想的，所以，当我看见你把报纸扔下，陷入沉思，便很高兴有机会研究你的思想，最后把你的思绪打断，以便证明我猜中了你的想法。"

这种解释依然不能让我信服。

"你上次讲的那个推理者是根据观察那个人的动作而得出结论的。可是我安静地坐在椅子上，没有任何动作，你怎么能看出来呢？"

"你对你自己的判断是错的，人的五官是表达思想情感的工具，而你的五官是服务于这一职责的奴仆。"

"你是说你从我的面部表情看出了我的思想脉络？"

"是的，从你的表情，特别是从你的眼神。也许你已经不记得自己是怎样陷入愤怒的了！"

"对，我忘了。"

"那我来告诉你。你扔下报纸，这个动作就引起了我对你的注意。之后，你在那里茫然地坐了半分钟，接着开始凝视着你那张新配上镜框的戈登将军肖像。从你面部表情的改变，我看出你已经开始想事了。可是你想的时间并不长，接着你的眼光又转到书架上那张没装镜框的亨利·沃德·比契的画像上，然后，你又朝上看着墙。你的意图已经很明显了，你想给这张画像也配上镜框，那样正好可以挂在这墙上的空白处，和那张戈登像并排挂在一起了。"

"你真是在追踪着我的思想！"我惊疑道。"至今我还没有出过错。后来你又一丝不苟地凝视比契的肖像，好像是想通过他的长相研究他的

回忆录

性格。后来你舒展了眉头,却继续凝视着,脸上现出沉思状,可见你在回想着比契经历的事件。我确信你这时一定会联想到他在内战期间代表北方所担负的重要使命,因为我记得你曾经对他的遭遇愤愤不平。你对此事的感受过于强烈,所以你想到比契就绝不能忘却这些。过了一会,我看到你的视线从画像上移开,我觉得你的思想又转到内战上去了。当我发现你双唇紧闭,双目炯炯发光,两手紧握,我确信你正在想双方在这场'不是你死就是我活'的鏖战中所表现出的英雄气概。可是你的脸色又逐渐阴沉下来,你摇了摇头。你是在想战争的残酷、可怕以及许多无辜生命因此而丧生。你一只手慢慢地移到你的旧伤疤上,双唇轻轻一抿,我便看出你在想,这样解决国际问题太荒谬可笑。在这一点上,我和你的看法不谋而合,这确实荒谬透顶。我知道自己的推论完全正确时,我更是心满意足。"

"完全正确!"我说道,"现在你已经解释清楚了,但我仍像以前一样感到惊讶。"

"华生,你的想法很肤浅。我发誓,如果那天你不是表示怀疑,我决不会打断你的思路。现在,晚风轻拂,咱们一同到街上散步如何?"对这间小小的起居室我已经感到厌倦,便欣然同意了。我们一起在舰队街和河滨溜达了三个小时,观赏着人生的多姿多彩、变化莫测的情景。福尔摩斯那独特的议论以及对细节的敏锐观察力和巧妙的推理能力,简直使我着了迷。当我们返回贝克街时,已经是夜里十点钟了。一辆四轮轿式马车正等候在我们寓所的门前。

"嗨!我看,这一定是位医生的马车,而且是一位普通的医生,"福尔摩斯说道,"刚刚开始营业,不过生意还算兴隆。我想,他是无事不登三宝殿,咱们回来得正是时候。"

我熟知福尔摩斯的调查方法,早已领会他的推理。车内灯下挂着一只柳条篮子,里面装着各式的医疗器械,我知道福尔摩斯正是根据这些

做出了判断。从楼上窗户的灯光可以看出,这位来访者确实是来找我们的。我心里有些不解,什么事会使一位同行在这个时间来找我们呢?我紧随福尔摩斯走进房去。一个尖脸、面色苍白、长着土黄色络腮胡子的人,一看见我们进来,便从壁炉旁的一把椅子上站起来。看上去他有三十三四岁,但面容却非常憔悴,气色极坏,可能是窘迫的生活使他青春早逝。他的举止腼腆,像一位十分敏感的绅士,而他那只细瘦白皙的手,却更像是一个艺术家的。他的衣着朴素暗淡——一件黑礼服大衣,深色裤子和一条颜色不很鲜艳的领带。

福尔摩斯爽朗地说道:"医生,见到你非常高兴。我知道你仅仅等了几分钟。"

"你和我的车夫谈过了?""不,我是从旁边那张桌子上放着的蜡烛看出来的。请坐,你有什么事需要我效劳?"

"我是珀西·特里维廉医生,住在布鲁克街四〇三号。"我们的来访者说道。

"你是《原因不明的神经损伤》那篇论文的作者吧?"我问道。

他听说我知道他的著作,他那本来苍白的双颊高兴得泛出了红晕。"出版商说这本书销路不畅,我一直以为没有人知道它呢,"来访者说道,"我猜你也是医生吧?""我是一个退役的外科军医。""我对神经病学很感兴趣,非常希望能专门研究,不过,一个人当然必须首先从事他能够从事的工作。啊,还是言归正传吧。福尔摩斯先生,我知道你的时间非常宝贵。在布鲁克街我的寓所里,最近发生了一连串非常奇怪的事情。今晚,这些事情已经到了极其严重的关头,实在是不能再耽搁下去了。你一定要帮帮我。"

福尔摩斯坐下来,点上了烟斗。"你要我帮忙,对此我感到荣幸之至。"福尔摩斯说道,"把你感到不安的事情原原本本地讲给我听。""其中有一两点,说来让人感到很惭愧,"特里维廉说道,"但是这件事

回忆录

又令人莫名其妙,并且近来复杂化了。不得已我只好道出一切,请你帮助了。首先我得说说我大学生活中的一些事,我曾是伦敦大学的学生,并且我的教授认为我前途无量。我希望你们不要认为我过于自诩。毕业后,我在皇家大学附属医院担任了一个不太重要的职务,继续我的研究工作。我很幸运,人们对我的强直性昏厥病理的研究兴趣很浓。后来我写了一篇专题论文,就是你朋友刚才提及的,又幸运地荣获了布鲁斯·平克顿奖金和奖章。那时人们都说我前程辉煌。

"可是我前进路上最大的困难就是缺钱。你一定知道,如果一个专家想要成名,他就必须在卡文迪什广场区十二条大街中的一条街上开业。而这需要数字惊人的租金和购买设备的费用。除此之外,还必须拥有能维持自己几年生活的钱财,还要租一辆体面的马车并拥有漂亮的马。对此,我有心无力。我只能靠十年来节俭生活的积蓄,才可以挂牌行医。然而,喜从天降。

"一位名叫布莱星顿——我从未听过见过的绅士突然来访。一天早晨,他走进我房里,直截了当地说明来意。

"'你就是那位成就卓著、获得奖励的珀西·特里维廉先生吗?'他说道。

"我点了点头。

"'请诚实地回答我的问话,'他接着说道,'这样会对你有帮助的。你才华横溢,将来必大有作为,你明白吗?'

"听到这样的问话,我不由得笑了起来。

"'我想会的。'我说道。

"'你有酗酒等不良习惯吗?''不,先生!'我大声说道。

"'这太好了!我只是必须明确而已。你既然有这些本事,为什么不开业行医呢?'我耸了耸肩。'是啊,是啊!'他赶忙说,'这一点儿也不奇怪。你的大脑虽然很富有,但口袋里却很空,如果我资助你在布

鲁克街开业,你不会反对吧!'我吃惊地两眼盯着他。

"'这纯粹是为了我的私利,可不完全是为了你。我坦白告诉你,这对你有利,对我更有利。'他大声说道,'我有几千镑准备投资,我想我可以投资给你。'

"'为什么呢?'我忙问道。

"'啊,这其实和其他的投机事业相同,只不过更加安全一些。'

"'那我该做些什么事呢?'

"'你要做的只是坐在诊室里看病,租房子、置家具、雇女仆、管理等都由我来做。我会给你零用钱和所有需要的东西,然后你把赚的钱留下四分之一,剩下的四分之三交给我。'

"这就是那个叫布莱星顿的奇怪的家伙向我提出的建议。福尔摩斯先生,关于我们协商、成交的无关紧要的事就可以省略了,免得让你厌烦。于是我就在报喜节搬进了这个寓所,并按他所提出的条件开始营业。他搬来和我同住,作为一个住院的病人。他的心脏衰弱,需要经常治疗。他自己占用了二楼两间最好的房子,一间用作起居室,一间用作卧室。他这个人很怪,深居简出,闭门谢客。他的生活很不规律,但在有些方面又极有规律性。他在每晚的同一时间都到我的诊室来检查账目。我赚的诊费,他确实遵约给我留下四分之一,其余的他全部拿走,放到他居室的保险箱里。

"他的投资是一本万利的,对此我深信不疑。生意开始就非常好。由于我出色地处理了几个病例和我在附属医院里的声望,我很快便扬名远近。这些年他也成了一个富翁。福尔摩斯先生,这就是我过去的经历以及和布莱星顿先生的关系。我想说的最后一个问题就是我来求教之事。几个星期之前,布莱星顿先生有事找我。我感觉他当时心情异常激动,但我认为他根本不需要如此。他只是提到伦敦西区发生了一些盗窃案,他说我们应当把门窗加固拴牢,以防不测。在这一星期里,他坐立

回忆录

不安,不断向窗外张望。他平时有一个习惯,午餐前要散一会儿步,现在也不出去了。他的举止给我的印象是他对什么事或什么人怕得要命,可是当我问到他这件事时,他的回答很粗鲁,我只好闭口不谈了。慢慢地,他似乎不再那么恐惧了,又恢复了常态。不过最近发生了一件事,又使他处于目前这种可怜的虚弱状态了。

"事情是这样的,两天前我收到一封奇怪的信,既没地址,也没日期,它是这样写的:

> 一位侨居在英国的俄罗斯贵族,很愿意到珀西·特里维廉医生处就医。数年来他一直深受强直性昏厥病的折磨,而特里维廉医生在医治这种病症方面的卓越成就是尽人皆知的。他准备明晚六点一刻前往你处就诊,如特里维廉医生方便,请在家等候。

"我对这封信非常感兴趣。强直症是一种罕见的疾病,如我能亲自诊断,对我的研究大有裨益。所以我高兴地在约定的时间等候他。病人是位身材瘦小、极其拘谨、相貌平凡的老人,完全不像我想象中的俄罗斯贵族,但与他同行的年轻人却不平凡。他面色黝黑,高大英俊,并带着凶相。他们进来时,年轻人用手搀着老人,把老人扶到椅子跟前,举止煞是体贴,和他的外表截然不同。

"'医生,我冒昧前来请您原谅,'他的英语说得可不流利,有些含糊不清,'这是我父亲,他的健康对我来说是非常重要的。'

"他这样孝顺,让我大为感动。我说,'诊治时,你愿意留在诊室里吗?''绝对不可以,'他惊叫起来,'我无法忍受这种痛苦。我自己的神经也很敏感,看不了我父亲疾病发作时的痛苦样子。如果可以的话,我宁愿在候诊室里等着。'

福尔摩斯探案全集

"我没有理由反对,年轻人便离开了。于是我开始研究病人的病情,并做了详细记录。他的智力不算好,回答问题常常含糊不清,我想他可能听不懂我的话。然而,正当我写病历的时候,他突然不说话了。我转过身,惊讶地看到他直挺挺地坐在椅子上,面部毫无表情,肌肉僵直,眼睛直勾勾地盯着我,我知道他的疾病又发作了。最初,我的心里也是既怜悯又害怕。后来我的职业兴趣战胜了害怕的心理,我从容应对,记下了病人的脉搏和体温,试了试他肌肉的强直程度,检查了他的反应能力,情况和我以前诊断的这种病例完全相同。我以前用烷基亚硝酸治疗这种疾病,效果不错,现在也想这么做。于是,我放下坐在椅子上的病人,跑下楼去取药,大约用了五分钟,然后我就跑回楼上,可是病人却不知去向,室内空空,别提当时我是怎样的惊讶了。

"我第一个反应就是去看看那个年轻人在不在,到了候诊室一看,也没人。我叫来个听差,问他看到什么没有。他什么都不知道。这件事就成为一个不解之谜。没多久,布莱星顿先生散步回来了,但我并没将此事告诉他,因为近来我和他交谈得很少。我本以为我再也不会见到这个俄罗斯人和他儿子了,但是在今天晚上相同的时间里,他们俩又像昨天那样来到我的诊室。我见到他们后,惊讶是可想而知的。

"'医生,我对昨天的突然离开,感到非常抱歉。'我的病人说道。'我确实感到很奇怪。'我说道。

"'啊,是这样的,'他说,'我每次清醒后,对犯病时发生的事情总是模模糊糊的。昨天我清醒后,一看是个陌生的环境,你又不在,所以我便迷迷糊糊地走到街上了。'

"'我看到父亲从候诊室门口走出来,便以为你已经给他看完病了,'他儿子说道,'直到我们到了家,我才知道事情的真相。''没关系,'我笑了笑说,'我对昨天的事只是感到恐慌和不解,现在明白了。我们现在是不是可以继续昨天突然中断的治疗了?'我和那位老绅士讨

回忆录

论了他的病情,大概用了半小时,后来,我给他开了处方,他便在儿子的搀扶下走出去了。我先前已经说过,布莱星顿先生通常是在这个时间出去散步的。一会工夫,他又回到楼上。过了一会,我听到他从楼上跑下来,像发疯似的冲进我的诊室。

"'谁到过我的屋子了?'他叫喊着。

"'没有人哪!'我说道。

"'撒谎!'他怒吼道,'你上去看看!'

"我只注意到他的恐惧,没在意他说话的粗鲁。我俩一起上楼时,他指着浅色地毯上的脚印喊道。

"'这难道是我的脚印吗?'

"我一看,那些脚印比较大,而且显然是刚刚留下的。你们知道,今天中午曾下了场大雨,而我的病人只有刚才这父子俩。所以一定是那个年轻人出于某种目的,趁我在忙于给那个老人诊断时,上楼进了布莱星顿先生的房间。虽然他没动什么东西,也没拿什么东西,但这些足迹已证明他肯定进了房间。尽管这件事的确令人不安,但布莱星顿却是出人意料地激动、恐惧。他竟然坐在一把扶手椅上不断地叫喊,我根本听不清他说了些什么。他让我来找你,我也感到这是最好的办法。因为尽管他对这件事的重要性估计不足,但这里面肯定有问题。请你坐我的马车和我一同去看看吧,虽然我不奢望你能解释这一切,但至少你可以使他平静下来。"

福尔摩斯聚精会神地听着这位医生的叙述,我看得出,他的兴趣很浓。他的面容像往常一样毫无表情,可是他的双眼眯得更加厉害了,从他烟斗中袅袅上升的烟雾也越来越浓。这一切都表明了这个故事的不同寻常和离奇。来访者的话刚一结束,福尔摩斯立刻站了起来,把我的帽子递给我,抓起他自己的帽子,跟随特里维廉医生向门口走去。没用一刻钟,我们便来到布鲁克街这位医生的寓所。一个矮个子小听差领着我

们进去走上了宽阔的、铺着高档地毯的楼梯。突然，楼顶的灯光熄灭了，我们停了下来，同时黑暗中响起一个尖细颤抖的呼喊声："我有手枪，告诉你们如果再往上走我就开枪。"

"你做什么呀，布莱星顿先生？"特里维廉医生高声喊道。

"啊，原来是你，医生，"这人松了一口气说，"其他几个人不是冒充的吧？"

很明显他已在暗中对我们进行了仔细的观察。"噢，没事了，"那声音终于说道，"你们可以上来，我对刚才的无礼行为表示道歉。"他一边说着一边把楼梯上的汽灯点亮了，站在我们面前的是一个相貌奇特的人。从他的外貌和说话的声音来看，他确实神经非常紧张。他很胖，可是他那两颊松弛下垂的肌肉说明他过去比现在胖得多。他那苍白的脸色、稀疏的土黄色的头发似乎是由于感情的激动而竖了起来。我们向上走时，他将手中拿的那支手枪塞进了衣袋，说道："福尔摩斯先生，晚上好，你能到这儿来我实在高兴。我现在非常需要你的指教。有人非法闯入我的房间，这事你已经从特里维廉那儿得知了吧？"

"是的，"福尔摩斯说道，"你知道他们是干什么的吗？他们为什么要这样做？"

"唉，"那位布莱星顿神情不安地说道，"这事儿不太好说，福尔摩斯先生，这个问题我很难回答。"

"你是说你不知道吗？"

"请到这里来，请吧。请您进来一下。"他把我们领进他那宽敞的、布置得极为舒适的卧室。他指着他床头那只大黑箱子说："你们看看这个，我可不是百万富翁。福尔摩斯先生，我这一生只做过这一次投资，但是我从不信任任何银行家，我把我所有的积蓄都放在这个箱子里。现在你理解我为什么对不速之客闯入我的房子心神不安了吧！"

福尔摩斯疑惑地望着布莱星顿，摇了摇头，说道："你欺骗我，我

怎么可能帮助你呢?""可是我已经把所有的都告诉你了。"福尔摩斯厌烦地挥了下手,转过身来说道:"再见,特里维廉医生。"

"你真的一点都不帮助我吗?"布莱星顿哆嗦着大叫道。

"我对你的帮助就是请你能讲真话,先生。"

一分钟以后,我们已经来到牛津街,走到了哈利街时,我的朋友这时才发话。"我竟然为了这样一个蠢人让你白跑一趟,真对不起,华生。"福尔摩斯终于说道,"可是到底,这也是一个很有趣的案子。""我可是一无所知。"我坦率地承认道。"啊,显然,至少有两个人,出于某种目的,想找到布莱星顿那个家伙。我完全确信,那个年轻人两次都闯入了布莱星顿的房间,他的同伙则是使用了巧妙的手段缠住医生,不使他发现。"

"可是那强直性昏厥是怎么回事呢?""不用说,那完全是假的。要装这种病非常容易,我还干过呢。不过,这些我不想告诉那位年轻的医生。""那后来又是怎么回事呢?""布莱星顿先生凑巧不在房间。他们选了不平常的时刻来看病,这样候诊室不会有别的看病者。但是他们不知道布莱星顿出去散步了,看来他们不是十分了解布莱星顿的生活习惯。另外,他们也不是为钱财而来。还有,布莱星顿已经被吓得魂飞魄散了,他一定知道那两个人是他的冤家。因此,我确信,他肯定知道这两个人是谁,一定有原因隐瞒不说,明天他就会讲真话了。"

"难道就没有别的可能吗?"我说道,"会不会是特里维廉医生自己居心不良,闯进了布莱星顿的房间,然后再编造出这个患强直症的俄罗斯人和他的儿子的全部故事呢?"我这想法引起了福尔摩斯的大笑。

"亲爱的华生,"福尔摩斯说道,"最初我也这样想过,不过我已经验证了医生讲的是真话。我看见那年轻人留在楼梯地毯上的脚印,是方头的,与布莱星顿的尖头鞋印不相同,又比医生的鞋长一英寸三,所以,有这么一个年轻人是确定无疑了。先说到这儿吧,咱们可以安心睡

觉了。如果明早我们听不到布鲁克街发生什么新情况，那才是出乎我意料呢。"

福尔摩斯的预言太准确了，而且颇有戏剧性。第二天早晨七点半，在微弱的晨光中，我看到福尔摩斯穿着晨衣站在我的床边。"外面有一辆马车正等着我们，华生。"福尔摩斯说道。

"发生了什么事？"

"布鲁克街出事了。"

"怎么啦？"

"可能是个惨剧，不过也说不定。"福尔摩斯一边说着一边拉起窗帘，"看看这一张从笔记本上撕下的纸条，上面用铅笔潦草地写道：'上帝保佑啊，你们快来吧。珀西·特里维廉。'咱们的医生朋友当时处境一定极其困难。华生，快些，情况紧急。"

大约一刻钟左右我们到了那位医生的寓所。他面带惶恐的样子跑来迎接我们。"上帝，怎么会发生这种事！"他双手捂住脑袋，大声喊道。

"到底发生了什么事？"

"布莱星顿自杀了！"

福尔摩斯吹了一声口哨。"他昨晚上吊了。"我们走进去，医生把我们引进了那间候诊室。"我全然不知所措，"他大声说道，"警察正在楼上呢。我真的被吓傻了。""你什么时候发现这一切的？""他习惯每天一大早喝一杯茶，七点钟左右，女仆去送茶，发现他已经上吊死了。他把一根绳子绑在平常挂那盏煤气灯的钩子上，然后站在昨天我们看到的那个箱子上上吊了。"

福尔摩斯沉思了一会，终于说道，"如果你愿意，我想上楼把这件事再调查一下。"于是我们两个人便往楼上走去，医生紧紧跟着我们。我们一进卧室门，一幅可怕的景象就呈现在面前，诸位读者还记得布莱星顿肌肉松弛的样子吧。当他摇晃地悬挂在钩上时，他那拉长的脖子像

回忆录

一只拔光了毛的鸡脖子，他身体的其他部分与之相比显得更加臃肿肥大，极不自然，他的样子愈发难看，简直不像人。他只穿着一件长睡衣，底下露出直挺挺的、不堪入目的脚和肿胀的脚踝。尸体旁边，站着一位精干的侦探，正在笔记本上做着记录。

我们一进来，警长便亲切地问候："啊，福尔摩斯先生，见到你很高兴。""早上好，兰诺尔，"福尔摩斯答道，"你不会把我当做闯进屋子的罪犯吧！你了解这个案子发生前的一些情况吗？""是的，我听到一些了。""你怎么看？""依我看，这个人已被吓得魂飞魄散。你看，这张床的压痕很深，他一定在这里睡了好长时间。他大约在凌晨五点钟左右上吊自杀。看来，他是反复考虑后才下定决心死的。""根据肌肉僵硬的情况判断，他已经死了三个小时左右。"我说道。"发现屋子里有什么异常现象吗？"福尔摩斯问道。

"在洗手池上发现一把螺丝刀和一些螺丝钉。我还在壁炉上发现四个雪茄烟头，看来他昨晚没少抽烟。"

"那你找到他的雪茄烟嘴了吗？"福尔摩斯说道。

"没有，我没发现。"

"那么，找到他的烟盒了吗？"

"找到了，在他的外衣口袋里发现的。"

福尔摩斯打开烟盒，闻了一下里面的雪茄烟。

"不对！这是哈瓦那雪茄，而壁炉上的是荷兰货，是从东印度殖民地进口的特殊雪茄。这样的雪茄通常都用稻草包着，并且比其他牌子的都细。"他拿起那四个烟头，用他口袋里的放大镜仔细检查。

"两支烟是用烟嘴吸的，另两只没有用烟嘴，"福尔摩斯说道，"两个烟头是用一把不太锋利的小刀削下来的，另外两个烟头是用尖利的牙齿咬下来的。兰诺尔先生，我认为这绝非自杀，而是一起经过策划的残忍的谋杀案。"

"不可能!"警长大声喊道。

"为什么?"

"凶手怎么会采用这样一种愚笨的方法来杀人呢?"

"这正是我们要知道的。"

"他们怎么进来的?"

"是从前门进来的。"

"但是早晨门是锁着的。"

"一定是在他们走后才锁上门的。"

"你是怎么知道的?"

"我看到了他们留下的痕迹。给我些时间,我很快就能明确地解释一切。"福尔摩斯走到门口,转了转门锁,仔细地把门锁检查了一番。然后他把插在门背面的钥匙取了出来,认真地检查一番。紧接着,他又依次检查了床铺、地毯、椅子、壁炉台、尸体以及绳索。终于,他露出了心满意足的表情。我和警察帮他割断了绳子,把尸体安放在地上,用床单盖上。

"这条绳子是哪儿来的?"他问道。

"是从这上面割下来的,"特里维廉医生一边说着一边从床底下拖出一大卷绳子说道,"他非常担心发生大火,所以身边常放着这些绳子,以便着火时从窗户脱身。""这绳子可是给凶手们帮了大忙。"福尔摩斯若有所思地说着,"不错,案情是非常清楚的,我保证下午我就能够掌握发案的原因。壁炉台上的死者的照片我暂时借用一下,这对我的调查工作大有帮助。"

"但你什么都没说!"医生叫道。

"啊,事情发生的前前后后是确定无疑的,"福尔摩斯说道,"有三个人:那个年轻人、老人和第三者,第三者的身份我还不清楚。前面两个人,自然就是那假装俄罗斯贵族及他儿子的人,我对他俩的情况了解

得比较详细。这所房子里有他们一个同谋,将他俩放进来。警长,我建议你逮捕那个小听差。据我所知,他是最近才被你雇来当差的,医生。"

"这个小家伙突然没了,"特里维廉说道,"女仆和厨师刚才还在找他。"福尔摩斯耸了耸肩。

"他在这件事里的角色还是比较重要的,"福尔摩斯说道,"三个人蹑手蹑脚地上楼,那个老人走在前面,年轻人走在中间,那个当差的人走在后面……"

"亲爱的福尔摩斯!"我突然喊道。"啊,我辨认出他们昨晚留下的脚印,是重叠的,这就更加确定了。后来,他们上了楼,来到布莱星顿的门前,他们发现房门是锁着的。接着,他用一根铁丝撬开了锁。你们根本不用放大镜就能从钥匙榫槽上的划痕看出是怎么回事。

"他们进入房间,首先是堵住布莱星顿的嘴。他可能已经睡着了,或者被吓坏了,没喊出声。这里的墙很厚,你可以想象,即使他喊一两声,别人也根本听不见。他们把他处理后,就开始商量,用了相当长的时间,这几支雪茄烟就是证明。老人坐在那张柳条椅子上,用烟嘴抽雪茄。另一个年轻人坐在远处,他把烟灰磕在了衣柜的对面。第三个人在室内踱步。我猜,这时布莱星顿吓得僵直地坐在床上,这一点目前还不能完全确定。他们商量完毕就抓住死者,把他吊了起来。他们是有备而来的,我猜测他们随身带来了某种滑轮用来做绞架,我估计那把螺丝刀和那些螺丝钉都是为了安装绞架滑轮准备的。后来,他们看见了吊钩,就省了麻烦。一切结束后,他们就逃跑了。紧接着他们的同伙就把门锁上了。"

我们都带着浓厚的兴趣倾听福尔摩斯讲述昨晚案件的情况,这都是他根据多年的经验推断出来的,即使他一一说明情况时,我们也有些反应不过来。之后,警长立刻去查找小听差,我和福尔摩斯则返回贝克街去用早餐。福尔摩斯在我们吃完饭后说道:"我三点钟回来,警长和医

生会在那时来这里见我。在此之前,我要出去查清案子里一些不明确的小问题。"客人们准时来到,但我的朋友直到三点三刻才回来。然而,他一进门我从他的表情上就能看得出来,他的事情肯定办得很顺利。

"警长,有消息吗?"

"仆人已经抓住了。"

"非常好,我也找到了那几个人。"

"你找到他们了!"我们三个人异口同声地说。

"是的,至少我已经知道了他们的身份。果然不出我所料,那个所谓的布莱星顿和他的仇人,在警察总署是大有名气的。他们的名字是比德尔·海沃德和莫法特。"

"是抢劫沃辛顿银行的那帮人?"警长大声说道。

"就是他们。"福尔摩斯说道。

"这么说,布莱星顿是萨顿了?"

"完全正确。"福尔摩斯说道。

"好,这回可真相大白了。"警长说道。

可是我和特里维廉却愣着,不能理解。

"你们还记得一八七五年发生的那桩沃辛顿银行大抢劫案吧。"福尔摩斯说道,"作案人共有五个——有这四个人,第五个叫做卡特赖特。他们杀害了银行看管员托宾,携带七千镑逃跑了。后来他们五个人全部被捕,但因证据不足,无法定罪。这一伙抢劫犯中最坏的是那个布莱星顿,也就是叫萨顿的,出卖了另外四个人。由于他出庭作证,卡特赖特被判处绞刑,其他三个人每人被判了十五年徒刑。几天前他们被提前释放,可以想象出,他们必定要找到当年出卖他们的人,为他们自己、也为死去的同伙报仇。他们两次设法找到他,都归于失败,但第三次却成功了。特里维廉医生,还有不明白的吗?"

"你已经说得再清楚不过了,"医生说,"显然,那一天他之所以那

么坐立不安，是因为他从报上看到了那几个人被释放的消息。"

"完全正确，他说什么盗窃案，纯粹是遮人耳目。"

"可是他为什么把这件事瞒着你呢？"

"啊，先生，他知道他的那些'老朋友'报复心很强，便尽可能地向所有人隐瞒自己的身份。他本身就是可耻卑鄙的，他怎么可能自己说出来呢？但是，他虽然卑鄙，却依然受英国法律的保护。警长，我相信虽然法律之盾没有起到保护作用，但正义之神一定会替他报仇的。"关于住院的古怪病人和布鲁克街医生的故事到此就结束了。从那天夜里起，三个凶犯逃得无影无踪。苏格兰场推测，他们乘坐一艘"诺拉克列依那"号轮船逃跑了。不幸的是那艘船和全体船员数年以前在葡萄牙海岸在波尔因以北数十海里的地方罹难。那个小听差受到起诉，但因证据不足，无罪释放。而这件被称为布鲁克街疑案的案件，各大报纸至今均无详细报道。

希腊翻译

  我和歇洛克·福尔摩斯先生虽然相处甚久，亲密无间，无所不谈，但他极少谈起他的亲戚和他早年的经历，再加上他一向沉默寡言，愈加使我认为他有点不近人情，甚至有时把他当做一个孤僻的怪人，一个有思想无情感之人。他虽然智力超群，极少有人能与之媲美，但他缺乏常人具有的情感。他不喜欢与女人交往，不愿交友，这都能表明他毫无感情波动的性格特征。他从不提及家人，所以起初我误以为他是孤儿，无亲人在世。但是有一天他令我大吃一惊，他竟然和我谈起他的哥哥来。

  夏日的一个傍晚，茶后悠闲，我们便天南海北、漫无边际地闲聊起来，从高尔夫球俱乐部到地球倾斜交角的变化原因，最后谈到返祖现象和遗传适应性，讨论的中心是：一个人卓而不群的才华究竟有多少是来源于遗传，有多少出于自身早年所受的训练。

  "以你为例，"我说道，"从你告诉我的话来看，毫无疑问，你出众的观察才能和独到的推理能力决定于你自身的专门训练。"

  "从某方面来说，确实如此，"福尔摩斯若有所思地说道，"我祖上是乡绅，他们习惯于那个阶级的生活。我的这种性格是遗传的，可能来自我祖母。她可能具有这种血统，她是法国美术家吉尔内之妹。血液中的这种艺术成分极具神奇的遗传性。"

  "可是你怎么知道是遗传的呢？""因为我哥哥也具有推理艺术的才能，甚至比我的程度还高。"这对我而言不啻于一件大新闻。假使在英国还有一个人同样具有如此奇异的才能，为什么警署和公众对他竟然会毫无所知呢？我认为是我的朋友谦虚才如此说。福尔摩斯对我的这种说法微微一笑。

  "亲爱的华生，"福尔摩斯说道，"有人把谦虚当做美德，我对此持

回忆录

有异议。对逻辑学家而言，一切事物都应当是真实的原貌，对自己的评价过低和夸大自己的才能一样，都是过犹不及、违背事实的。所以，我对我的哥哥迈克罗夫特的评价是真实的，无丝毫夸张的成分，绝无溢美之词。"

"你和你的哥哥年龄相差几岁？"

"差七岁。"

"他怎么没出名呢？"

"噢，他在自己的圈子里很有名气的。"

"他的圈子？"

"噢，比如说，在第欧根尼俱乐部里。"我第一次听说这么个地方，脸上的表情自然也表露无遗了，所以歇洛克·福尔摩斯掏出怀表来看了看，说道："第欧根尼俱乐部是伦敦很古怪的俱乐部，而迈克罗夫特是个很古怪的人，下午四点三刻到七点四十分，他时常在那里。现在已经六点了，如果你有兴致，咱们不妨在如此美妙的夜晚随便走走，我乐于将两个奇怪之最介绍给你。"

五分钟以后，我们就来到了街上，向雷根斯圆形广场走去。

"你一定很纳闷，"我的朋友说道，"既然他有如此才能，为什么不做侦探工作呢？实际上，他是不可能当侦探的。"

"但你说过……"

"我是说过他的观察和推理能力比我高明。如果侦探这门艺术只需坐在扶手椅上静思推理即可，那么我哥哥肯定会成为举世无双、无人能与之匹敌的大侦探了。但是他既无做侦探工作的想法，也没有这种精力。他懒于验证自己的推论，觉得太麻烦，宁愿被人当做谬论，也不愿费一番精力去证明自己是正确的。我经常向他请教问题，他给我的解答事实证明都是正确的。不过，在一件案子提交给法官或陪审团之前，如果让他拿出确凿有力的证据，他就无能为力了。"

"你是说，他不是以侦探为职业的了？""不是，侦探业务在我是赖以谋生的手段，在他不过是纯粹的业余爱好罢了。他在数学方面极有造诣，常在政府各部门查账。迈克罗夫特住在蓓尔美尔街，离白厅非常近。他每天步行上班，早出晚归，不做其他事，也从不到别处去，除了那个在他住所对面的第欧根尼俱乐部。"

"我没听说过这个俱乐部。""你很可能不知道，伦敦有许多人，或生性羞怯，或愤世嫉俗，总之出于某种原因，不愿与俗人为伍，但他们愿意到舒适优雅的地方去坐坐，看看最新的报刊。出于此目的，第欧根尼俱乐部应运而生。它接纳城里最孤僻和最不爱交际的人。会员们不准互相交谈。在会客室以外的地方，绝对不允许相互交谈，如被发现犯规三次，即被开除。我哥哥是俱乐部创始者之一。我本人觉得这个俱乐部气氛是很惬意的。"我们边走边谈，从詹姆斯街头转过去，不知不觉中便来到蓓尔美尔街。歇洛克·福尔摩斯在距卡尔顿大厅不远处的一个门口停了下来，嘱咐我不要说话，然后把我领进大厅。透过门的玻璃我看到一间宽敞而豪华的房间，里面很多人坐着看报，每人各守一隅。福尔摩斯领我走进一间可以望见蓓尔美尔街的小屋，然后把我单独留下一会儿，很快就带回一个人。这个人正是他哥哥。

迈克罗夫特·福尔摩斯长得比他弟弟高大粗壮许多。他很胖，面部虽然宽大，但某些部分却棱角分明，而这种特征正是歇洛克所特有的。他那淡灰色的双眼炯炯有神，似乎经常沉思，这种表情，我是在歇洛克全神贯注时才看到过的。"先生，见到你很高兴，"他说道，伸出一只海豹掌一般又宽又肥的手，"正因为有你为歇洛克作传，他才能够扬名天下。对了，歇洛克，我还以为上星期你会来找我商量那件庄园主住宅案呢。你不会是心有余而力不足吧？"

"不，我已经把它解决了。"我的朋友微笑着说道。

"是亚当斯干的了？"

"是的，是他干的。"

"一开始我就确信是这样。"两个人走到俱乐部凸出墙体的窗边坐了下来，"这里是研究人类的理想之地。"迈克罗夫特说道，"看，就以这两个向我们走过来的人为例，他们很典型！"

回忆录

"是那个弹子记分员和他旁边那个人吗?"

"不错,你怎么看他?"这时那两个人在窗的对面停了下来。我看见一个人的背心口袋上有弹子标志的粉笔痕迹,另一个人瘦小黝黑,帽子戴在后脑门上,腋下夹着好几个小包。"他是一个老兵。"歇洛克说道。"而且是刚退伍。"他哥哥说道。

"在印度服役过。"

"他是一个军士。"

"好像是皇家炮兵队的。"歇洛克说道。

"是一个鳏夫。"

"还有一个孩子。"

"不仅仅是一个孩子,我亲爱的弟弟,不止有一个孩子呢。"

"行啦,"我笑着说道,"对我而言,这可太神乎其神了。""显然,"歇洛克答道,"他有一种说不出的威武,皮肤经过风吹日晒,无疑他是个军人,且不是普通士兵,他刚从印度回来。"

"他仍旧穿着那双炮兵靴子,这也表明他刚刚退伍。"迈克罗夫特说道。"他走路的姿势不像骑兵,但我从他一侧眼眉上边皮肤较浅看出他曾习惯于歪戴帽子,他的体重又不像士兵,所以我认为他是炮兵。"

"还有,他看来极其悲伤,说明他一定失去了一位最亲的人,他自己出来买东西,表明他可能丧妻。另外,他在为孩子买东西,那个拨浪鼓说明孩子不大,他妻子可能产后去世。他腋下夹着一本小人书,是为另一个孩子买的。"这时我才明白为什么歇洛克·福尔摩斯说他哥哥比他的观察力还要敏锐。歇洛克看了我一眼,会心一笑。迈克罗夫特从一个玳瑁匣子里取出鼻烟,用一块大红丝巾把遗落在身上的烟屑拂去。

"还有一件事,歇洛克,"迈克罗夫特说道,"我有件你喜欢的事情,一个非常不一般的问题,我正着手分析判断。但是要我彻底解决这件事,我可没那份精力。但这是我进行推理的大好时机。如果你乐意听听情况……"

"亲爱的迈克罗夫特,我很乐意。"迈克罗夫特从笔记本上撕下一

张纸，匆忙写了几个字，按了按铃，把这张纸交给侍者。

"我已经派人去请梅拉斯先生到这儿来了。"迈克罗夫特说道，"他就住在我的楼上，我和他的关系还可以，他一遇到疑难问题便来问我。据我了解，梅拉斯先生是希腊血统，精通多国语言。他在法院当翻译员，也给那些住在诺森伯兰街旅馆阔绰的东方人做向导，以此维持生活。等一会还是让他亲口告诉你们他的奇怪经历吧。"几分钟过后，进来一个矮粗胖的人，他那橄榄色的面庞和乌黑的头发说明他是个南方人，但他一开口，却像是一个受过教育的英国人。他亲切地同歇洛克·福尔摩斯握手。得知这位侦探愿意听他的奇遇，他的眼睛闪烁出喜悦的光芒。

"我说的这件事，警察以前从未听说过，所以他们可能不相信。但是，除非我弄清那个脸上贴着橡皮膏的可怜人的结果如何，否则我的心永远不会安宁。""我洗耳恭听。"歇洛克·福尔摩斯谦虚地说。

"今天是星期三，"梅拉斯先生说道，"啊，这件事发生在两天前，也就是星期一的晚上。我是一个翻译员，也许我的邻居已经告诉你了：我几乎能翻译所有语言——可是因为我生在希腊，并且起的是希腊名字，所以我主要从事希腊语的翻译工作。多年来，我在伦敦的希腊翻译员中赫赫有名，我的名字早已被各家旅馆所熟知。

"无论是外国人遇到了什么困难，还是旅游者到达时晚了，大家总是在非同寻常的时候来请我给他们当翻译，这很正常。所以，星期一晚上，当一位衣着时髦的人，自称拉蒂默，来到我家请我外出时，我一点都不奇怪。他说，有一位希腊朋友因事到他家来拜访，他自己除了母语外，不会讲任何外国话，因此需要请一位翻译员。他告诉我他家离这里比较远，住在肯辛顿。看样子他非常焦急，当我们一起来到街上时，他就一把将我推进了马车。

"我一坐进车中，马上怀疑起来，因为我发现我坐的并非是普通的四轮马车。这辆马车相当宽敞，里面的装饰虽然有些破旧，但却非常讲究，不像伦敦那些寒酸的普通四轮马车。拉蒂默和我相对而坐。我们经

回忆录

过了查林十字街,转入谢夫特斯伯里大街,又来到牛津街,我刚想莽撞地告诉他,到肯辛顿这么走绕远了,却因他的奇怪举动而住了嘴。

"他从怀里取出一根像灌了铅似的很重的大头短棒,也许是想显示它的重量和威力,便前后挥舞了几下,然后默不作声地把它放在身旁的座位上,接着他关好两边的窗户。我一看,窗上都蒙着纸,像是有意不让我看到外面,这使我更加吃惊了。'对不起,挡住你的视线了,梅拉斯先生,'他说道,'我不希望你能看到我们的目的地。如果你再顺着原路找回来,那对我可能是不太好。'

"你们能够想象出,我听后是多么惊讶。和我同车的人是个膀大腰圆的青年,即使他没有武器,我也决不是他的对手。

"'你不能这样做,拉蒂默先生,'我结结巴巴地说道,'要知道,这样做是违法的。''不错,这有点失礼,'他说道,'不过,你会得到补偿的。但是,我必须警告你,梅拉斯先生,今晚的事如果你报警或做出任何对我不利之事,你可要小心了。我提醒你,现在任何人都不知道你在何处。还有,不论在这辆四轮马车里还是在我家中,你都逃不出我的手心。'

"他虽然看似心平气和地说着,可是字字刺耳,一心想要吓住我。我一言不发地坐在那里,心中不解,他为什么要用这种奇怪的办法来挟持我。可是不管怎样,我十分清楚,反抗是无济于事的,只好顺其自然。

"马车走了大约两个小时,对我们的去向我一无所知。有时从马车发出咯噔咯噔的声音中,可以猜测可能是走在石板路上,有时通过平稳的车声,可辨出是走在柏油路上。除了这些,我根本不知道我们身在何处。车窗被纸遮得不透一丝光亮,就连前面的玻璃也拉上了蓝色的窗帘。我们离开蓓尔美尔街时是七点一刻,最终停车时,时间已是八点五十分。同车人把车窗玻璃打开,进入我的视线的是一个低矮的、上面点着一盏灯的拱形大门。我急忙从马车上下来,从打开的门进入院内,依稀记得进来时看到一片草坪,两旁长满树木。我在心里揣测,这到底是

147

私人庭院呢，还是真正的乡下？

"大厅里面点着一盏彩色煤油灯，灯光非常暗淡，我只能意识到房子很宽敞，里面挂着许多图画，其他的就看不清了。在暗淡的灯光下，我大概看出那个开门的人身材矮小、猥琐，是个中年人，双肩有些向前佝偻。他向我们转过身时，灯光一晃，我才看出他戴着一副眼镜。'是梅拉斯先生吗，哈罗德？'他说道。

"'是的。'

"'这事办得不错！梅拉斯先生，我们没有恶意，可是没有你，这事儿就办不成。如果你老实与我们合作，你是不会后悔的，但如果你想要花招，那你最好求上帝保佑了。'他说话时心神不安，声音颤抖，并带着咯咯的干笑，使我有一种说不出的感觉，他比那个年轻人更可怕。

"'你要我做什么？'我问道。

"'只是向那位拜访我们的希腊绅士问几个问题，然后告诉我们他的回答。不过我们问你什么就说什么，不得乱说，否则……'他又发出咯咯的干笑，'否则你就要不存在了。'

"他边说边打开门，领我走进另一间屋子，屋内陈设富丽堂皇，不过光线仍然很暗淡，只有一盏很小的灯。房间很宽敞，我进屋时，双脚踏在地毯上，软绵绵的，说明地毯价格不菲。我又看到一些丝绒面软椅，一个高大的大理石白壁炉台，旁边好像还有一副日本铠甲，灯的正下方有一把椅子，那个年纪大的人示意我坐在椅子上。年轻人出去了一会儿，突然又从另一道门回来，身后跟着一个穿着宽松睡衣的人，缓缓地向我们走来。当他走到昏暗的灯光之下，我才能比较清楚地看清他的模样。一见之下，我立刻吓得心惊胆颤。他面色蜡黄，非常憔悴，但眼睛却明亮，看来他体力虽不佳，精力却还充沛。最使我震惊的是他脸上乱七八糟地贴满形状怪异的橡皮膏，嘴边还贴着一大块纱布。

"'石板拿来了吗，哈罗德？'在那个怪人无精打采地倒在椅子中时，上了年纪的那个人喊道，'把他的手松开，然后再给他一支笔。梅拉斯先生，你问他，让他把所要回答的都记录下来。首先问他，他是否

回忆录

准备在那些文件上签字?'那个人眼里闪着怒火。

"'不!'他在石板上用希腊文写道。

"'不能再商量吗?'我按照那恶棍的吩咐问道。

"'除非我亲眼看见她在我熟悉的希腊牧师作证下结婚,否则绝无商量的余地。'那个年长的家伙狞笑着说道:'那你知道你这样做的后果吗?''我什么都不怕。'

"这些问答只不过是我们这场连说带写的奇怪谈话中的一些片断,我迫不得已地屡次追问他是否会在文件上签字,但每一次他都是怒气冲冲的回答。我灵光一闪,我可以在发问时加上自己想问的问题。于是我先试探一下,最后问一些无聊的话,我发现他们俩完全不懂,我才大胆地进入正题。我们的谈话大致是这样的:'你这样顽固没有丝毫好处。''你是谁?'

"'我不怕。''我在伦敦人生地不熟的。'

"'命运掌握在你自己的手里。''你在这里多久了?'

"'随便吧。''三个星期。'

"'你从此会失去这些产业。''他们会折磨你?'

"'它决不会落入流氓之手。''他们不给我饭吃。'

"'只要你一签字,他们就会放了你。''这是什么地方?'

"'我死也不会签字。''我不知道。'

"'你应该想想她。''你叫什么名字?'

"'我只有亲耳听她说才会相信。''我叫克莱蒂特。'

"'如果你签字,你就可以见到她。''你从何处来?'

"'那我宁愿不见她。''雅典。'

"福尔摩斯先生,只要再有五分钟,我就能把事情的来龙去脉打探得一清二楚,只差一个问题就有可能查清这件事。谁料此时房门突然打开,走进一个女人。我看不清她的容貌,只觉得她身材修长,体态轻盈,头发乌黑,穿着肥大的白色睡衣。

"'哈罗德,'那女子用不标准的英语腔调说道,'我真的不能再待

下去了。太无聊了,只有……啊,我的天哪,这不是保罗吗?'最后的两句话是用希腊语说的,话音未落,克莱蒂特便用力地撕下嘴上的橡皮膏,一边尖叫'索菲!索菲',一边猛地扑到女人的怀里。但是,他们只拥抱了片刻,年轻人便抓住那女人,把她推出门去。年纪大的人轻松地抓住那瘦弱的受害者,把他从另一道门拖出去。突然间室内只剩我一人,我猛地站起来,朦胧地想:我可以设法发现一些线索,看看我究竟在何处。不过,幸亏我还没有付诸行动,因为我一抬头就看到年纪大的人站在门口,恶狠狠地盯着我。

"'没事了,梅拉斯先生,'他说道,'我们没把你当做外人,所以请你参与了私事。本来我们先前是请一位会讲希腊语的朋友帮忙谈判的,但他因急事回东方去了,否则我们是不会麻烦你的。我们得找人接替他,听说你的翻译水平很高,我们便请了你来。'

"我点了点头。

"'这里有五英镑,'他向我走过来说道,'希望你不要嫌少。不过请记住,'他轻轻地拍了拍我的胸膛,嘿嘿笑道,'如果你将此事泄露出去——一个人也不行——那你就等着去见上帝吧!'

"我对这个面容猥琐的人的厌恶和恐惧已到了极点。现在灯光照在他身上,我对他看得更清楚了。他枯瘦的脸无精打采,一撮胡须又细又稀,说话时把脸向前伸,嘴唇和眼睑不住地颤动,极像一个精神病患者。我不禁想到他接二连三的怪笑声也是一种神经病的症状。但是,他那双青灰色闪着凶光的眼睛,更让人感到恐怖。

"'如果你把这事张扬出去,我们马上会知道。'他说道,'现在马车在外面等你,我的朋友送你回去。'我急忙穿过前厅坐上马车,又环视了一眼树木和花园,拉蒂默先生紧跟着我,默不作声地坐在我对面。我们又是默默地行驶了一段漫长的路,车窗依然挡着,直到半夜,车才停下。'请下车,梅拉斯先生,'我的同车人说道,'对不起,这里离你家还有一段距离,但毫无办法,你如果想跟踪我们的马车,那只能是你自讨苦吃了。'他边说边打开车门让我下车,车夫扬鞭疾驶离去。我惊

异地环顾周围，一看我正只身置于一片漆黑的荒野之中。远处有一排房屋，从窗户里透出点点灯光。另一边是铁路的红色信号灯。载我的那辆马车早已没了踪影。我四下望去，想知道自己身在何处，这时我依稀看到有人向我走来，当这人走近我时，我才辨认出他是铁路搬运工。

"'请问这是哪里？'我问道。

"'这里是旺兹沃思荒地。'他说道。

"'这里有火车进城吗？'

"'你再走大约一英里就可以到克拉彭枢纽站，'他说道，'恰好还能赶上去维多利亚车站的末班车。'

"我的这段惊险的故事就这样结束了。福尔摩斯先生，刚才对你讲的这段经历中我所去过的地方是何地，我所见过的那些人为何人，我是一无所知。但是我敢肯定那儿有一桩罪恶的勾当。我要尽量帮助那个不幸之人。第二天早晨，我把全部情况告诉了迈克罗夫特·福尔摩斯先生，随后就报了案。"

听完了这一段奇异曲折的故事，我们默默地静坐了片刻。后来歇洛克望望他哥哥。"你做了什么吗？"歇洛克问道。迈克罗夫特拿起桌上的一张《每日新闻》，上载：

> 今有一希腊绅士保罗·克莱蒂特，自雅典来此，不懂英语；另有一希腊女子索菲，两人均告失踪。若有人告知下落，定予重酬。X 二四七三号。

"今天各家报纸都刊载了这条启事，但一点消息都没有。"迈克罗夫特说道。

"希腊使馆知道这件事了吗？"

"我问过了，他们毫无所知。"

"可以向雅典警察总部发个电报。"

迈克罗夫特转身向我说道："我们家歇洛克的精力是最充沛的。你一定要想方设法查清案子。如果有什么好消息，请告诉我。"

"一定，"我的朋友从座位上站起来回答，"我一定会告诉你，也会告诉梅拉斯先生。梅拉斯先生，如果我是你，在这段时间内一定会加倍小心。他们看见启事，就会知道是你泄密了。"我们步行往家走，福尔摩斯在一家电报局发了几封电报。

"华生，你看，"福尔摩斯说道，"迈克罗夫特经常会把案子转到我手中，我经手的许多案子就是这样的。我们刚刚听到的问题，答案是唯一的，但很特别。"

"你有信心侦破吗？""啊，当然有信心。我们已经了解了这么多情况，其余的情况也会查明的。如此还不能解决那才怪呢。你对刚才的事一定也有自己的见解。""对，不过还不太明确。"

"那你是怎么想的呢？""依我看，显然是那个叫哈罗德·拉蒂默的英国青年拐骗了那位希腊姑娘。"

"从哪儿拐骗来的？""可能是从雅典。"歇洛克·福尔摩斯摇摇头，说道："不对，那个青年根本不会讲希腊语，而那个女子却能讲比较流利的英语，她应该在英国待了一段时间了，而那青年却没有到过希腊。"

"那么，我们假设她是来英国访问，而那个哈罗德劝她和他一起逃走。""这倒很有可能。""后来她哥哥——我猜他们是亲戚——从希腊前来阻挡。他一不小心落到那青年和他们同伙手中。他们抓住他，用武力野蛮地强迫他在一些关于财产转让的文件上签字，这样就可以得到那姑娘诱人的财产了。她哥哥可能是这笔财产的受托管理人，他拒绝在转让书上签字。为了和他谈判，那青年和他的同伙只好找来一个懂希腊语的翻译员，所以梅拉斯先生就被挟持去了，以前或许还有另一个译员。他们根本没告诉那姑娘她哥哥到来的事，他们兄妹相见完全出乎姑娘的预料。""对极了，华生！"福尔摩斯大声说道，"我认为你的看法的确与事实非常相近了。你看，我们已经胜券在握了，唯一担心的是他们会突然使用暴力。只要我们来得及动手，他们肯定难逃法网。"

"可是我们怎样才能查明那神秘住宅的地点呢？""啊，如果我们推

回忆录

测得不错,并且那个姑娘的名字叫索菲·克莱蒂特,找到她便容易多了。我们只能寄希望于她,因为她哥哥完全是个陌生人。很明显,哈罗德与那姑娘接触已经好长时间——至少几个星期了,所以她在希腊的哥哥得到消息后便赶到那里。在这段时间里,如果他们仍然住在那个地方,可能就会有人对迈克夫罗特的广告有个回应。"我们一边走一边说着,很快就回到了贝克街寓所。我们上了楼,福尔摩斯打开房门,有些吃惊。我从他肩上望过去,也觉得惊讶。原来他哥哥迈克罗夫特正坐在扶手椅上吸烟呢。

"二位请进,"迈克罗夫特看到我们惊讶的表情,亲切地笑着说道,"你一定没料到我有如此的精力吧!我也说不出为什么这件案子很吸引我。"

"你是怎么来的?"

"我坐双轮马车比你们先到了。"

"情况有新变化吗?"

"我的启事有回音了。"

"真的?"

"是的,你们刚离开几分钟就有了回音。"

"结果呢?"

迈克罗夫特·福尔摩斯取出一张纸来。

"在这里,"他说道,"这封信是一个身体虚弱的中年人用宽尖钢笔在淡色印刷纸上写的。"信的内容如下:

先生:

今日获悉贵处启事,现回复如下。我对此女情况知之甚详,若移驾本府定当详告彼女之惨痛经历。该女现寓于贝克纳姆之默特尔兹。

您忠实的 J. 达文波特

"信是从下布里克斯顿发来的。"迈克罗夫特·福尔摩斯说道,"歇洛克,我们现在乘车到他那里去了解详情你认为如何?"

"亲爱的迈克罗夫特,救那哥哥的性命比了解他妹妹的情况更为重要。我想我们应当到苏格兰场与葛莱森警长会合,然后直接到贝克纳姆去。你应该知道,那人的性命危在旦夕啊!"

"应该让梅拉斯先生也一起去,"我提议道,"我们可能需要一个翻译。""非常正确,"歇洛克·福尔摩斯说道,"快吩咐仆人尽快找辆四轮马车,我们即刻前往。"他说话时,打开桌子抽屉,把手枪塞到衣袋里。"不错,"他见我正在打量他,便说道,"从我们所得的消息看,我们正在和一群非常危险的匪徒打交道。"

我们到蓓尔美尔街梅拉斯先生家中时,天已完全黑了。一位绅士刚刚来过他家已把他请走了。

"你知道他到哪里去了吗?"迈克罗夫特·福尔摩斯问道。"先生,我不知道。"给我们开门的妇女答道,"我只看见他和那位绅士坐一辆马车走了。""知道那位绅士的姓名吗?""不知道,先生。""是不是一个黑脸、高个、英俊的年轻人?"

"啊,不是的,先生。他个子不高,面容消瘦,戴着一副眼镜,看样子人还挺开朗,边说话边笑。""快跟我来!"歇洛克·福尔摩斯急切地喊道,"危险了!"我们向苏格兰场赶去的路上他说道,"那几个人又把梅拉斯弄走了。他们那天夜晚就发现梅拉斯没胆量,那恶棍一站在他面前,他一定又吓得够呛。那几个人虽然是要他做翻译,不过,翻译完了,他们很可能因他走漏消息而杀害他。"我们想乘火车提前到达贝克纳姆。但是,我们到苏格兰场后,找到葛莱森警长,办完允许进入私宅的法律手续,又耽误了一个多小时。到了九点三刻我们来到伦敦桥,十点半钟我们四个人到了贝克纳姆火车站,又驱车行驶半英里,才来到默特尔兹——一所死气沉沉、背靠公路的大宅院。我们把马车打发走,沿车道一起向前走去。

"漆黑一片,"警长说道,"好像无人居住。""我们的鸟儿已经离巢

回忆录

了,鸟巢已经空无一人。"歇洛克·福尔摩斯说道。"你怎么知道?"
"一辆四轮马车载着行李刚开走,还不到一小时。"

警长笑了笑,说道:"我在门灯照耀下看到了车辙,可这行李从哪儿说起的呢?""你看到的可能是同一辆车子向另一个方向驶去的车辙,可是这向外驶去的车辙却非常深——所以我肯定车上装的东西相当沉重。"

"你比我看得仔细,"警长耸了耸肩膀,说道,"破门而入似乎有些困难,如果我们叫门无人答应,那倒是不妨一试。"警长用力扣打门环,又拼命按铃,可是始终无人回应。歇洛克·福尔摩斯走开了,过了几分钟又返回来。"我已经打开了一扇窗户。"歇洛克·福尔摩斯说道。"幸亏你不反对破门而入,福尔摩斯先生。"警长看见我的朋友这么敏捷地把窗闩拉开,说道,"好,我想在这种情况下,我们可以不请自入。"我们依次从窗户钻进去,来到了一间大屋子,这显然就是梅拉斯先生上次来过的地方。警长点上手提灯,借助灯光我们看到了梅拉斯对我们讲过的两个门、窗帘、灯和一副日本铠甲。桌上有两个玻璃杯,一个空白兰地酒瓶和一些残羹冷炙。

"什么声音?"歇洛克·福尔摩斯突然问道。我们立即静立着侧耳倾听,一阵低微的呻吟声从我们头顶上的某个地方传来。歇洛克·福尔摩斯急忙冲向门口,跑进前厅。呻吟声很明显是从楼上传来的。他跑上楼去,警长和我紧随其后,他哥哥迈克罗夫特虽然体重大,但也很快赶上了。

二层楼对着我们有三个门。那可怜的声音是从中间那道门传出来的,有时低如呓语,有时大声哀号。门是锁着的,可是外面有钥匙。歇洛克·福尔摩斯迅速打开门冲了进去,可是马上又用手按着喉咙,退了出来。

"里面正烧炭,"歇洛克·福尔摩斯喊道,"稍等一下,毒气很快会散去。"我们向屋里望去,只见房屋正中间的一个小铜鼎冒出了暗蓝色的火焰,它在地板上投射出一圈青灰色的光芒,朦胧中我们看到两个模糊的人形蜷缩在墙边。门一打开，一股可怕的毒气扑鼻而来，使我们感到压抑，呼吸不畅，咳嗽不止。歇洛克·福尔摩斯奔到楼顶呼吸了一口新鲜空气，然后，冲进室内，迅速打开窗户，把铜鼎扔到花园里。

"我们要待一会儿才能进去，"歇洛克·福尔摩斯又飞快地跑出来，喘息着说道，"蜡烛在哪里？我看在这样的空气里火柴也未必能划得着。迈克罗夫特，你站在门口拿着灯，我们去救他们！"

我们冲到那两个中毒的人旁边，把他们拖到灯光明亮的前厅。他们早已昏迷了，嘴唇发青，面部充血、肿胀，眼睛凸出。他们的模样走了形，若非那黑胡子和肥胖的身形，我们几乎认不出那位几个小时前才在第欧根尼俱乐部与我们分手的希腊翻译员。他连手带脚被捆得紧紧的，一只眼睛发青，显然是受毒打所致。另一个人，身材高大，人也被绑着，已经消瘦得不成样子，脸上还奇怪地贴着一些橡皮膏。我们把他放下时，他已经停止了呻吟，能看得出，他已经没救了，我们来晚了。可是，梅拉斯先生还有心跳，我们用了阿摩尼亚水和白兰地酒，把他从死亡线上救了回来。

梅拉斯向我们简述了过程，和我们的推断基本相同。那个去找他的人，进屋以后，从衣袖中抽出那根上次拿的短棒，并以死相威胁，梅拉斯不得已再次被人绑架走了。那位笑里藏刀的暴徒确实对这位精通数国语言的翻译员产生了巨大的威慑力，他当时吓得全身颤抖，一句话也说不出来。他很快被绑架到贝克纳姆，在第二次会谈中再次充当翻译员，在这次会谈中那两个英国人更是狐假虎威地吓唬那个希腊人：如果他违抗他们的命令，他们就立即杀了他。但年轻的希腊人自始至终毫不畏惧，他们只好把他推回去囚禁起来。接着，他们对梅拉斯大加训斥，斥责他出卖了他们，并用棒子打昏了他，后来梅拉斯一直处于昏迷状态，直到我们发现并救出他为止。

这就是那件希腊翻译员奇案，时至今日尚有未解之谜。我们从那位给我们写信的先生那儿得知，那年轻女子出身希腊富豪之家，到英国来访友。她在英国遇见一名叫哈罗德·拉蒂默的年轻人，他蓄意和她接

回忆录

近，最后说服她一同逃走。她的朋友得知此事，便急忙通知她住在雅典的哥哥，以便澄清一切。她哥哥来到英国，莽撞地落到拉蒂默和他那个叫威尔逊·肯普的同伙手中。肯普是一个恶名昭著的家伙。那两个人发现他语言不通，举目无亲，便将他扣留起来，用毒打逼迫他签字，以夺得他们兄妹的财产。姑娘对此一无所知，为使姑娘无法认出哥哥，这两个恶棍便在哥哥的脸上贴了许多橡皮膏，而当翻译员来访之时，她第一次见到了哥哥，一眼便认出了哥哥。然而，她同样也是被囚之人，因为在这所宅院里，除了那马车夫夫妇之外别无他人，而马车夫夫妇又受他们指使。因此，两个恶棍见秘密已被揭穿，囚徒又始终不屈，便携带姑娘逃离了那所宅院。其实这个豪华的住宅也是他们租来的。他们对反对和出卖他们的人下了毒手。

几个月后，我们收到从布达佩斯报上剪下来的一段奇闻，上面刊载两个英国男士携一妇女同行，突遭横祸，两个男人皆被刺死。匈牙利警方认为他们是因争风吃醋而相互残杀致死，但是歇洛克·福尔摩斯却嗤之以鼻。时至今日他还认为，只有找到那位希腊姑娘，才有可能弄清楚她是怎样为自己和哥哥复仇的。

海军协定

我婚后那年的七月实在令我难以忘怀,因为其间我有幸与歇洛克·福尔摩斯合作,一起侦破了三起重大案件,这对我研究他的思维大有帮助。我在日记中记载的那些案件的标题是:《第二块血迹》、《海军协定》和《疲惫不堪的船长》。其中的第一个案件事关重大,并且牵连到王国里的诸多王公贵族,以致多年不能公布于世。然而,在福尔摩斯经手的案件中该案最能清楚地显示出他的分析方法和价值,给作者留下的印象最为深刻。我至今还保留着一份几乎一字不差的记录:福尔摩斯向巴黎警署的杜布克先生和格坦斯克的著名专家弗里茨·马沃尔鲍叙述案情真相的全部谈话记录。他们两位曾在此案上费了许多精力,结果证明他们所搞的无非是一些细枝末节问题。但该案恐怕要到下一世纪才能公布,所以现在我想把日记中记录的第二个案件公诸于众,它曾在一段时间内事关国家的重大利益,某些案情更突出强调了它的特质。

学生时代,我同一位名叫珀西·费尔普斯的少年有很深的交情。他的年龄和我差不多,但比我高两级。他才华横溢,获得过学校颁发的所有奖励,因成绩出色而在结业时获得了奖学金,并进入剑桥大学继续深造。我记得他还有几家显贵亲戚,我们在孩提时代便听说过他的舅舅,一位著名的保守党政客——霍尔德赫斯特勋爵。这些贵戚并未使他在学校有所受益。反之,我们常在运动场上捉弄他,如用玩具铁环碰碰他的小腿骨等,并以此为乐。但当他进入社会以后情况就大为不同了。我隐约地听说他凭着自己的出众才能和有权势的亲戚,在外交部谋得了一个美差,以后我就完全把他抛之脑后了,直到接到下面这封信时才又把他想了起来:

回忆录

亲爱的华生：

　　我完全确信你能记起"蝌蚪"费尔普斯来，那时我五年级，你在三年级。我估计你可能已听说我凭借舅父的力量，在外交部谋到一个差事，备受人们的尊敬和信任。但一件可怕的事从天而降，毁了我的大好前程。

　　我认为把这可怕事件的详情写给你是不必要的。如果你愿意帮助我，那么我可以当面把一切告诉你。我患神经错乱已经九个星期了，现在刚刚好些，身体依然虚弱。你能邀请你的朋友福尔摩斯先生前来看我吗？尽管当局对我说：他们对此事已毫无办法了，但我还是非常愿意听听福尔摩斯先生对该案的看法。请你邀他速来。我生活在极度惊恐不安之中，度日如年。请你向他解释清楚，我之所以没有及时地向他请教，并非是我看不起他的才能，而是因为我惨遭劫难而神志不清。现在我的头脑已恢复正常，但担心旧病复发，仍然不敢多想此事。我现在仍很虚弱，你可以看得出来，我只有口述，请人代笔。请你务必邀请福尔摩斯先生速来。

你的老校友珀西·费尔普斯

　　看完这封信，我深受震动，他再三请求邀请福尔摩斯前往，令人怜悯。为此我大为感动，即使这事有再大的困难我也要设法去完成。不过我也深知福尔摩斯十分热爱他的工作，只要他的委托人信任他，他总是随时乐意帮助人。我的妻子和我一致认为，应立即把此事告诉福尔摩斯。于是，早餐吃完不到一小时，我就回到了贝克街的老住处。

　　福尔摩斯身穿睡衣坐在靠墙的桌旁，正全神贯注地做着化学试验。一个曲线形大蒸馏瓶，在红红的火焰上咕咕地沸腾着，然后蒸馏水被滴入一个容积为两升的容器中。我进去时他没跟我打招呼，我意识到他所做的试验一定很重要，便坐在扶手椅上等着。他一会儿看看这个瓶子，一会儿查查那个瓶子，然后用玻璃吸管从每个瓶子里抽出几滴液体，再

取出一个试管溶液放到桌上。他右手拿着一张石蕊试纸。"来得非常巧，华生，"福尔摩斯说道，"如果这张纸仍然呈现蓝色，说明一切正常，如果它变成红色，那溶液就能致人于死地。"他把纸浸入试管，试纸立即变成浑浊的深暗红色。"嘿，和我预料的结果完全相同！"他高喊道，"华生，我马上就好了。你可以在波斯拖鞋里拿到烟叶。"他转身走向书桌，匆忙地写了几份电报，把它们交给了小听差，然后坐到我对面的椅子上，双手紧紧抱住双膝。

"一件平淡无奇的凶杀案，"福尔摩斯说道，"我希望，你给我带来的案子会很有趣。华生，你是无事不登三宝殿的，出了什么事？"我把信递给他，他聚精会神地读起来。

"这封信并没有写明多少情况，对吗？"福尔摩斯把信交还给我时说道。

"几乎没写什么。"我说道。

"不过字迹倒是值得好好注意。"

"字迹不是他的。"

"完全正确，是个女人写的。"

"一定是男人写的。"我不相信地大声说道。

"不，是女人写的，而且是一个性格特别的女人。你看，重要的是，从调查一开始，我们就看出你的委托人和一个人的关系密切，而那个人从各个方面看都具有独特的性格。我对这案子已经发生了兴趣。如果你乐意我们可以马上动身前往沃金，去看看那位经历如此不幸的外交官，还有那位按他的口述代写此信的特别女人。"

我们的运气很好，恰巧在滑铁卢车站赶上早班火车，不到一小时，我们就到了沃金的冷杉和石南树丛中。实际上，布里尔布雷是一所孤独地坐落在一片宽阔土地上的府邸，从车站徒步而行，路上只用了几分钟。我们递进了名片，被带到一间陈设优雅的客厅里。几分钟后，一个结实的人极其殷勤地接待了我们，他年纪虽已接近四十，但红光满面，目光欢愉，好似一个可爱率真的孩子。

"你们能来我真是太高兴了,"他和我们握了握手说道,"珀西整整一早晨都在关心着你们的消息。唉,我这可怜的老朋友,他是不会放过任何一根救命稻草的!他的父母要我来迎接你们,因为他们简直无法提及这件痛苦万分的事。""我们还不知道案子的详情,"福尔摩斯说道,"我看你不是他们家里的人。"

他感到一惊,然后,他低头一看,随后笑了起来。"你一定是看到我项链坠上的姓名字首'JH'了,"他说道,"我开始还以为你有什么绝招呢。我叫约瑟夫·哈里森,我妹妹安妮就要和珀西结婚,所以,我至少也算是他的一个姻亲吧。你们可以在珀西室内见到我妹妹,两个月来她废寝忘食,细心地照顾他。或许我们现在进去最好,因为我知道珀西是多么盼着见到你们。"

我们要去的珀西的房间同会客室在同一层楼上。这房间布置得既像起居室,又像卧室,到处都摆放着鲜花,布置得十分优雅。一位面色土黄、身体衰弱的年轻人躺在靠近窗户的长沙发上,沁人心脾的花香和初夏怡人的新鲜空气从窗户飘了进来。一个女人坐在他的身边,我们一进屋,她便站了起来。"需要我离开吗,珀西?"她问道。珀西抓住她的手不让她走。

"华生,你好!"珀西热切地说道,"你留着胡须,让我都不敢认你了。我想,你也很难认出我来了吧。这位就是你常说的那位声名远扬、无人不晓的朋友歇洛克·福尔摩斯先生吧?"

我简单地给他们做了介绍,他俩一同坐下。那个壮实的中年人离开了房间,可是他妹妹的手被珀西拉着,只好留在室内。她是一个很惹眼的女子,身材略显矮胖,有些不匀称,但她美丽的橄榄色脸上长着一双意大利式的眼睛,一头乌黑的秀发。她那惊艳的容颜,将她的伴侣的面容衬得更加憔悴不堪。

"我不愿浪费你们宝贵的时间,"珀西从沙发上坐起来说道,"所以要直截了当地讲这件事。我是一个快乐幸福、颇有成就之人,而且就要结婚了,福尔摩斯先生。可是一件突如其来的大祸几乎将我的一生毁掉

回忆录

了。华生已经告诉过你了吧,我在外交部谋到一个差事,是通过我舅父霍尔德赫斯特勋爵的关系,我即将升任要职了。我舅父担任本届政府的外交大臣,他交给我的重要任务,我总是处理得很出色,最终赢得了他对我的充分信任。大约十个星期以前,准确的时间是五月二十三日,他把我叫到他的私人办公室里,先是称赞一番,说我工作做得相当好,然后告诉我,让我去执行一件新的十分重要的任务。

"他从写字台抽屉里拿出一个灰色的纸卷说道:'这是英国和意大利秘密签署的机密协定原本,遗憾的是报纸上已经透露出一些传闻。最重要的是,不能再泄露出任何消息。法国和俄国使馆不惜巨资,千方百计要得知这些文件的内容。如果不是极其需要一份抄本,我绝不会把它从我的写字台抽屉里拿出来。你那儿有保险柜吗?'

"'有的,先生。'

"'那好,就把协定锁到你的保险柜里。但我还要叮嘱你:你可以在别人下班后独自一人待在办公室里抄写副本,以防他人偷看。抄好后再把它们锁到保险柜里,明天早晨交给我本人。'

"我接受了这份工作,就……"

"对不起,打断一下,"福尔摩斯说道,"谈这话时只有你们两人在场吗?"

"是的。"

"在一个大房间里?"

"三十英尺左右。"

"谈话是在房中央吗?"

"不错,几乎是在中央。"

"你们说话声音高吗?"

"我舅父说话声音向来很低,我基本没说话。"

"谢谢,"福尔摩斯闭上双眼,说道,"请你继续往下讲。"

"我完全照他的话去做,等其他几个职员离开。最后只剩下一个名叫查尔斯·戈罗特的因有公事耽误了一会。于是我就先出去吃晚餐。当

我回来时,他已经走了。我想把这件事尽快地做好,然后乘十一点的火车到沃金去。当时约瑟夫——就是你们刚才看见的哈里森正在城里,我们要同乘那辆火车。

"看过协定内容,我立即发现舅父说的话毫不夸张,它确实很重要。它明确了大不列颠王国关于三国同盟的立场,同时它也表明了法国海军如果在地中海对意大利海军产生威胁时,英国所要采取的应对措施。协定谈及的问题完全是关于海军方面的。文件最后是协定的双方高级官员的签名。我浏览后,就开始动手抄写。

"这份文件是用法文写的,内容很长,共有二十六项条文。我抓紧时间抄写,可是到了九点才抄完九条。于是,我知道一定是赶不上十一点的火车了。因过度疲劳我有些昏昏沉沉的,想喝杯咖啡提提神,使头脑清醒些。楼下有一个小门房,彻夜都有一个门卫待在那里,按理他应给每一个加夜班的职员用酒精灯烧咖啡。所以,我就按铃叫他。让我感到吃惊的是上来一个身材高大、面容粗俗、身上围着一条围裙的老太婆,她说她是看门人的老婆,在这里做些杂活,我告诉她去煮咖啡。

"我继续抄了两条,愈发感到头昏,便站起来,在屋内走来走去,放松一下麻木的双腿。我纳闷咖啡怎么还没送来,所以就打开门,走出房间。顺走廊走过去是一条光线暗淡的笔直的走廊,并且是我办公室的唯一出口。走廊尽头有一条转弯的楼梯,看门人的小门房就在楼梯下面的过道旁。楼梯的中间有一个小平台,它和另一条走廊连通。楼梯和走廊呈丁字形,这条走廊尽头有一段楼梯通向一个仆役专用的门,此门是从查尔斯街进入本楼的捷径。这就是那个地方的大致图形。"

"谢谢,你说的我都听懂了。"歇洛克·福尔摩斯说道。"那么,下面我想请你注意听更重要的,我走下楼梯,到了大厅,发现看门人正在门房里大睡,咖啡壶中的咖啡在酒精灯上翻滚得都淌到了地板上,我拿下壶,灭掉酒精灯,刚要伸手去摇醒那个正在大睡的看守,突然他头顶上的铃声响起,他一下子惊醒过来。'费尔普斯先生!'他疑惑地望着我说道。'我来看看咖啡是否煮好了。''我正在煮咖啡时,不知不觉地

睡着了，先生。'他望着我，一边望着仍在响着的电铃，脸上露出更加奇怪的表情。'既然你在这里，那么是谁在按铃呢，先生?'他问道。'按什么铃?'我问道。'这铃是在你办公室按的。'我的心顿时紧紧地揪在一起，就是说我的办公室里有人了，而那份重要的文件就放在桌子上。我拼命地跑上楼梯奔向走廊，走廊里一个人也没有。屋内也没有人，但交给我保管的那份文件原本不见了，只剩下抄本了，福尔摩斯先生。"

福尔摩斯笔直地坐在椅子上，揉搓着双手。显然这件案子将他吸引住了。"对不起，打断一下，你当时是怎么办的?"他低声问道。"我马上猜想盗贼一定是从那个仆役专用门上楼的。如果他从正门上楼，我和他一定会碰上。""你能肯定他不会一直藏在室内，或是躲在走廊里吗?你不是说走廊灯光很暗吗?""这绝不可能，室内和走廊根本就没有可藏之处。""谢谢，请继续讲。"

"看门人见我惊慌的样子，知道出了什么大事，就跟着我上了楼。我们顺走廊直奔通往查尔斯街的楼梯，楼底下的门关着，没有上锁。于是，我们推开门，冲了出去。时间是九点三刻，这一点我完全肯定，因为当时我听见邻近的钟敲了三下。"

"这一点非常关键。"福尔摩斯一边说一边在他的衬衫袖口上记了下来。"那天晚上，天下着细雨，外面一片漆黑。查尔斯街上看不见一个人影。可是，街尽头的白厅路上却同往常一样车水马龙，我俩也顾不上戴帽子，就沿着人行道跑，在右边拐角处，看到一个警察正站在那里。

"'发生了盗窃案，'我气喘吁吁地说道，'一份非常重要的文件被人从外交部偷走了。你看见有人经过这里吗?'

"'我在这里刚站了十五分钟，先生，'警察说道，'这段时间只有一个披着一条佩兹利披巾的高个子老妇人经过。'

"'咳，那是我妻子。'看门人高声喊道，'难道没别的人吗?'

"'没有。'

"'那么，这个小偷肯定是从左拐角逃跑了。'这个家伙扯着我的袖子喊道。

"可是我根本不相信他的话，他想把我引开，这更增加了我的怀疑。

"'那个女人是向哪边走的？'

"'不知道，先生，我只看到她走过去，可是我没有理由注意她往哪儿走，她走得很急。'

"'她过去有多长时间了？'

"'啊，刚刚。'

"'没有五分钟吧？'

"'是的，不超过五分钟。'

"'你纯粹是在浪费时间，先生，现在每分钟都很宝贵，'看门人大叫道，'你要相信我，这事和我老婆没关系，快往左拐去追吧。好，你不去我去。'说着，他就向左跑。

"可是他一下子被我追上，我扯住了他的衣袖。

"'你家住在哪儿？'我问道。

"'我家在布里克斯顿的艾维巷十六号，'他回答道，'但你别被假线索给蒙蔽住了，费尔普斯先生。我们到这条街的左端去打听一下情况吧。'

"我想，听他的话也没错，于是，我们两人和警察一起赶过去，只见街上匆匆地走着来来往往的行人，没有谁愿意告诉我们什么。

"于是我们又返回外交部，重新检查了楼梯和走廊，可是仍然没发现什么。通往办公室的走廊上铺着一种米色漆布，只要有一个脚印就会被发现。我们仔细检查，可是依旧找不到一点痕迹。"

"那天晚上雨一直下吗？"

"大约从七点钟开始下的雨。"

"那么，那个女人大约在九点钟左右进到室内，穿着带泥的靴子，为什么没能留下脚印呢？"

"你能提出这个问题我非常高兴，当时我也考虑到这个问题了。这

回忆录

个杂役女工习惯于在看门人房里脱掉靴子，换上布拖鞋。"

"明白了。就是说，当晚虽然下着雨，却没有发现脚印，对吗？这些情况确实非常重要。然后你们采取了什么补救措施？"

"我们又检查了一遍房间。这房间不可能有暗门，窗户离地面有三十英尺高，两扇窗户都是插着的，地板上铺着地毯，不会有地道门，天花板是普通白灰刷的。我以性命做赌注，任何人偷了我的文件，都必须从房门逃跑出去。"

"壁炉呢？"

"房间里根本没有壁炉，只有一个火炉。电铃在我写字台的右侧，谁要按铃都必须到我写字台右侧去按。我不解的是盗贼为什么要去按铃？这实在令人费解。"

"这件事的确很异常，然后你们怎么办了？我想，你们检查过房间，应该看看那位'天外来客'是否留下什么痕迹，例如烟蒂、失落的手套、发夹之类的小东西，对吧？"

"没发现。"

"那有没有留下什么气味？"

"唉，这一点我们倒忘了。"

"啊，在调查这样的案件时，即使有一点烟草气味对我们也是大为有利的。"

"我从来不抽烟。屋里如果有一点烟味，我肯定能发现。可是房间里一点烟味也没有。唯一不能否认的事实是看门人的妻子，那个坦盖太太，肯定是从那地方慌忙出去的，看门人对此事也大为不解，只解释说他妻子平时就是在这个时间回家的。警察和我看法相同，如果文件的确落入那女人之手，那我们最好在她把文件转移之前抓住她。

"这时苏格兰场已接到警报，侦探福布斯先生立即赶到，全力以赴侦查此案。我们叫了一辆双轮双座马车，用了半小时就到了看门人说的地方。开门的是一个年轻女子，她是坦盖太太的长女。她母亲还没回来，她请我们进前厅等候。

福尔摩斯探案全集

"十分钟以后,有人敲门,那个姑娘去开的门,这是我们的一个严重失误,对此我一直在自责:为什么不亲自去开门?我们只听到那姑娘说:'妈妈,里面有两个人等着见你。'接着我们就听到一阵急促的脚步声走向过道,福布斯猛地推开门,我俩跑进了后屋,也就是她家的厨房。那女人抢先走了进去。她带着敌意望着我们,后来,突然认出了我,脸上现出十分惊讶的神情。'咦,你不是外交部的费尔普斯先生吗?'她大声说道。'喂,你把我们当做什么人了?为什么要躲开?'我的同伴问道。'我还以为你们是那个旧货商呢,'她说道,'我们和他有些麻烦。'

"'这个理由很不充分,'福布斯回答道,'我们有证据认定你从外交部偷盗了一份机密文件,然后跑到这里处理它。你必须立刻跟我们到苏格兰场去接受搜查。'

"她进行顽固抵抗,但都没有用。我们叫来了一辆马车,三个人都坐进去。临行前,我们先检查了厨房,特别是那儿的炉火,想看看是否有烧文件的痕迹,结果什么也没发现。我们一到苏格兰场,就立即把她交给了女检查员。等了很久,终于等到女检查员送来了报告,可是报告说没发现文件。

"这时,我才开始意识到我的处境非常危险。直到今日,我只顾行动,根本没思考过,我一直坚信文件可以失而复得,从未想过相反的结局。可是现在我已无可奈何,只剩下时间,我必须考虑自身的处境了,这实在太可怕了。华生可能已告诉你,我在学校时性格就胆怯而敏感,想到我舅父和他内阁里的同僚,想到我给他以及亲友们带来的耻辱,我个人也成了这个离奇横祸的牺牲品,但最重要的是文件关系到的外交利益很重大,是不许出一点意外事故的,我算是毁了。我记不起我做了些什么,我想我一定是当众歇斯底里了。我只隐约记得当时有一些同事在我身边尽力地安慰我,后来有一个同事陪我一起乘车到滑铁卢,送我上了去沃金的火车。我相信,当时如果不是遇上我的邻居费里尔医生同

回忆录

行,那位同事会一直把我送到家的。这位医生对我关怀备至,全靠他的照顾了,因为我在车站已昏过一次,在我到家之前几乎成了一个胡言乱语的疯子。

"你一定能想象得出,当医生在夜里护送我到家,家里人看到我这副样子时的情景。可怜的安妮和我母亲难过极了。费里尔医生把刚刚在车站听侦探讲的事情的前前后后告诉了我的家人,每个人的心里都明白了,我的病短时期内是不会痊愈的。所以约瑟夫马上搬出他心爱的卧室,把他的房间暂做我的病房。福尔摩斯先生,我在这里曾经躺了九个多星期,不省人事,脑神经极度错乱,如果不是哈里林小姐的陪伴及医生的精心治疗,我现在也无法同你们讲话。安妮小姐白天照顾我,晚上是一位雇的护士照顾我,因为我神经病一发作,什么事都可能做得出来。最近两三天我头脑才清醒过来,记忆力刚刚恢复。有时我甚至希望不恢复更好。我办的第一件事就是给办理此案的福布斯先生发封电报。他来到这里说他已用尽一切方法,但仍找不出一丝线索。他想方设法检查了看门人夫妇,也没结果。后来警方又把戈罗特列为怀疑对象,读者应当还记得他就是那天最晚离开办公室的人。实际上他只有两点可疑,一点是他走得晚,另一点是他的法国姓名。但问题是我是在他走以后才开始抄那份协定的。他的祖先是胡格诺派教徒血统,但他的习惯和情感和我们一样,都是英国式的,总之,没有确凿的证据来怀疑他。于是这件案子到此就停了下来。福尔摩斯先生,我把最后的希望完全寄托在你身上了,如果你也无能为力,那我的荣誉和地位就永远被断送了。"

因谈话时间过长,病人感到疲劳,便斜靠在垫子上,这时护士给他倒了一杯镇静剂。福尔摩斯头向后仰,眯着双眼,一声不响地坐着,像是无精打采,但我明白他正在紧张地思索着。

"你讲得很清楚,"他终于开口,"我想问的问题已不多了,只有一个重要的问题还不清楚,你跟什么人讲过你要执行这一特殊任务吗?"

"没有。"

"连哈里森小姐也没告诉吗?"

"是的。在那段时间里我根本没回过沃金。"

"没有亲友碰巧去看你吗?"

"没有。"

"亲友中有知道怎么去你办公室的吗?"

"啊,知道,我告诉过他们。"

"当然,如果你没有对任何人讲过执行任务的事,那么这些询问也就毫无必要了。"

"我什么也没说。"

"你了解看门人吗?"

"我只知道他曾经是一个老兵。"

"知道是哪个团的吗?"

"听说是科尔斯特里姆警卫队的。"

"谢谢。我相信,我能从福布斯那里得知详情。官方极其善于搜集情况,但却不善于利用这些情况。啊,玫瑰花太可爱啦!"

福尔摩斯走过长沙发,到开着的窗前,扶起一根低垂的玫瑰花枝,欣赏着娇艳的花朵。这是我第一次看见他对自然物如此喜爱。

"天下事中,宗教是最需要推理的了。"他把背斜靠着百叶窗说道,"推理学者有可能逐渐将推理方法设立为一门精密的学科。依据推理法,在我看来,我们对仁慈上帝的最高信仰,都寄托在鲜花之中。因为一切其他的东西,如我们的才能,我们的愿望,我们的食物,这一切首先都是为了生存的需要。而花儿就不同了,它的香气和色泽都是装饰生命的,而不是生存的条件。人类只有从善才能具有高贵的品格。我想再说一遍,人类在鲜花中寄托着美好的愿望。"

珀西·费尔普斯和哈里森小姐在福尔摩斯说这番话时望着他,脸上流露出惊讶和绝望的神色。福尔摩斯望着手中的玫瑰花陷入了沉思,几分钟后年轻女子首先开了口。"你认为解决这疑案有希望吗,福尔摩斯

回忆录

先生?"她用有些尖利的声音问道。

"这个疑案!"福尔摩斯一怔,才又回到现实生活中来,他说道,"嗯,我不否认此案是复杂难解的。不过我保证,我一定会深入调查这件事,并把我所了解的一切情况告诉你们。"

"你有线索了吗?"

"你已经给我提供了七个线索,但我要先做一下验证,才能确认它们的价值。"

"你认为谁最可疑?"

"我自己。"

"什么?"

"怀疑我的结论过于武断。"

"那就回伦敦去检验你的结论吧。"

"你提的建议不错,哈里森小姐。"福尔摩斯站起身来说道,"我想,华生,我们只能这样了。费尔普斯先生过于奢望。这件事是非常神秘的。"

"我急切地等待着你的下次到来。"这位外交人员大声说道。

"好,虽然我不能肯定会有好消息,但明天我还会在这个时候见你。""愿上帝保佑你万事大吉,"我们的委托人高声叫道,"我知道你正在努力办此案时我就有了生活的信心。对了,我接到霍尔德赫斯特勋爵的一封信。""啊!他说了些什么?""他态度冷淡,但并不严厉。一定是因我重病在身才会如此宽容的,没有责备我。他反复强调说事关重大,还说我只有恢复健康才有机会弥补失误。至于我的前程——当然他是指我被革职是无法挽回的。""啊,这也在情理之中,"福尔摩斯说道,"走吧,华生,我们在城里还有许多的工作要做呢。"

约瑟夫·哈里森先生用马车把我们送到火车站,我们很快坐上了开往朴次茅斯的火车。福尔摩斯默默无语地沉思着,直到我们过了克拉彭枢纽站,他才开口说话:"无论从哪条铁路去伦敦,都能俯看到这样一

些房子，这真是一件令人欣喜的事。"

那些景色实在不堪入目，所以我以为他是在开玩笑。但他马上解释道："你看那一片寂寞的大房子，矗立在青石之上，就像暗灰色海洋中的小岛一般。"

"那是一些寄宿学校。""那是灯塔，朋友！未来的灯塔！每一座灯塔里都装满无数颗光辉灿烂的小种子，他们将会使未来的英国更加繁荣富强。我想费尔普斯不会喝酒吧。""我想是的。""我也这样认为。我们应该想到一切可能。这可怜的人已陷入万丈深渊之中，关键是我们是否能拯救他。你认为哈里森小姐怎么样？""她是一个性格坚强的姑娘。"

"不错，她是个好姑娘，希望我没有看错。他们兄妹是诺森伯兰附近一个铁器制造商仅有的两个孩子。去年冬天旅行时，费尔普斯与她订了婚，她哥哥陪同她前来和费尔普斯家里人见面。恰巧赶上了这件不幸的事，她便留下来照顾未婚夫，她的哥哥约瑟夫·哈里森发觉这里相当不错，也就不走了。你看，我一个人已经做了些调查。不过我必须用今天一天的时间进行调查。"

"我的医务……"我开始说道。"啊，如果你认为你的那些业务比这件事更重要……"福尔摩斯尖刻地说。"我还没有说完呢，我是说我的医务不妨耽搁一两天，反正这是一年里最最淡的季节。""太好了，"福尔摩斯高兴地说道，"现在我们就一起来研究此案吧。我想我们首先从福布斯入手。从他那儿我们可能会得知我们想要的一切细节，然后我们就可以决定从哪一方面来破案了。""这么说，你已经有线索了？""对，我们已经有几个线索了，只不过必须经过深入调查，才能检验它的重要性。没有犯罪动机的案件是很棘手的，但这件案子并非没有犯罪动机。哪些人能从中渔利呢？法国大使，俄国大使，那位可以把协定出卖给任何一个大使的人，还有霍尔德赫斯特勋爵。"

"霍尔德赫斯特勋爵！"

回忆录

"对,一个政治家也可能出于某种目的,借机销毁这样一份文件。"

"霍尔德赫斯特勋爵不是一个声名显赫的内阁大臣吗?"

"即使如此他也是有嫌疑的,我们不能忽略了他。我们今天就去拜访这位高贵的勋爵,看看他能否提供一些情况。对了,告诉你我已经在进行调查了。"

"已经进行了?"

"对,我在沃金车站给伦敦每家晚报都发去一份电报,让他们刊登这样一个广告。"

福尔摩斯交给我一张从日记本上撕下来的纸,上面用铅笔写着:

五月二十三日晚九点三刻,在查尔斯街外交部门口或附近,一位乘客从一辆马车上下来,知情者请将马车号码告知贝克街221号乙,赏金十镑。

"你怎么能肯定那个盗贼是乘马车来的呢?"

"这个可能性比较大。如果诚如费尔普斯所言,办公室和走廊都无处藏身,那么偷盗人一定是从外面进来的,这种雨天从外面进来后几分钟却看不见漆布上留有脚印,那么,他就极可能是乘车而来。不错,我想我们可以这样推断。"

"这听起来好像有些道理。"

"这只是线索之一,可以据此得出某种推论。那奇怪的铃声也是本案最特殊的一点。为什么要按铃呢?是不是那个盗贼故弄玄虚?再者就是有人和盗贼一起进来,故意按铃以警告盗贼,或者是出于不小心?或者是……"他又陷入方才那种紧张的思索之中,对此我很能理解,他一定是突发奇想,想到了一些新的可能性。

我们于三时二十分到达终点站,在小饭馆匆忙进完餐,便急赴苏格兰场。福尔摩斯已提前约好福布斯先生,他正在等着我们。他身材短

小,贼头贼脑的,态度尖酸刻薄,极不友好,听过我们的来意之后,他的态度更加冷漠无礼了。"福尔摩斯先生,此前我便听说过你的办案方法。你倒是善于利用警方提供给你的一切情报,然后你自己想方设法结案,使警方毫无面子。"

"与你说的正好相反,"福尔摩斯说道,"在我已破获的五十三件案子中,只有四件案子是归功在我的名下,而警方在剩下的四十九件案子里获得了全部殊荣。我不会怪你,你还年轻,不了解情况。但是假使你想在新职业中脱颖而出,那你最好明智地与我合作。"

"我非常愿意听从你的指教。"这位侦探改变了态度说道,"直到现在我还从未从办案中得到奖赏呢。"

"你采取过什么措施呢?"

"我一直派人跟踪看门人坦盖,但他离开警卫队时大家对他的评价不错,我们也找不到什么证据。但他的妻子不是好人。她虽然表面上装做一无所知,但实际上知道的一定不会少。"

"你跟踪过她吗?"

"我们派了一个女侦探跟踪她。坦盖太太喜欢喝酒,女侦探就趁她高兴时陪她饮酒,可是仍然得不到有价值的情报。"

"我听说有一些旧货商去她家?"

"是的,可是她已还清了欠他们的钱。"

"这笔钱是从哪里来的呢?"

"看门人刚领到年金,但他们却不像手头宽裕的样子。"

"那天晚上费尔普斯先生按铃要咖啡,她上去应承,对此她如何解释?"

"她说她丈夫很累,所以她替他上去了。"

"说得也符合情理,过了一会儿就发现看门人睡在椅子上了。这么说,只发现了那个女人的品行不佳,此外没有任何其他的证据了。你问她那天晚上匆忙离去的原因了吗?连警察都注意到她那慌张的神情了。"

"她那天回去的时间比较晚,所以急于往家赶。"

"你是否质问过她,你比费尔普斯先生至少早动身二十分钟,却比他晚到?"

"她说她坐的公共马车比较慢。"

"她是否说了她到家以后跑进厨房的缘由?"

"她说,她要到厨房取钱交给旧货商。"

"她对每件事都能自圆其说。你可曾问她,她离开外交部时是否看见什么人在查尔斯街上徘徊?"

"她说只看见了警察。"

"好,看来你盘问得很彻底。另外你还采取哪些措施了?"

"九个星期以来,我一直在监视外交部职员戈罗特,却始终未查出可疑之处。"

"还有呢?"

"啊,没有了,我们找不到一点证据,束手无策。"

"你是否想到电铃为什么会响呢?"

"啊,坦诚而言,我无法解释。这家伙胆子可真不小,不仅来了,而且还敢发出警报。"

"不错,这的确很奇怪。多谢你的合作。如果我要你去抓这个人,我会通知你的。华生,走吧。"

"现在到哪里去呢?"我们离开苏格兰场时,我问他。

"去拜访那位内阁大臣和未来的英国总理——霍尔德赫斯特勋爵。"我们赶到唐宁街时,霍尔德赫斯特勋爵还没离开办公室。福尔摩斯递上名片,我们立即被召见了。这位内阁大臣按旧式礼节迎接了我们。他请我们坐在壁炉两旁豪华的安乐椅上,他站在我们中间的地毯上。他身材修长,气宇轩昂,不愧为一名显贵的大人物。

"久仰大名,福尔摩斯先生。"他笑容可掬地说道,"当然,我不能对你们的来意装做一无所知。本部仅有的一件事一定是引起了你的关

注。冒昧地问一下，你是否是受什么人的委托前来办理这件案子的？"

"受珀西·费尔普斯先生之托。"福尔摩斯答道。

"啊，我那可怜的外甥！你当然明白，因我们之间的亲属关系，我绝不能对他有丝毫的袒护。这件飞来横祸将会对他的前途极为不利，对此我十分担忧。"

"可是如果找到那份文件呢？"

"啊，那自然另当别论。"

"我想问你几个问题，霍尔德赫斯特勋爵。"

"我愿尽我所能。"

"你就是在这间办公室里吩咐你的外甥抄写文件的吗？"

"是的。"

"就是说你们的谈话很难被偷听吧？"

"绝不可能。"

"你是否对其他人提到过，你打算叫人抄写这份协定？"

"从来没有。"

"你能肯定吗？"

"当然肯定。"

"好，既然如此，你和费尔普斯都未将此事告诉过第三者，那么，盗贼只是偶然来到办公室，顺手牵羊偷走了文件。"

这位内阁大臣笑道："你所说的已非我能解答的了。"

福尔摩斯沉思片刻。"我还想和你探讨另一个关键之处，"他说道，"据我所知，你担心文件的详情一经传出，后果将不堪设想。"

这位内阁大臣的脸上立刻掠过一丝阴影，他回答："确实如此。"

"是否已经产生严重后果了？"

"目前还没有。"

"设想这份协定已经落到法国或俄国外交部，你能得到消息吗？"

"我一定能。"霍尔德赫斯特神色不快地说道。"如此说来，到现在

已将近十个星期了,仍无任何消息,我们便可以设想,由于某种原因协定还没有落到法、俄外交部手中。"霍尔德赫斯特勋爵耸了耸肩。"福尔摩斯先生,盗贼偷走这份协定当然不可能是为了将它装进柜子或是把它挂起来。""或许他在等待时机,以高价出售。"

"如果他再等一些日子,文件就失去价值了。再过几个月,这份协定就公开了,不再是秘密了。""这一点非常重要,"福尔摩斯说道,"当然,还可以设想,盗贼突然病到了……""譬如说神经失常,对吗?"内阁大臣立刻扫了福尔摩斯一眼问道。

"我并没有这样说,"福尔摩斯冷静地说道,"好了,霍尔德赫斯特勋爵,打扰你很久了,我们告辞了。""不管罪犯是谁,我都希望你尽快地查出来。"他把我们送出门外,向我们点头说道。

"他是出类拔萃的,"我们走到白厅街时,福尔摩斯说道,"不过他要想保住他的官职,还要经历一场风波。他还不够富有,可是花费不小。你应该注意到他的长统靴子是换过鞋底的。好了,华生,我不想再打扰你了,我今天只有一件事要做,那就是等那份寻找马车的启事的回音。但是,如果你明天能和我一起乘昨天坐过的那一班车到沃金去,我将不胜感激。"

第二天早晨我准时赴约,与他一同乘火车到沃金去。福尔摩斯告诉我寻车启事毫无回音,案子也是毫无头绪。他说话时,竭力把脸板得像印第安人一样毫无表情,所以我无法从他脸上推断出这件案子的现状究竟如何。他曾谈及贝蒂测量法,对这位法国学者他钦佩不已。我们的委托人依然由他那位忠心的看护人照料着,但身体状况大为好转。我们一进门,他立刻毫不费力地从沙发上站起身来热情地欢迎我们。"有消息吗?"他迫不及待地问道。

"诚如我所料,我未能带来好消息。"福尔摩斯说道,"我见到了福布斯,也见到了你的舅父,调查了一两个可能会发现问题的线索。""这么说你没有放弃?""当然没有。""上帝保佑你!听到你这样说真使

人兴奋，"哈里森小姐高声说道，"只要我们有信心，就一定能查得一清二楚。""你虽然没有说多少，我们却可以告诉你许多新情况。"费尔普斯重新坐到沙发上说道。"我希望你又发现了重要情况。"

"确实如此，昨晚我又险遭不测。"他说话时表情极其严肃，双眼透露出恐惧。他说道，"我开始相信，自己在不知不觉中变成一个罪恶阴谋的焦点。他们的目标不仅仅是我的荣誉与前途，还包括我的生命。"

"发生了什么事？"福尔摩斯叫道。"这是难以置信的，因为我并没有树立任何仇敌。可是从昨晚发生的事情来看，我只能得出一个结论：有人要谋杀我。""讲讲事情的经过。"

"昨晚我第一次独自一个人睡觉，没叫人在房内护理。我感觉不错，觉得可以自理了。不过晚上我还是点着灯。大约凌晨两点钟，我正睡意朦胧，猛然地被一阵轻微的响声惊醒。那声音很像老鼠咬木板，所以我以为是老鼠，躺着静听了一会儿。后来声音越来越大，突然从窗户上传来一阵刺耳的金属摩擦声。我震惊地坐了起来，终于弄清了是什么声音。开始那一阵声音是有人从两扇窗户缝隙间插进工具撬窗户，后一阵是拉开窗闩的声音。

"接着声音停了大约十分钟，好像那个人在等着看我是否已被响声惊醒，接着是一阵吱吱声，窗户被小心翼翼地打开了。由于我神经已经不像往常那样了，我再也忍不住了，便从床上跳起来，一下子就拉开了百叶窗。我看见一个人正蹲在窗下，眨眼间他就逃跑了。我没能看清他的长相，他蒙着面，脸的下半部都遮住了。我只能肯定一件事，那就是他手中拿着凶器，好像是一把长刀。他转身逃跑时，我清楚地看到明晃晃的刀光。"

"这非常重要，"福尔摩斯说道，"后来你怎么办了？"

"我的身体如果再好些，我一定跳过窗户去追他。可是那时我只能按铃叫醒全家。这就耽误了一些时间，等约瑟夫他们起来，人已经跑了。后来约瑟夫和马夫在窗外花圃里发现了脚印，由于近来天气异常干

回忆录

燥，他们追踪到草地，就看不到脚印了。但是，他们发现木栅栏顶端被人碰了，好像是那人翻栅栏时弄断的。我想我最好先听取你的意见，所以还没有告诉本地警察。"

我们的委托人讲述的这段经历，显然使歇洛克·福尔摩斯大为震动。他从椅子上站起来，抑制不住内心的激动，在室内走来走去。"真是祸不单行。"费尔普斯笑着说道，显然这件事使他受到了惊吓。"你确实在担着一份儿风险啊，"福尔摩斯说道，"你能和我一同去宅院附近走走吗？""啊，当然可以，我喜欢晒太阳。约瑟夫也一起去吧。""我也去。"哈里森小姐说道。"你最好还是不去，"福尔摩斯摇头说道，"我必须请你留在这里。"

姑娘不悦地坐回原来的位置，而她哥哥则与我们同行，于是我们四人一同出了门。我们走过草坪，来到这位年轻外交家房子的窗外。诚如他所说，花圃里的确有一些痕迹，可是已非常模糊，无法辨认了。福尔摩斯俯身看了一会儿，然后耸耸肩站起身来。

"任何人都无法从这些痕迹中发现有用的情况，"他说道，"我们到宅子四周走走，看看盗贼为什么偏偏选中了这所房屋。我倒认为这间客厅和餐室的大窗户应该对他更具吸引力。"

"可是那些窗户从大街上可以被别人看得一清二楚。"约瑟夫·哈里森先生提醒说。

"啊，当然。可是这里有一道门，他完全可以从这里试一试。这道门是做什么用的？""这是供商人进出的侧门。夜晚当然是锁上的。""以前你受过类似的惊吓吗？""从来没有。"我们的委托人回答。"你房子里有金银餐具或其他招引盗贼的贵重物品吗？""没有。"

福尔摩斯双手插进衣袋，以一种前所未有的不太在意的神情，在房屋周围遛来遛去。"对了，"福尔摩斯对约瑟夫·哈里森说道，"你不是发现了那个人翻过栅栏的地方吗？领我们去看看。"约瑟夫·哈里森把我们引到一个地方，那地方有一根木栏杆的尖被碰断了，还在耷拉着。

福尔摩斯把它折下来，认真地察看着。

"你以为这是昨晚才碰断的吗？这痕迹已经很陈旧了，对吧？"

"啊，可能是这样。"

"这儿也没有从栅栏跳到外边去的脚印。在这儿不会找到有用的线索了，咱们还是回卧室去研究吧。"珀西·费尔普斯被未来的姻兄搀扶着，走得非常慢。福尔摩斯和我快速地穿过草坪，回到卧室里开着的窗前，那两人远远落在后面。

"哈里森小姐，"福尔摩斯神情极其严肃地说道，"你一定要整天守在这里别动，无论发生什么事都不要离开这里，这很重要。"

"福尔摩斯先生，我一定会照你的话去做。"姑娘惊奇地说道。

"你睡觉之前把屋门从外面锁上，钥匙自己拿着。请记住！"

"可是珀西呢？"

"他要和我们一起去伦敦。"

"我自己留在这里吗？""这是为他着想，你可以给他很大的帮助。请你答应！"她很快地点头应允，这时那两人恰好刚走进屋来。"安妮，你怎么愁眉不展的？"她哥哥高声问道，"出去晒晒太阳吧！""不，谢谢你，约瑟夫，我头有点痛，恰好屋子还凉爽。""你现在有什么计划，福尔摩斯先生？"我们的委托人问道。"啊，我们不能因小失大，因为小事而放弃主要目标，我希望你能同我们一起到伦敦去，这样对我大有帮助。""马上就走吗？""对，如果方便，越快越好，一小时可以吗？""我感到身体恢复得很不错了，真的对你有帮助吗？""非常可能。""你或许要我今晚住在伦敦吧？""我正打算这样。""那么，那位夜行人如果再来拜访我，他就会失望了。福尔摩斯先生，我们听你的吩咐，你一定要告诉我们你的计划。你不想让约瑟夫和我们同行吗？他可以照顾我。""啊，不必了，你知道华生先生是医生，他会照顾你的。如果你不反对这么做，我们就在这里吃午饭，饭后我们三人启程。"

一切都按他的意见安排妥当，只有哈里森小姐按照福尔摩斯的意

回忆录

见，托辞留在这间卧室里。我不知道福尔摩斯有什么计谋，莫非他想让那位姑娘离开费尔普斯？费尔普斯也因为已经恢复了健康，非常期望参加行动，他愉快地和我们一起用午餐。饭后我们一同到车站，在把我们送上车后，歇洛克做了一件使我们大为震惊之事，他说他不想离开沃金了。

"我还有一两件小事要搞清楚。"他说道，"费尔普斯先生，你不在这里，在某些方面反而对我更方便。华生，到伦敦以后，立即和费尔普斯一同乘车到贝克街，一直到我去找你们。你一定要照我的话做。你俩是老同学，可以有许多共同话题的。今晚让费尔普斯先生住在我那间卧室里。我明天早晨乘八点钟的火车到滑铁卢车站，正好可以和你们一起进早餐。"

"但是我们在伦敦还要调查事情呢。"费尔普斯沮丧地说。

"这些事明天做也来得及，但我现在留在这里是非常必要的。"

"你回布里尔布雷后可以转告我的家人，就说我明天晚上回去。"我们的火车即将开动时，费尔普斯喊道。

"我不一定回布里尔布雷。"福尔摩斯答道。在火车离站时，他兴奋地向我们挥手致意。

费尔普斯和我一路上都在谈论这件事，可是我俩对他的这个新行动都十分不解。"我猜想，他是想回去找出昨夜盗贼的线索，如果真有盗贼的话。但我是绝对不会相信那是一个普通的盗贼的。"

"那你的看法呢？""坦率地说，即使你可能认为我神经脆弱，但我还是深信在我周围正秘密地进行着某种政治阴谋，并且由于某种我不知道的原因，这些阴谋家想谋害我。这听起来似乎有些夸大其辞，但是事实确实如此。为什么盗贼竟想撬开无物可盗的卧室的窗户？他又为什么手中拿着长刀呢？""你确认那不是撬门用的撬棍吗？""没错，肯定是一把刀。我很清楚地看到刀光的闪动。"

"可是究竟是什么原因会使他怀有如此强烈的仇恨要杀害你呢？"

福尔摩斯探案全集

"啊,这就是问题的所在了!""好,如果福尔摩斯也是如此看待,那么就可以解释他这一行动的缘由了,对吧?如果你的想法是对的,他能抓住昨晚那个夜行者,那他就向找到偷文件的人这个目标前进了一大步。但是如果你有两个仇人,一个偷了你的东西,另一个来威胁你的生命,那未免太滑稽可笑了。"

"可是福尔摩斯说他不去布里尔布雷。""我跟他相处也很久了,"我说道,"他做任何事一向都有充分的理由。"说到这里,我们便转入了其他话题。

这一天搞得我精疲力尽,费尔普斯大病一场后身体还很虚弱,不幸的遭遇使他情绪极不稳定,容易被激怒和紧张不安。我尽力讲一些我在阿富汗、在印度的往事,以便消除他的紧张和烦恼,但都失败了。他仍念念不忘那份丢失的文件,费尽心思猜测着福尔摩斯正在做什么,霍尔德赫斯特勋爵正在采取什么措施,明天早晨我们会听到什么消息。夜深之际,他由激动变得痛苦异常。

"你非常信赖福尔摩斯吗?"

"我亲眼目睹他办了许多出色的大案子。"

"可是他还从未侦破过像这样毫无头绪的案子吧?"

"啊,不,他解决过比这更棘手的案子。"

"但关系并不是如此重大吧?"

"这我倒不十分了解,但他的确曾经为欧洲三家王室办过极其重要的案子。"

"华生,你是很了解他的。他是如此不可思议。你认为他真的有希望成功吗?你认为他打算侦破这件案子吗?"

"他什么也不说。"

"这不是一个好征兆。"

"恰恰相反。我发现,他失去线索的时候总是会向大家说明他失去了线索。只有在他找到一点线索而又不是十分肯定时,他才会保持沉

默。现在,我亲爱的朋友,你为这事而坐立不安真是太无益了,你应该马上去睡觉,这样,明天早上不管消息好坏,都能精力旺盛地去处理。"

他终于接受了我的劝告,但我从他激动的神情中看出,他是不可能安睡的。他的情绪也感染了我,我在床上也是辗转难眠,猜测着这个奇怪的问题,得出许多不能成立的结论。福尔摩斯为什么留在沃金呢?为什么他要哈里森小姐整天留在病房里呢?为什么他那么小心谨慎,不让布里尔布雷的人知道他留在附近的打算呢?我在冥思苦想中渐渐入睡。我一觉醒来,已经七点钟了,便立即起身到费尔普斯的房里去看他。他面容憔悴,肯定是整夜没有入睡。他见面说的第一句话就是问福尔摩斯回来没有。

"他一向说到做到。"我说道。果然,八点刚过,一辆马车疾驰到门前。我们站在窗前,看到福尔摩斯从车上跳下来,他左手缠着绷带,面色苍白,神情严肃。他进入宅内,过了一会儿才来到楼上。

"他好像精疲力竭了。"费尔普斯喊道。我同意他的说法。"这件案子的线索可能还是在城里。"我说道。

费尔普斯呻吟了一声。"这事情究竟是怎么一回事,我虽然不清楚,"他说道,"可是我对他回来寄以重望。他昨天还是好好的,究竟发生了什么事?""福尔摩斯,你没有受伤吧?"我的朋友走进屋内时,我问道。"没什么大碍,我不过是因为手脚笨拙而擦破了皮。"他一面点头向我们问候,一面回答道,"费尔普斯先生,你这件案子,在我所经办过的案子中可算是最神秘的了。"

"我担心你对案子感到力不从心了。"

"这是一次十分奇异的经历。"

"你手上的绷带就说明了这一点,"我说道,"你能否告诉我们发生了什么事?""等吃过早餐再说吧,亲爱的华生,今天早晨我可是从萨里赶了三十英里路。大概我那份寻找马车的启事还没有消息吧?好了,好了,我们不能奢求太多。"餐桌已经收拾好了,我刚要按铃,哈德森

太太就把茶点和咖啡送来了。她很快又上了三份早餐,我们一齐就坐,福尔摩斯狼吞虎咽地吃起来。我好奇地望着,费尔普斯神情沮丧。

"哈德森太太动作很利落,很善于应急,"福尔摩斯把一盘咖喱鸡的盖子打开说道,"她会做的菜虽然不多,但今天的早餐真是不错。华生,你的菜是什么?""一份火腿蛋。"我答道。"太好了!费尔普斯先生,你喜欢咖喱鸡还是火腿蛋?要不你就吃你自己那一份吧。"

"谢谢,我什么也不想吃。"费尔普斯说道。

"来吧!请吃一点你的那一份。"

"谢谢你,我确实没胃口。"

"好,那么,"福尔摩斯顽皮地眨了眨眼,说道,"请别拒绝我的好意。"费尔普斯刚打开盖子,突然发出一声尖叫,面色像白纸一样,他呆呆地坐在那儿盯着盘子。我一看,原来盘内放着一个蓝灰色小纸卷。费尔普斯猛然把它抓起来,两眼直愣愣地看着,然后把那纸卷按在胸前,兴奋得大叫,并在室内痴狂地手舞足蹈起来,然后又因过分激动而瘫倒在一张扶手椅中。我们只好给他喝了一点白兰地,以免他昏过去。

"好啦!好啦!"福尔摩斯轻轻地拍着费尔普斯的肩膀,安慰道,"我这样出人意料地把它交给你,真是太糟糕了,不过我总是习惯把事情做得带有戏剧性。"费尔普斯抓着福尔摩斯的手不停地吻着。

"上帝保佑你!"他大声喊道,"你挽救了我的荣誉。""没什么,你知道,这也关系着我自身的荣誉,"福尔摩斯说道,"我应该事先让你有所准备,我办案失败,和你受托失信同样都是不愉快的。"费尔普斯如获至宝地把这份珍贵文件揣进他贴身上衣的口袋。

"非常不想打扰你进餐,可是我迫不及待地想知道你是在哪里找到它的。"歇洛克·福尔摩斯喝完一杯咖啡,吃完火腿,然后站起身来,点上烟斗,安然地坐到椅子上。

"好,我说说我都做了什么事。"福尔摩斯说道,"从车站和你们分手后,我就悠然自得地徒步而行,经过风景怡人的萨里区,来到一处名叫

回忆录

里普利的小村落,在小客店里吃过茶点,灌满水壶,口袋里装了一块夹心面包,做好了一切物资准备。一直等到傍晚,我才又返回沃金。当我走到布里尔布雷旁边的公路时,天已近黄昏了。

"嗯,我一直等到公路上寂静无人——我想,那条公路上行人一向不多——于是我便悄悄地爬过栅栏,来到屋后宅地。"

"那大门日夜都是开着的啊。"费尔普斯突然喊道。"不错,可是我特别愿意这么做,我找了一处长着三棵枞树的地方,借枞树的掩蔽,我走了过去,屋子里任何人都看不到我。我蹲在旁边的灌木丛中,从一棵树谨慎地爬到另一棵——我裤子膝盖破成这样就是因为如此——一直爬到你卧室窗户对过的那丛杜鹃花旁边。我在那儿蹲下来,静候事情的进展。

"你房里的窗帘还没有放下,我望见哈里森小姐独自一人坐在桌旁入神地看书。待到她合上书关好百叶窗离开卧室时,时间已是十点十五分了。我清楚地听到关门声和她用钥匙锁门的声音。"

"钥匙?"费尔普斯惊讶地喊道。

"是的,我事先告诉她这么做的,让她睡前把你的卧室从外面锁上,而且自己保留钥匙,她非常配合,否则你也不会拿到你上衣口袋中的那份文件了。后来她走开了,灯也熄了,我仍然蹲在杜鹃花丛中。

"月光皎洁,但守候的滋味还是不好受。当然,心情自然是非常激动了,就像渔人躺在河边等待鱼群一样。不过,时间太长了,华生,和咱们在侦察'斑点饰带案'那个小问题时,在那间死气沉沉的屋子里等候的时间一样漫长。沃金教堂的钟声一阵阵地传来,我多次地想也许会白等。但是工夫不负有心人,我终于在凌晨两点钟左右听到有人打开门闩和钥匙转动的响声。瞬间,供仆役出入的门开了,约瑟夫·哈里森先生在月光下缓缓而出。""约瑟夫!"费尔普斯突然喊道。"他光着头,可是肩上披着一件黑斗篷,以防万一事情不妙他可以立即把脸蒙上。他蹑手蹑脚地走到墙壁阴影下,靠近窗户,拿出一把薄片长刀插入窗框,

拨开窗闩。然后他撬开窗户，又把刀子插进百叶窗缝中，打开了百叶窗。

"我藏身之处地势甚佳，可以看清室内情况和他的一举一动。他点着壁炉台上的两支蜡烛，卷起门旁地毯的一角，然后弯腰取下专供修理煤气时使用的一块小方木板。木板盖着丁字形煤气管接头，其中有一条管子通往楼下厨房，是给厨房供煤气用的。约瑟夫从这隐蔽之处取出一小卷纸来，把木板重新盖好，又把地毯铺平，吹灭了蜡烛，因为我正站在窗外守候他，他便撞进我的怀里。

"啊，约瑟夫先生比我想象中的还要可怕！他拿刀向我扑来，我迫不得已只好再次抓住他，在我占优势之前，我的手指让刀划伤了。在我空手擒住他后，他只能用一只眼了，看起来真像个凶犯，但他听从了我善意的劝告，交出了文件。我拿到文件后，就放他走了。不过我今早给福布斯发了一份电报，告诉了他一切。他如果动作快，就能抓住他要抓的人。但我预计他赶到那里人已经逃走了，呃，也许政府正希望如此吧。我想，首先是霍尔德赫斯特勋爵，其次是珀西·费尔普斯先生，都不愿意让这件案子经过法庭审理。"

"天啊！"我们的委托人惊叹道，"你的意思是说在我倍受煎熬的十个星期里，这份失窃文件始终在我的那间屋子里吗？""不错。""那么约瑟夫是一个罪恶的盗贼了！"

"咳，约瑟夫实际上是一个极其阴险的人物，我从他今早对我说的话推断出，他在股票交易中亏了大本，为了扭转运气，他什么坏事都干得出。他极端自私，只要有机可乘，他会不顾一切，既不顾他妹妹的幸福，更不考虑你的名誉。"

珀西·费尔普斯坐回他的椅子上。"我的头都大了，"他说道，"你的话使我更加昏了头。"

"你这件案子这么困难，"福尔摩斯说教似的指出，"就因为线索太多，反而被不相关的表象给遮蔽了。我们面对的事实太多，只能加以必

要的选择,再把它们串起来,分析这一连串怪事的各个环节。我最先对约瑟夫产生怀疑的根据是,你曾打算在失窃的当晚和他一起回家,我自然而然地想到他一定会来找你,因为他对外交部既熟悉又顺路。后来我听你说有人急于潜入那间卧室,我认为,只有约瑟夫才可能把文件藏在那间卧室里,因为你说过你那天和医生一起进入了卧室,并且约瑟夫搬出了卧室,因此我的怀疑就变成了肯定。尤其是第一天夜里没人陪你就有人打算潜入卧室,这完全可以证明这个人对房内的情况相当熟悉。"

"我一直把他当亲人啊。"

"案子发生的前后过程是这样的:约瑟夫·哈里森从通向查尔斯街的那个旁门走进外交部,他熟悉路,恰逢你离开办公室时他直接闯了进去,发现屋内空无一人,立刻按起电铃来。正在按铃时,不经意看到了桌上的文件。霎那间,他觉得他面前是一个大好时机,可以得到一份价值不菲的机密文件,于是他马上把它揣到口袋里匆忙而去。正如你所回忆的那样,几分钟之后打盹刚醒的看门人才提醒你铃声响了,这已经给了他足够的时机逃跑了。

"他乘第一班车回到沃金,细看了文件,确定它珍贵无疑,便把那份协定藏到他认为万无一失的地方,打算在一两天内取出,送到法国大使馆或者他认为可以出高价的任何地方。可是你突然回家,让他措手不及,不得已从那间卧室搬了出来。从那时起,屋里一直有两个人在,他无法把东西取走,这使他急若热锅上的蚂蚁。他终于等到了机会,可是那天你没有睡熟,使他的计划失败了。你可能还记得,那天晚上你没有服用你常用的那种药。"

"是的。"

"我想,他一定在药里做了手脚,因此他相信你那天一定会毫无知觉了。我知道,只要他觉得毫无危险还会再干,你离开卧室自然是他的机会来了。我让哈里森小姐整天守在屋里,目的无非是使他不能在我们外出时先下手。我表面上让他误认为没有危险,同时又密切监视着卧室

内的一切。我早就想到文件极可能是藏在卧室里,但我又不愿盲目地拆开所有的地板和壁脚去搜寻文件,因此让他自己从隐藏之处拿出来,岂不是更好吗?还有什么疑问吗?""第一次他本来可以从门进去,为什么选择撬窗户呢?"我问道。

"如果从门进,他必须绕过七间卧室,但他从窗户却可以轻松地跳进草坪。""你不认为他有什么行凶的企图吗?那把刀子难道还有其他用途吗?"费尔普斯问道。"也许,"福尔摩斯耸耸肩膀回答道,"但我能肯定约瑟夫·哈里森先生绝非是一个有恻隐之心的君子。"

回忆录

最后一案

　　我怀着十分沉痛的心情提笔写下这"最后一案",将我的朋友歇洛克·福尔摩斯的卓越才能呈现在读者面前。从初次把我们结合在一起的"血字的研究"到他介入的"海军协定",虽然写得断断续续,而且我也明显感到不尽如人意,但我一直在用我的绵薄之力把我和他奇异的经历记录下来。我本来只想写到"海军协定"一案为止,再也不想提那件使我一生感到惆怅的案子,两年的时间过去了,这种惆怅之情依旧。最近詹姆斯·莫里亚蒂上校公开发表了几封信,为他已故的兄弟辩护。我没有选择余地,只能将事实真相公诸于世。据我所知,报纸上对此事做过三次报道:第一次见于一八九一年五月六日《日内瓦杂志》,第二次见于一八九一年五月七日英国各报刊载的路透社电讯,第三次就是我上面提及的最近才发表的几封信。前两次的报道都过分简略,但最后一次完全是被扭曲了的真相。将莫里亚蒂教授和歇洛克·福尔摩斯之间发生的事实真相公诸于众是我的责任。

　　读者可能还依稀记得,自从我结婚及婚后开业行医以来,福尔摩斯和我之间极为亲密的关系与先前相比明显变得疏远了。当他在调查中需要助手时,依旧来找我,但这种情况很少了。我发现,在一八九〇年我只记载了三件案子。那年冬天和一八九一年初春,我读报得知福尔摩斯受法国政府之托,承办一件重要的案子。后来我收到福尔摩斯两封信,一封是从纳尔榜发来的,另一封是从尼姆发来的,据此我推断他定要在法国逗留一段时间。然而,令我惊讶的是一八九一年四月二十四日晚上,他突然来到我的诊室,他看来比平时苍白和消瘦许多。

　　"没错,近来我把自己搞得很疲劳。"他看到我的神情,不待我发问便抢先说道,"最近我有点吃不消。你介意我关上百叶窗吗?"

  我那摆在桌上、用以阅读的灯是室内仅有的光亮,福尔摩斯有些谨慎地顺墙边走过去,关上两扇百叶窗,插紧插销。

  "你不会是在怕什么东西吧?"我问道。

  "对,我害怕。"

  "怕什么?"

  "怕遭到汽枪袭击。"

  "我亲爱的福尔摩斯,你怎么了?"

  "我想你是非常了解我的,华生,我一向不是胆小怕事的人,但是如果一个人大难临头还嘴硬,那他就是有勇无谋之辈了。给我一根火柴好吗?"福尔摩斯抽着烟,表现出仿佛很喜欢香烟的镇定作用似的。

  "深夜来打扰你我非常抱歉,"福尔摩斯说道,"还有一事相求,希望你能破例允许我现在从你的花园翻墙出去,离开你的住所。"

  "可是这一切究竟是怎么回事?"我问道。

  他伸出手,借着灯光我看见他两个指关节受了伤,正在往外流血。

  "你看,这并非是虚假的吧,"福尔摩斯笑道,"这是完全真实的,甚至可以把人的手弄断呢。尊夫人在家吗?"

  "她外出访友去了。"

  "只剩你一个人,太好了。"

  "是的。"

  "我想请你陪我到欧洲大陆去做一周旅行。"

  "到哪里去呢?"

  "啊,什么地方都可以,我无所谓。"

  太令人难以置信了,福尔摩斯从来不喜欢毫无目的地度什么假。我从他那苍白憔悴的面容中看出他的神经极度紧张。福尔摩斯从我的眼神中看出了我的疑惑,于是便把两手手指交叉在一起,胳膊肘支在膝上,做了解释。

  "你可能从没听说过有个莫里亚蒂教授吧?"他说道。

  "是的。"

回忆录

"啊,大千世界无奇不有啊!"福尔摩斯大声说道,"这个人的势力遍及整个伦敦,却没一个人听说过他。正因为如此他的犯罪记录达到了登峰造极的地步。说真的,华生,如果我能打败他,如果我能为社会除掉他这个祸害,那么我就会觉得我的事业也达到巅峰了,我准备过一种较为安静的生活。有件事不要给外人讲,近来我为斯堪的那维亚皇室和法兰西共和国办的那几件案子,给我提供了一个极好的机会,使我能过上一种我所喜爱的安宁的生活,并且能集中精力从事我的化学研究工作。但是,华生,当我想到像莫里亚蒂教授这样的人还在伦敦街头为所欲为,我就无法安心地静坐在安乐椅中悠闲自得了。"

"那么,他有什么恶行?""他可不是等闲之辈。他出身大家庭,受过高等教育,有数学天赋。二十一岁那年他发表了一篇关于二项式定理的论文,曾在欧洲盛行一时。他借机在一些小学院里获得了数学教授的职位,而且他的前程显然也是美好的。但他又继承了他先世凶残的本性。他血液中的罪恶成分不但没有减轻,反而因他那超人的智商而变本加厉。大学区也流传着他的一些劣迹,最终他不得不被迫辞去教授职务,来到了伦敦,想当一名军事教练。关于他的情况,人们只知道这些。但我下面要告诉你的是我自己了解的情况。

"华生,你是知道的,我对伦敦那些高级犯罪活动了如指掌。这些年,我一直感觉那些犯罪分子背后潜藏着一股阴险的势力,他们在与法律作对,庇护着那些为非作歹之徒。我所办理的案件,各种各样——伪造案、抢劫案、凶杀案,使我感到这股恶势力的存在,这感觉越来越强。我运用推理方法发现了这股势力在一些尚未破获的犯罪案件中的活动,虽然这些案子并未邀我承办,但多年来,我想方设法去揭开掩蔽这股势力的黑幕,这一时刻终于让我等到了。我抓住线索,跟踪追击,经过上百次的曲折才找到了那位数学名流、退职教授——莫里亚蒂。

"他是罪犯中的拿破仑,华生。伦敦的犯罪活动有一半是他在操纵的,几乎所有未被侦破的犯罪活动都是他干的。他是个奇才,一个深奥的哲学家和思想家。他具有一流的头脑。他像一只蜘蛛蛰伏于蛛网的中

心，静观一切，对蛛网的每一丝每一缕的震动都了如指掌。他很少亲自动手，只是出谋划策。他的手下众多，组织严密。可以说，如果有人要作案，要盗窃文件，要抢劫一户人家，要暗杀某一个人，只要传给教授一句话，马上就会有人去周密地组织犯罪活动，付诸实施。他的手下即使被捕，他也能用钱把他们保释出来，或为他们进行辩护。可是指挥这些党羽的主犯却一直逍遥法外，从来也没被怀疑过。这就是我推断出的他们的组织情况，华生，我一直在全力揭露和破获这一组织。

"可是这位教授周围的防范措施极其严密，策划得狡诈异常，尽管我绞尽脑汁，目前还不能获得可以将他绳之以法的罪证。华生，你知道我的能力，可是经过三个月的努力，我不得不承认，至少他的智力是与我相当的。我对他的罪行的厌恶竟然抵不上我对他的本事的钦佩。终于他出了个纰漏，一个很小很小的纰漏，不过，在我把他盯得这么紧的时候，这点纰漏也是不应该的。我既已抓住机会，便从这个小漏洞开始，到现在我已在他周围布下天罗地网，一切安排妥当，只等收网了。再过三天——也就是下星期一，时机就成熟了，教授和他那一伙人，就要全部落入警察之手。那时就会进行本世纪以来规模最庞大的审判，破获四十多件悬而未结的疑案，把他们全部判处绞刑。可是如果我们的行动稍有不慎，他们即使在最后关头也会逃脱的。

"唉，如果能把这件事做得很周密，使莫里亚蒂教授毫无觉察，那就万事皆顺了。不过莫里亚蒂实在狡诈，我在他周围设的每一张网，都被他一次又一次地破网而逃，但又被我一次又一次地阻截了。我告诉你，我的朋友，如果把我和他暗斗的每一回合都详细地记录下来，那是能以辉煌的一页载入明枪暗箭的侦探史册的。我是第一次达到这样的顶峰，也是第一次被对手逼得这样紧。他干得极有效，而我刚好超过他。今天早晨我已经完成了最后的部署，只需三天就能结案。我正坐在室内全盘考虑这件事时，房门突然打开了，莫里亚蒂教授出现在我面前。

"我的神经已经够坚强了，华生，不过我必须承认，在我看到那个使我耿耿于怀的人站在门口时，也不免吃了一惊。我对他的容貌太熟悉

回忆录

了,他非常高,身体瘦削,前额隆起,双目深陷,脸刮得很光,面色苍白,有点像苦行僧,但依旧保持着某种教授风度。他的背因过多的学习与劳累有些佝偻,探头探脑的样子古怪而又猥琐。他眯缝着双眼,十分好奇地打量着我。

"'你的额头并不像我所想象的那样发达,先生,'他终于说道,'摆弄睡衣口袋里子弹已经上膛的手枪,是一个危险的习惯。'

"事情是这样的,在他进来时,我立即意识到我的生命面临巨大的威胁,对他而言,唯一的脱身之计就是杀我灭口。所以我急忙从抽屉里抓起手枪悄悄塞进睡衣口袋里,并隔着衣服对准了他。一经他点破,我立即把手枪拿出来,把机头张开,放到桌上。他依然满面笑容,眯着双眼,可是我从他的眼神中发现了凶光。我为自己手头有枪而暗自庆幸。

"'你显然不是非常了解我。'他说道。

"'你错了,'我答道,'我认为我对你了解得一清二楚。请坐,我可以给你五分钟,有话就说吧。'

"'我想说的你早就明白了。'他说道。

"'那么说,我的回答你也早已料到了。'我回答道。

"'你不肯让步吗?'

"'绝不!'

"他猛地把手插进口袋,我迅速拿起桌上的手枪。但他只掏出一本备忘录,上面潦草地写着一些日期。

"'一月四日你阻碍过我的行动,'他说道,'二十三日你又妨碍了我;二月中旬你给我找了很大麻烦;三月底你彻底破坏了我的计划;四月将尽时,我发现,因你不断跟我作对,找我的麻烦,我很可能有丧失自由的危险。事情已经到了忍无可忍的地步。'

"'你有什么打算吗?'我问道。

"'你必须住手,福尔摩斯先生!'他晃着脑袋说道,'你应该明白你必须住手。'

"'过星期一再说。'我说道。

　　"'啧,啧!'他说道,'我确信,聪明的你会明白这件事只有一个结局,那就是你必须撒手,你做得太绝,我们只有一招。看到你把事情破坏成这个样子,这对我来说简直是智力游戏。我坦率地告诉你,如果我被逼迫而采取任何极端措施,那会是令人非常伤心的。你尽管笑吧,先生,可是我向你保证如果是这样,那简直是不可收拾的。'

　　"'干我们这行危险是难免的。'我说道。

　　"'这不仅是危险,'他说道,'而是一场毁灭。你所面对的不仅仅是一个人,而是一个强大的组织,虽说你机智过人,但还是没有充分意识到这个组织的厉害。福尔摩斯先生,你要是聪明就少管闲事,否则性命不保。'

　　"我站起身来说道,'我想,我们谈得太久会影响我去办其他重要的事务。'

　　"他也站起身来,凝望着我,难过似的摇摇头。

　　"'好吧,'他终于说道,'很可惜,但我已竭尽所能了。你的小把戏我看得一清二楚,星期一之前你无计可施,这场决斗不是你死就是我亡。我告诉你,想把我送上被告席是梦想。你想打败我和毁灭我,你一定不会逃脱死亡的命运。'

　　"'承蒙你夸奖,莫里亚蒂先生,'我说道,'为了答谢你,我发誓,只要能毁灭你,那么,为了公众的利益,即使和你同归于尽,我也无悔。'

　　"'我答应与你同归于尽,但绝不是你毁灭我。'他怒吼着走出房去。

　　"我和莫里亚蒂教授的谈话到此为止。我承认我心里确实不舒服。他说得那么平静、肯定,我相信他是有备而来的。一个普通的罪犯是办不到这一点的。你很可能会问我:'为什么你不找警察盯着他呢?'因为我相信他会叫爪牙来加害我。我有最充分的证据,证明事情一定会发展到如此地步。"

　　"你已经遭到袭击了吗?"

回忆录

"我亲爱的华生,莫里亚蒂教授是一个不失时机的人。那天中午我到牛津街办事,刚到本廷克街和韦尔贝克街十字路口的转弯处时,一辆双马货车像闪电一般向我驰来。在这千钧一发之际,我猛地跳到人行便道上才幸免于难。货车眨眼间冲过马里利本巷飞驰而去。这件事后,为了安全我便只走人行道,华生,可是当我走到维尔街时,突然从一家屋顶上落下一块砖在我脚旁摔得粉碎。我找来警察,检查了那个地方,屋顶上堆满了修房用的砖瓦。他们对我说是大风作祟。我心里明镜一般,却找不出证据证明是有人加害于我。后来,我便叫了一辆马车,到蓓尔美尔街我哥哥家,在那里度过了白天。方才我到你这里来时,在路上又遭到歹徒的大头棍棒的袭击,我打倒了他,警察把他拘留起来。我的手就是因为打在他的门牙上才把关节蹭破了,但是警察绝对不可能查出歹徒和莫里亚蒂之间的关系,我确信,那位教授现在正站在十英里以外的一块黑板前面解答问题呢。华生,现在你该理解我到你家首先关好百叶窗,然后又请你允许我从你的后墙而不从前门离开住宅的原因了吧。"

我非常佩服我朋友英勇无畏的精神,他讲述的这一系列突发事件用恐怖形容也不为过。现在他坐在那里心平气和地讲着这一天所经历的那些令人胆战心惊的恐怖事件,这使我对他更加钦佩了。

"你在我家过夜吧!"我说道。

"不,这样会给你带来危险。我已做好准备,一切都会顺利的。现在我不用再帮忙了,警察已经有能力逮捕那些不法之徒了,我只须将来出庭作证了。所以,在警察采取行动前,我最好离开此地,这样便于警察自由行动。如果你能陪我到大陆去旅行一趟,那将是我最快乐的一件事。"

"最近医务恰好不忙,"我说道,"我又有一位愿意帮忙的好邻居,我很高兴陪你前往。"

"你不反对明天早晨动身吧?"

"当然可以。"

"那好,下面我告诉你怎样做。亲爱的华生,你一定要一丝不苟地

福尔摩斯探案全集

去照做，因为现在我俩正在同最狡诈的暴徒和欧洲最大势力的犯罪集团殊死一搏。注意！你不管带什么东西，都不要在上面写明发往何处，并在今晚派一个可靠的人送往维多利亚车站。明天早晨你雇一辆双轮马车，但嘱咐你的仆人不要雇第一辆和第二辆主动来揽生意的马车，你坐上双轮马车，在纸条上面写上驶往劳瑟街斯特兰德尽头处并交给马车夫，告诉他别把纸条扔掉。你要事先把车费付清，车一停马上穿过街道，在九点一刻到达街的另一端。你会见到一辆四轮轿式小马车在街边等着，赶车的人身披黑色斗篷，领上镶有红边，你上了车，便能及时赶到维多利亚车站搭乘开往欧洲大陆的快车。"

"我在哪里和你会合？"

"在车站。我们订的座位在从前往后数第二节的头等车厢里。"

"就是说车厢是我们的会合地点了？"

"是的。"

我留福尔摩斯过夜，他执意不肯。显然他认为他的留宿会招惹麻烦，所以他必须离开。他简略地讲明了我们明天的计划，便起身和我一同走进花园，他翻墙到了莫蒂默街，我听见他立即唤来一辆马车，他乘车离去。

第二天一早，我一丝不苟地按照福尔摩斯的吩咐去做，采取了谨慎的措施，防止来的马车是专等我们往下跳的陷阱。我吃过早饭，选定了一辆双轮马车，立即驶往劳瑟街，后来我飞速穿过这条街。一位身材高大的车夫披着黑斗篷，驾着一辆四轮小马车正等在那里，我一步跨上车，疾驰往维多利亚车站，我一下车，他便调转车头飞驰而去。

目前为止，一切进展极为顺利，令我钦佩不已。我的行李已在车上，我非常顺利地找到了福尔摩斯指定的车厢，因为只有一节车厢上标着"预定"字样。现在只有一件事使我心急：福尔摩斯还没来。我看了看车站上的钟，距开车时间只有七分钟了。我在一群旅客和送行的人群中寻找他那瘦削的身影，却毫无收获。我见到一位年龄很大的意大利教士，说着蹩脚的英语，费力地想让搬运工明白，他的行李要托运到巴

回忆录

黎。我便上前帮了点忙费了几分钟。然后我又环顾四周。回到车厢里，发现那个搬运工竟然不顾票号，把那位意大利教士领到我的车厢。尽管我对老教士百般解释，告诉他那是别人的座位，可是根本没用，因为我说意大利语比他说英语还糟，最后我只好无奈地耸了耸肩，继续焦虑地寻找我的朋友。我想到昨夜他可能是遭到了袭击，所以今天没来，不由得一阵紧张。火车所有的门都关上了，汽笛响了，此时……"亲爱的华生，"耳旁传来一个声音，"你还没有向我道早安呢。"我大吃一惊，急忙转头，这时那老教士向我转过脸来。他先前那满脸的皱纹突然不见了，鼻子变高了，嘴也不瘪了，呆滞的双眼变得炯炯有神，佝偻的身体也舒展了。然后整个身躯又衰萎了，福尔摩斯又倏地消失了。"天哪！"我高声叫道，"你吓死我了！"

"我们还要严密防范，"福尔摩斯悄悄地说，"我有理由认为他们正在追赶我们。看，那就是莫里亚蒂教授本人。"

福尔摩斯说时，火车已经启动。我向后看了一眼，见到一位身材高大的人猛然从人群中挤出来，不住挥手，似乎想叫火车停下来。然而太晚了，因为我们的列车已驶出了车站。"在严密的防范下，我们得以顺利地脱身。"福尔摩斯笑容满面地说着，站起身来，脱下伪装用的教士衣帽，装进手提包里。

"今早的晨报看了吗，华生？"

"没看。"

"那么，你不知道贝克街发生的事吗？"

"贝克街？"

"昨夜他们把我们的房子点着了，不过损失还不算太惨重。"

"天啊！福尔摩斯，我简直难以想象！"

"从那个用大头棒袭击我的人被捕以后，他们就不知道我的行踪了，否则他们不会认为我回家了。不过显然他们事先已派人监视你了，否则莫里亚蒂不会跟到了维多利亚车站。你来时没有泄露行踪吧？"

"我完全是照你的话去做的。"

"你找到那辆双轮马车了吗?"

"找到了,它正在那里等着。"

"你认识那个马车夫吗?"

"不认识。"

"他就是我哥哥迈克罗夫特。办这样的事,雇人是不安全的。好了,现在我们必须制定好对付莫里亚蒂的对策。"

"这是快车,而轮船又和这列车联运,我想我们已经成功地把他甩掉了。"

"我亲爱的华生,你一定忘记了,他的智力与我相当。如果我是那个追踪者,你决不会认为,我会被这样一个小小的障碍给难倒。那么他也决不会被这点事难倒的。"

"他又有什么办法呢?"

"我能做的,他也能做。"

"那么,你该采取什么措施呢?"

"定一辆专车。"

"可是时间来不及了。"

"完全来得及。这趟车要在坎特伯雷站停车,经常耽搁一刻钟左右,这样莫里亚蒂会在码头上抓住我们的。"

"那样别人还会误以为咱们是罪犯呢。我们为何不在他来到时先逮捕他?"

"如此一来,我三个月的心血和计划就全落空了。大鱼虽然捉住了,可是那些小鱼就会横冲直撞,成为漏网之鱼。但是到了星期一我们就可以使他们全部落网。所以,决不能逮捕他。"

"那我们怎么办呢?"

"我们在坎特伯雷站下车。"

"然后呢?"

"啊,然后我们去漫游,先到纽黑文去,再到迪埃普去。在这种情况下,莫里亚蒂会像我一样认为我们去了巴黎,在那儿找到我们托运的

回忆录

行李,在车站等候两天。他怎么也不会料到,那时我们买了两个毡睡袋,已悠闲自在地经过卢森堡和巴塞尔到瑞士去旅游了。"

所以我们在坎特伯雷站下了车,下车后发现要等一小时才有车到纽黑文。望着那节载着我全套行装的列车疾驰而去,我的心情依然沮丧。这时福尔摩斯拉了拉我的衣袖,示意我向远处看。

"你看,他果然来了。"他说道。远方,从肯特森林中升起一缕黑烟,很快就可以看到机车牵引着列车爬过弯道向车站疾驰而来。我们刚刚在一堆行李后面藏好,那列车就鸣着汽笛隆隆驶过,一股热气扑面而来。

"他走了,"我们见那列车飞速越过几个小丘,福尔摩斯说道,"你看,我们朋友的智力毕竟比我稍逊一筹。他如果能把我推断的事推断出来,并及时采取行动,那他就相当高明了。"

"他如果真的追赶上我们,会怎么做呢?"

"他必然要杀死我们。不过这场搏斗目前还未分胜负。摆在我们眼前的问题是我们在这里提前进午餐呢,还是赶到纽黑文再找饭吃,不过不到纽黑文你要有饿肚子的准备。"

当晚我们到达布鲁塞尔,在那里呆了两天,第三天到达施特拉斯堡。星期一早晨,福尔摩斯给苏格兰场发了一封电报,晚上我们返回旅店时便接到了回电。福尔摩斯拆开电报,然后便大怒地把电报扔进了火炉。

"我早就应该预料到这一点!"福尔摩斯哼了一声说道,"他逃之夭夭了。"

"是莫里亚蒂吗?""苏格兰场破获了整个犯罪集团,可就是让莫里亚蒂溜了。我既然已离开了英国,又有谁是他的对手呢?可是先前我却认为苏格兰场已经胜券在握。我看,你最好还是回英国去,华生。"

"为什么?"

"因为现在你和我同行,时刻处于危险中。他的老巢已被连窝端了,他如果一回伦敦,马上就会被逮捕。依我对他性格的了解,他一定要找

我复仇，所以我必须劝你回去行医。"

我曾多次协助福尔摩斯办案，又是他的老朋友，所以他善意的建议使我很难接受。关于这个问题，我们坐在施特拉斯堡饭馆里争论了半小时，在当夜决定要继续旅行，后来平安到达了日内瓦。

我们一路漫游，在隆河峡谷度过了心旷神怡的一周，然后，从洛伊克转路前往吉米山隘，山上依然白雪皑皑，最后取道因特拉肯前往迈林根。这是一次令人陶醉的旅行，山下春光明媚，一片诱人的绿色，山上依然是白茫茫的寒冬景色。即使如此，我心里也明白，福尔摩斯的心上也时刻笼罩着阴影。无论是在民风淳朴的阿尔卑斯山村，还是在人迹罕至的山隘，他警惕着自己身旁来来往往的每一个人。从这件事可以看出，他确信不管我们走到哪里，都有被人跟踪的危险。一次我们通过了吉米山隘，步行在令人抑郁的道本尼山边界，突然一块大山石从右方山脊上滚落，咕咚一声，滚到我们身后的湖中。福尔摩斯马上跑上山脊，站在高耸的峰顶，引颈四望。尽管我们的向导向他保证，春季这个地方山石坠落是常有的事情，但他仍然不相信。他虽然一言不发，但向我微笑着，带着那种"我早就料到"的神情。

他虽然十分警惕，但并不灰心丧气。相反的是他精神相当振奋，是以前从未见过的，他不止一次地反复提起：如果他能为社会除掉莫里亚蒂这个大祸害，那他就欣慰地结束他的侦探生涯。"华生，我完全认为自己此生没有虚度，"福尔摩斯说道，"如果我生命的旅程到此终止，我也可以毫无愧疚地安然去见上帝。我的存在使伦敦的恶浊空气得以净化，在我办的一千多件案子里，我自信，我的力量从未用错过地方。我不太喜欢研究我们社会那些肤浅的问题，因为那是由我们人为造成的，却更喜欢研究大自然提出的问题。华生，当我把那位欧洲罪大恶极的罪犯抓获或消灭之时，我的侦探生涯也就随之划上句号了，而你的回忆录也可以收尾了。"

我尽我所能简明扼要而又准确无误地讲完我这个故事。我本来是极不情愿讲述这件事的，但强烈的责任心不允许我遗漏任何细节。

回忆录

五月三日，我们到了荷兰迈林根的一个小村镇，住在老彼得·斯太勒的"大英旅馆"里。店主是个聪明人，曾在伦敦格罗夫纳旅馆当过三年侍者，会说一口流利的英语。四日下午，在他的建议下，我们两人一起出发，打算翻山越岭到罗森洛依的一个小村庄去过夜。不过，他还建议我们可以稍微绕一些路去见识一下半山腰上著名的莱辛巴赫瀑布。那儿的景色果然名副其实，煞是壮观。融雪汇成激流，奔腾而下，流入万丈深渊。河流注入的谷口本身就有一个巨大的裂缝，黑山岩耸立在两岸，裂缝顺水流渐渐变了，乳白色沸腾的水流泻入无底深渊，迸溅出一股激流，从豁口处急流下来，倾泻而下的水流发出雷鸣般的巨响，浓密而跳跃的水帘永不疲倦地发出声响，湍流与喧嚣声使人头晕目眩。我们站在山边凝视着下方拍击着山岩的浪花，倾听着深渊发出的咆哮似的隆隆响声。

半山腰处环绕着瀑布辟有一条小径，使游客容易纵览瀑布壮观的景色，可惜小径突然终止，游客只好原路返回。我们也只好如此。忽然，一个瑞士少年拿着一封信顺小路跑过来，把信交给我。信上有我们刚刚离开的那家旅馆的印章，是店主写给我的。信上写着，在我们离开不久，来了一位英国妇女，患肺结核已到晚期。她在达沃斯普拉茨过冬，现在到卢塞恩旅游探访亲友。不料她突然咳血，几小时之内性命堪忧，如能有一位英国医生为她诊治，她会不胜感激，问我可否返回一趟等等。心地善良的店主斯太勒在附言中说这位夫人拒绝瑞士医生诊治，他别无办法，只好自己出面，我如允诺他本人将对我感激之至。

这恳切的请求是不能置若罔闻的，我不忍心拒绝一位身处他乡生命垂危的女性的请求。可是这样我便得离开福尔摩斯，对此我犹豫再三。最后我俩商定，在我离开的这段时间，他把这位送信的瑞士青年留在身边做向导和旅伴。福尔摩斯说，他要在瀑布旁稍作逗留，然后步行越山前往罗森洛依，我在傍晚时分到那里和他会合。我转身走开时看到福尔摩斯背靠山石，双手抱臂，居高临下俯视着奔腾的流水。不料这竟是我与他的诀别。

福尔摩斯探案全集

  当我走下山坡回顾时,瀑布已杳无踪迹,但山腰那条通往瀑布的曲折小径仍可望见。在一片绿荫的映衬下,他黑色的身影清晰可见。我注意到他走路时那种斗志昂扬的样子,我因有急事在身,很快便把他忘却了。

  我走了约一个多小时,才到迈林根。老斯太勒正站在旅馆门口。"喂,"我急忙走过去说道,"她病情没有恶化吧?"他顿时面呈惊讶之色,见他双眉向上一扬,我的心不由得一沉。"这封信不是你写的吗?"我从衣袋里掏出信来问他道,"旅馆里没有一个患病的英国女士吗?""当然没有!"他大声说道,"可是这上面怎么会有旅馆的印章?!哈,这一定是那个高个子英国人搞的鬼,他是在你们走后来到这里的。他说……"

  他的话还没说完,我便大惊失色地沿村路飞奔向方才走过的小径。来时是下坡路,我走了一个多小时,返回便是上坡路,尽管我拼命快跑,也用了两个多小时才到莱辛巴赫瀑布。福尔摩斯的登山手杖依然靠在我们分手时他靠过的那块岩石上,却不见他的踪迹。我声嘶力竭地喊着,可是回应我的只有山谷的回声。见到登山杖,我不由惊恐万状,看来他没有去罗森洛依,在遭到劲敌突袭时,他依然待在这条一边是峭壁,一边是深涧的三英尺宽的小径上。那个瑞士少年也不见了踪影。他有可能是收了莫里亚蒂的赏钱走了,只留下这两个仇家。谁来告诉我后来究竟发生了什么事?

  这事把我吓得晕头转向,站了几分钟后我竭力使自己镇静下来。我先想起福尔摩斯的侦查方法,想借此查明事情的真相,哎,这不太难。我们谈话时,还没有走到小径的尽头,登山杖表明了我们曾经站过的地方。微黑的土壤受到水花的喷溅,始终是松软的,即使一只小鸟落在上面也会留下痕迹。在我脚下,有两排清晰可见的脚印一直通向小径尽头,并没有返回的痕迹。在距离小径尽头几码之处,地面被踩得泥泞不堪,裂缝边上的荆棘和羊齿草也被抓乱伏在泥水中。我蹲在缝边,仔细查看。水花在我周围跳跃。我离开旅馆时,天色已暗,现在我只能看到

回忆录

黑色峭壁上的明亮水珠以及峡谷远处水花飞溅的闪光。我大声呼喊，但入耳的只有那瀑布奔腾的咆哮声。

天助我也，我发现了福尔摩斯的遗言。我方才讲过，他的登山杖斜靠在小径旁的一块凸出的岩石上。黑暗之中，这块岩石顶上有一个闪闪发亮的东西进入我的视线，我取下一看，发现它原来是福尔摩斯经常随身携带的银烟盒。拿起烟盒后，烟盒下压着的叠成小方块的纸飘落到地上。我打开了它，一看是用从笔记本撕下的三页纸给我写的短信。它完全显示出福尔摩斯的独特风格，即使身处如此境地，指示照常准确明了，笔力刚劲，仿佛是在书房写成的。信上写道：

我亲爱的华生：

　　承蒙莫里亚蒂先生的好意我可以写下这几行字。他正等着对我们之间的宿怨进行最后的了结。他已向我略述了他是如何摆脱英国警察并查明我们的行踪的。这更加确定无疑地证实了我对他的才能所做的极高评价。我一想到我能为社会除掉他这个祸害，心里就满怀喜悦，但恐怕这会给我的朋友们，尤其是你——我亲爱的华生，带来痛苦和悲哀。不过，我先前已向你解释过了，我的生涯到了尽头，对我来说，这样的结局是最令我心满意足的了。我向你坦白，我完全看穿迈林根的来信是一场骗局，我之所以让你走开，是因为我确信，一系列类似的事情总会不期而至。请转告警长帕特森，他所需要的给那个犯罪集团定罪的证据放在字首为M的文件里面的一个蓝信封中，上面写着"莫里亚蒂"。离开英国之前，我已将薄产做了处理，并已交付我兄迈克罗夫特。请向你夫人转达我亲切的问候，我的朋友。

你忠诚的歇洛克·福尔摩斯

剩下的事几句话就能说清楚了。经过专家的现场勘查，确定在当时

的情况下，两人扭打在一起，进行过一场肉搏战，最后双双坠入裂缝，想要找到他们的尸首是毫无希望了。当代最危险的罪犯和最卓越的护法卫士将永远葬身在那激荡与沸腾的无底深渊中。那个瑞士少年好似突然间从地球上消失了，显然他是莫里亚蒂雇佣的爪牙。至于那个匪帮，公众大概都还记得，福尔摩斯所搜集的铁证如山的证据揭露了他们的组织，揭露了死去的莫里亚蒂的铁腕对他们的严密控制，他们在整个诉讼过程中极少谈及那个可怕的头领。我现在之所以和盘托出他的全部罪恶勾当，是因为那些伪君子们竟然枉费心机地想借攻击福尔摩斯来纪念莫里亚蒂，我忍无可忍。福尔摩斯永远是我所知道的最优秀的人，最机智的人。